D0848981

LES ENFANTS DU JACARANDA

Sahar Delijani a été nominée à deux reprises pour le prix Pushcart. Née en 1983 dans la prison d'Evin à Téhéran, elle a grandi en Californie et est diplômée de l'université de Berkeley. Elle vit aujourd'hui à Turin avec son mari. Son premier roman, *Les Jacarandas de Téhéran* (publié au Livre de Poche sous le titre *Les Enfants du jacaranda*), a attiré l'attention des éditeurs du monde entier et a été traduit dans 70 pays.

SAHAR DELIJANI

Les Enfants du jacaranda

ROMAN TRADUIT DE L'ANGLAIS (ÉTATS-UNIS)
PAR PAULINE MILLER-FLEURET

ALBIN MICHEL

Titre original :

CHILDREN OF THE JACARANDA TREE

© Sahar Delijani, 2013.
© Éditions Albin Michel, 2014, pour la traduction française.
ISBN : 978-2-253-19466-8 – 1re publication LGF

1983

Prison d'Evin, Téhéran

Azar était assise sur le plancher en tôle d'une camionnette, blottie contre la paroi. La rue sinueuse faisait tanguer le véhicule de gauche à droite, la projetant d'un côté, puis de l'autre. De sa main libre, elle s'accrocha à quelque chose qui semblait être une barre. Son autre main était posée sur son ventre proéminent et dur, qui se contractait sous l'effort. Sa respiration était hachée, irrégulière. Une vague de douleur surgit de sa colonne vertébrale et explosa dans tout son corps. Azar, le souffle coupé, saisit le tchador qui l'enveloppait, et le serra très fort. Chaque virage la jetait contre la paroi. Chaque bosse, chaque nid-de-poule la projetait vers le toit. Elle s'imaginait l'enfant en elle raidi et tétanisé. La transpiration mouillait le bandeau qui recouvrait ses yeux.

Elle essuya la sueur. Bien que seule à l'arrière de la camionnette, elle n'osait retirer ce bandeau. Elle savait qu'il y avait une vitre derrière elle. Elle l'avait sentie sous ses doigts lorsqu'elle était montée. À tout moment la Sœur pouvait se retourner et la regarder par cette vitre. Et si la voiture s'arrêtait brusquement, Azar n'aurait jamais le temps de le remettre.

Elle ne savait pas ce qui se passerait s'ils découvraient qu'elle avait les yeux ouverts, et elle préférait ne pas le savoir. Par moments, elle essayait de croire que la peur qui s'était infiltrée en elle, poisseuse, n'avait pas lieu d'être. Personne n'avait jamais levé la main sur elle, ni ne l'avait bousculée ou menacée. Elle n'avait aucune raison d'être terrifiée, d'avoir peur de ces Sœurs et de ces Frères, aucune raison tangible. Mais il y avait ces cris qui ébranlaient les murs de la prison. Ces cris qui déchiraient le silence des couloirs vides, réveillant les prisonniers la nuit, interrompant les conversations tandis que les détenus se distribuaient les rations de nourriture, les obligeant à se taire, mâchoires serrées, membres raidis, jusqu'au soir. Personne ne savait d'où ils provenaient. Et personne n'osait demander. Mais c'était bien des hurlements de douleur, ça, ils en étaient sûrs. Car on ne pouvait confondre des hurlements de douleur avec d'autres cris. C'était les plaintes d'un corps qui ne s'appartenait plus, abandonné, réduit à une masse informe, dont le seul signe de vie restait la force avec laquelle il fracassait le silence à l'intérieur des murs de la prison. Et aucun d'eux ne savait quand viendrait son tour, quand il serait happé lui aussi par le corridor, et qu'il ne resterait de lui que des cris. Alors, ils vivaient, attendaient et obéissaient aux ordres, patientant sous un nuage lourd de menaces dont tous savaient qu'ils ne l'éviteraient pas éternellement.

Par une toute petite ouverture quelque part au-dessus de sa tête, le tapage étouffé de la ville qui se réveillait s'infiltra dans l'habitacle. Des volets qu'on ouvrait, des coups de klaxons, des rires d'enfants, le marchandage des vendeurs de rue. Par la fenêtre, elle entendait aussi par moments le bavardage et les rires venant de l'avant de la camionnette, bien que les mots ne soient pas identifiables. Elle ne discernait que les gloussements de la Sœur en réaction à quelque chose que l'un des Frères venait juste de raconter. Azar tenta de chasser les voix de la camionnette en se concentrant sur la rumeur du dehors, celle de Téhéran, sa ville bien-aimée, qu'elle n'avait vue ni entendue depuis des mois. Elle se demandait si, avec l'interminable conflit avec l'Iraq qui entrait dans sa troisième année, la cité avait changé. Les flammes de la guerre atteignaient-elles déjà Téhéran ? Est-ce que les gens quittaient la ville ? On aurait dit, d'après les bruits de la rue, que tout continuait comme avant, dans le même chaos, le même vacarme de la lutte et de la survie. Elle se demanda ce que ses parents pouvaient bien faire en ce moment. Sa mère patientait sans doute dans la queue de la boulangerie. Son père enfourchait sa mobylette pour se rendre au travail. À la pensée de ses parents, elle sentit sa gorge se serrer. Elle leva la tête, ouvrit grand la bouche et tenta d'avaler un peu de l'air qui filtrait par l'ouverture.

La tête rejetée en arrière, Azar inspira profondément, si profondément que sa gorge se mit à la brûler et qu'elle toussa. Elle desserra le nœud de son foulard et laissa le tchador glisser sur ses cheveux. Elle s'accrocha à la barre, raide, essayant de résister au tangage violent de la voiture, tandis qu'une nouvelle explosion de douleur la traversait comme une balle de feu. Elle tenta de s'asseoir. Tout en elle se cabrait à l'idée d'accoucher sur le plancher en fer d'une camionnette, dans ces rues pleines d'ornières, le rire strident de la Sœur dans les oreilles. Affermissant sa prise sur la rampe, elle inspira profondément et essaya de contenir son envie d'exploser. Elle devait absolument retenir l'enfant en elle jusqu'à l'hôpital.

Soudain elle sentit comme un jaillissement entre ses jambes. Elle retint son souffle. Un ruissellement incontrôlable coulait sur sa cuisse. Elle écarta son tchador et toucha son pantalon du bout des doigts. La panique l'envahit. Elle savait qu'une femme enceinte perdait un jour les eaux, mais n'avait aucune idée de ce qui se passait ensuite. La naissance était-elle imminente ? Y avait-il un danger ? Azar venait tout juste de commencer à lire des livres sur la grossesse lorsqu'ils étaient venus la chercher. Elle n'était plus très loin du chapitre concernant la rupture de la poche des eaux, les contractions, ce qu'il convenait d'emporter dans sa valise pour l'hôpital, lorsqu'ils avaient frappé à sa porte, si fort qu'elle crut qu'ils allaient l'enfoncer. Lorsqu'ils l'avaient traînée hors de chez elle, son ventre commençait déjà à s'arrondir.

Elle serra les dents et son cœur se mit à battre violemment. Elle aurait tant voulu que sa mère soit là afin qu'elle lui explique les choses. Sa mère, avec sa voix grave et son doux visage. Azar avait soudain tellement besoin d'elle qu'elle crut que son cœur allait éclater. Si seulement elle avait quelque chose lui appartenant, un vêtement, son foulard. Ça lui aurait fait tellement de bien.

Elle aurait voulu qu'Ismaël soit là aussi, qu'il lui tienne la main en lui disant que tout allait bien se passer. Il aurait été effrayé, elle le savait, de la voir ainsi, malade d'inquiétude. Il l'aurait fixée de ses yeux noirs et brillants, comme s'il voulait engloutir sa douleur et la faire sienne. Il n'y avait rien au monde qu'il détestait plus que la voir souffrir. Le jour où elle était tombée d'une chaise en cueillant des raisins, il avait été si choqué de la voir se tordre par terre qu'il avait presque pleuré en la prenant dans ses bras. *Je croyais que tu t'étais brisé le dos,* lui avoua-t-il plus tard. *Je mourrais, tu sais, s'il t'arrivait quelque chose.* Grâce à l'amour d'Ismaël, elle se sentait solide comme une montagne, inébranlable, immortelle. Elle avait besoin de cet amour enveloppant, de ces yeux inquiets, de cette manière qu'elle avait de s'apaiser elle-même, quand elle prenait sur elle pour le rassurer.

Elle aurait tant aimé aussi que son père soit là, pour qu'il la porte jusqu'à sa voiture et qu'il l'emmène ensuite, pied au plancher, comme un fou, jusqu'à la maternité.

La camionnette stoppa et Azar fut brutalement arrachée à ses pensées. Elle se tourna, oubliant qu'elle avait un bandeau. Le ronronnement du moteur s'était tu mais aucune porte ne s'ouvrait. Elle ajusta son tchador sur sa tête, le lissa, resserrant le nœud. Les éclats de rire de la Sœur retentirent de nouveau. Bientôt, elle comprit qu'ils attendaient que le Frère finisse de raconter son histoire. Azar patienta, ses mains sur son tchador, tremblantes.

Après quelques instants elle entendit des portes s'ouvrir et se fermer. Quelqu'un tripotait le verrou au fond de la camionnette. Se tenant à la barre, Azar se traîna vers la sortie. Elle était au bord du véhicule lorsque les portes furent ouvertes.

— Sors ! intima la Sœur, tout en lui passant des menottes aux poignets.

Azar s'aperçut qu'elle tenait à peine debout. Elle se mit en marche pesamment aux côtés de la Sœur, prisonnière de l'obscurité qui enveloppait ses yeux, son pantalon mouillé collant à ses cuisses. Bientôt elle sentit des mains derrière sa tête qui défaisaient le bandeau. Elle vit alors qu'elle se trouvait dans un couloir chichement éclairé, flanqué de deux longues rangées de portes fermées. Quelques chaises en plastique étaient placées le long de murs couverts d'affiches montrant des visages d'enfants qui souriaient et d'une photo d'une infirmière un doigt sur les lèvres, demandant le silence. Azar, réalisant qu'elle se trouvait enfin dans l'hôpital de la prison, sentit son cœur chavirer de bonheur.

Quelques jeunes infirmières pressées les dépassèrent. Azar les suivit des yeux jusqu'à ce qu'elles disparaissent au fond du corridor. C'était merveilleux d'être délivrée du bandeau, son regard libre d'aller et venir, de passer des murs verts aux portes, des néons plats encastrés dans le plafond aux infirmières en chaussures et blouses blanches, qui s'affairaient ici et là, ouvrant et fermant des portes, le visage rose d'excitation. Azar se sentait moins vulnérable maintenant qu'elle pouvait voir comme tout le monde. Derrière le bandeau, elle avait eu l'impression d'être incomplète, mutilée, prisonnière d'un monde où tout pouvait arriver, dans lequel elle ne pourrait pas se défendre. À présent, il lui semblait que d'un regard elle pouvait repousser la peur qui la tenaillait. Ses yeux ouverts dans le couloir à peine éclairé, entourée par l'agitation de la naissance et de la vie, elle sentit qu'elle retrouvait son humanité.

De derrière certaines portes lui parvenait le chœur étouffé de nouveau-nés qui pleuraient. Azar les écouta, comme si, dans ces incessants cris de faim, un message lui était adressé, un message venu de l'autre côté du temps, de l'autre côté de son corps et de sa chair.

Une infirmière s'arrêta devant eux. C'était une femme corpulente au regard noisette et brillant. Elle scruta Azar de la tête aux pieds puis se tourna vers la Sœur.

— Il y a du monde aujourd'hui. Nous essayons de gérer le rush de l'Eid e-Qurban. Je ne sais même pas s'il y a une chambre libre. Mais venez, le médecin pourra toujours l'examiner.

L'infirmière les précéda jusqu'à un escalier qu'Azar monta avec difficulté. Elle devait s'arrêter toutes les trois marches pour reprendre son souffle. La femme allait devant, comme pour éviter cette prisonnière avec son enfant et sa douleur et la transpiration qui brillait sur son visage émacié.

Ils montèrent un étage après l'autre, Azar hissant son ventre, se traînant à travers les couloirs, de porte fermée en porte fermée. Enfin, un médecin leur fit signe d'entrer dans une pièce. Azar s'allongea et s'abandonna à ses mains efficaces et impersonnelles.

Le bébé, en elle, semblait tendu comme un nœud.

— Comme je l'ai déjà dit, nous ne pouvons pas la garder ici, dit l'infirmière une fois le médecin parti et la porte refermée. Ce n'est pas une de nos détenues, vous devez l'emmener ailleurs.

La Sœur fit signe à Azar de se lever. La jeune femme redescendit des escaliers, volée de marches après volée de marches, palier après palier, s'agrippant à la rampe, tendue, essoufflée. La douleur changeait de braquet. Elle s'attaqua à son dos, puis à son ventre. Elle en eut le souffle coupé, comme si l'enfant lui était arraché par des mains géantes. Pendant un instant, à sa grande honte, ses yeux se remplirent de larmes. Elle serra les dents, tenta d'avaler sa salive. Les larmes ici n'avaient pas leur place, ni dans ces escaliers, ni dans ces longs couloirs.

Avant de quitter l'hôpital, la Sœur s'assura que le bandeau était parfaitement rattaché sur les yeux rougis de la prisonnière.

Elle se trouva de nouveau assise sur la tôle. On claqua les portes. La camionnette sentait la chaleur et la souffrance nue. Dès que le moteur fut remis en marche, les bavardages à l'avant reprirent. La Sœur semblait tout excitée. Sa voix et son rire haut perché résonnaient d'une tonalité aguichante, sensuelle.

Retrouvant sa position, Azar s'affala, épuisée. Alors que la camionnette zigzaguait dans la cacophonie de la circulation, elle se souvint de la première fois qu'elle avait amené Ismaël chez elle. C'était un jour très chaud, comme aujourd'hui. Il marchait à ses côtés dans la rue étroite et sentait bon le savon et le bonheur. Elle voulait qu'il voie d'où elle venait, la maison où elle habitait, avec son petit mur de briques, la fontaine bleue et le jacaranda dont la ramure dominait tout. Il avait hésité. Et si ses parents à elle revenaient et le trouvaient là ? Mais il avait accepté. *Rien qu'un petit tour,* avait promis Azar en riant et en lui attrapant la main. Ils avaient couru de pièce en pièce, jouissant de chaque seconde, profitant l'un de l'autre, du parfum des fleurs qui les enveloppait.

Elle se demandait où était Ismaël à présent, et s'il

allait bien. Il s'était passé des mois depuis qu'elle avait eu des nouvelles, des mois sans même savoir s'il était encore en vie. *Non, non, non.* Elle secoua la tête encore et encore. Il ne fallait pas qu'elle pense à cela. Pas maintenant. Des nouveaux détenus lui avaient dit que la plupart des hommes avaient eux aussi été transférés à la prison d'Evin. S'ils étaient arrivés jusqu'à Evin, c'est qu'ils avaient survécu aux interrogatoires du centre de détention de Komiteh Mostarak et à toutes les autres choses qu'elle n'osait imaginer. Elle était sûre qu'Ismaël était parmi ces hommes. Elle était persuadée qu'il se trouvait à Evin, comme elle. Il ne pouvait en être autrement.

La camionnette s'arrêta une fois de plus et la porte fut rouverte. Cette fois on lui laissa le bandeau. Les faibles rayons du soleil le traversaient un peu et lui entraient dans les yeux. Elle sortit en chancelant du véhicule et suivit, titubante, la Sœur et les Frères jusqu'à un autre bâtiment et le long d'un nouveau couloir. Il s'agissait sans doute des salles de travail d'un nouvel hôpital, car des gémissements et des cris de femmes lui remplirent bientôt les oreilles. Un espoir fou étreignit Azar. Peut-être à présent la laisseraient-ils entre les mains rassurantes des médecins. Peut-être en aurait-elle fini avec la douleur. Le bandeau glissa un peu d'un côté et, par l'interstice, elle observa avidement le carrelage gris du sol et les pieds en métal des chaises le long des murs. Elle sentait un léger déplacement d'air vers son visage lorsque quelqu'un passait près d'elle, peut-être des infirmières, puis entendit le bruit amorti de leurs chaussures qui s'éloignait.

Ensuite leur itinéraire changea et ils prirent un autre escalier. Les gémissements de femmes s'atténuèrent. Azar dressa l'oreille et sut qu'ils l'emmenaient loin des salles de travail. Sa paupière tressauta nerveusement. Lorsque enfin ils s'arrêtèrent, une porte s'ouvrit et elle fut conduite dans une pièce. On lui dit de s'asseoir. Elle se laissa tomber sur une chaise en bois dure, épuisée. Des gouttes de sueur roulèrent de son front dans ses yeux et la douleur jaillit de nouveau, la tenant tout entière en son pouvoir.

Le médecin sera bientôt là, se dit-elle pour s'apaiser.

Mais, lorsque résonna derrière la porte le clip-clap de sandales en plastique qui approchaient, elle comprit que ce n'était pas un médecin qui venait. Le bruit s'amplifia. Elle connaissait sa signification et sut qu'elle devait se préparer. Elle agrippa le métal chaud et glissant de sueur de sa menotte et ferma les yeux très fort, espérant que le clip-clap passe au large, s'en aille et la laisse tranquille. Lorsque le bruit s'arrêta derrière la porte, elle éprouva, un instant, du désespoir. C'était bien pour elle qu'ils venaient.

La porte s'ouvrit en grinçant. Par l'interstice du bandeau, elle entrevit le pantalon noir et les orteils maigres aux ongles pointus d'un homme. Elle l'entendit qui prenait son temps, puis qui tirait une chaise bruyamment sur le sol pour s'y asseoir. Azar se raidit à l'idée de l'entité menaçante qu'elle ne voyait pas mais qu'elle sentait avec chaque molécule de son corps. L'enfant en elle donna un coup de pied et se retourna. Elle grimaça de douleur, serrant son tchador.

— Vos nom et prénom ?

D'une voix tremblante, Azar dit son nom. Puis elle

donna le nom du parti politique auquel elle appartenait, puis le nom de son mari. Un élancement la traversa comme un coup de couteau et elle se recroquevilla. Un gémissement s'échappa de ses lèvres. Mais l'homme ne semblait ni l'entendre, ni la voir. Les questions naissaient de sa bouche, mécaniquement, comme s'il lisait une liste. Sa voix avait l'agressivité de quelqu'un qui est dangereusement lassé de ses propres questions.

Il faisait très chaud dans la pièce. Sous les couches de tissu rugueux de son manteau et de son tchador, le corps d'Azar était en eau. L'homme lui demanda la date de l'arrestation de son mari. Elle s'exécuta et lui dit qui elle connaissait et qui elle ne connaissait pas. La douleur pulsait dans sa voix et des vagues de souffrance s'embrasaient en elle. *Il faut que je reste calme*, se dit-elle. *Je ne dois pas faire souffrir le bébé.* Elle secoua la tête, essayant de chasser l'image qui surgissait sans cesse dans son esprit, celle d'un enfant, son enfant, déformé, brisé, telle une vision irrémédiable de la souffrance. *Comme les enfants du Biafra.* Elle poussa un grognement. La sueur lui dégoulinait dans le dos.

— Où se tenaient les réunions ? demandait l'homme. Combien d'entre vous assistaient à ces réunions ?

S'agrippant à la chaise pour tenter de contrer les nouveaux élancements qui la submergeaient, Azar essayait de se rappeler les réponses. Toutes ces réponses qu'elle avait déjà fournies lors des interrogatoires précédents. Aucune date, aucun nom, aucune bribe d'information ou d'absence d'information ne devait différer de ceux des précédents interrogatoires.

Elle savait pourquoi elle était là, pourquoi il leur semblait que c'était le moment parfait pour l'interroger, le moment idéal pour la coincer. *Reste calme*, se répétait-elle à elle-même tout en répondant aux questions. Tandis qu'elle oubliait des noms, des dates, des lieux, elle imaginait les pieds de son enfant, ses mains, la forme de ses yeux, leur couleur. Une nouvelle vague de douleur s'enfla et se brisa en elle. Elle se convulsa, sonnée par sa puissance. Jamais elle n'aurait imaginé une telle douleur. Elle se sentait partir avec elle. *Mains, doigts, narines, oreilles, cou.*

Où faisait-elle imprimer les brochures ? Elle entendit l'homme répéter la question. Elle essaya de répondre mais les contractions l'avalaient tout entière, lui interdisant de parler. Elle se jeta en avant, agrippant une table devant elle. Elle s'entendit gémir. *Nombril, cheveux noirs, petit menton rond.* Elle inspira profondément. Elle était sur le point de s'évanouir. Elle se mordit la langue, goûta le sang qui se mêlait à sa salive. Elle mordit son poing.

Au fur et à mesure que la douleur d'Azar enflait, le monde extérieur s'estompait. Bientôt elle n'entendit plus rien et n'eut plus conscience de ce qui l'entourait. Les vagues de souffrance l'avaient précipitée dans un espace où plus rien d'autre n'existait. Rien, hormis une douleur si pénétrante et si incroyable qu'elle ne semblait plus faire partie d'elle mais paraissait un paramètre de la vie, un état en soi. Elle n'était plus un corps, elle était devenue un lieu où tout se tordait et se convulsait, où seule régnait la douleur, pure et infinie.

Elle ne sut pas combien de temps l'homme avait attendu sa réponse au sujet des brochures, réponse qu'elle ne put jamais donner. Elle n'était plus qu'à moitié consciente lorsqu'elle l'entendit refermer ce qui ressemblait à un cahier. Elle sut que l'interrogatoire était terminé. Le soulagement lui donna presque le vertige. Elle n'entendit pas l'homme se lever, mais elle reconnut le clip-clap de ses pas qui s'éloignaient. Bientôt elle perçut la voix de la Sœur qui lui disait de se lever. Azar sortit de la pièce et avança dans le corridor en trébuchant, flanquée de la Sœur et de quelqu'un qui semblait être une infirmière. Elle parvenait à peine à les suivre. Pliée en deux, le souffle court, elle avançait laborieusement. Les menottes pesaient, insupportables, sur ses poignets. Elles descendirent un escalier. Des gémissements de femmes lui remplirent de nouveau les oreilles. Elles s'arrêtèrent.

— C'est ici, dit l'infirmière.

La Sœur défit les menottes et retira à Azar son bandeau.

La jeune femme s'installa sur un lit étroit dans une pièce remplie d'infirmières et de médecins. À sa droite, le mur étincelait du soleil de l'après-midi. Dans l'accalmie entre deux contractions, Azar se laissait couler, épuisée, ses bras étales sur le lit. Tout en contemplant la surface lisse et ensoleillée du mur, elle s'abandonnait aux mains qui l'examinaient.

À côté de la femme médecin, la Sœur observait en silence. Azar refusait de la regarder. Elle refusait sa présence, voulait de toutes ses forces l'oublier, elle, mais aussi tout ce qu'elle représentait, la captivité, la solitude, la peur. Et le fait qu'elle, Azar, allait accoucher en prison. Elle était à présent une étrangère, entourée de gens qui la considéraient comme une ennemie à soumettre et à vaincre, qui voyaient sa seule existence comme un obstacle à leur pouvoir, à leur vision du Bien et du Mal, à leur morale. Des gens qui la haïssaient parce qu'elle refusait de considérer ce qu'ils proposaient comme son propre combat. Des gens qui voyaient en elle une adversaire parce qu'elle refusait de croire que leur Dieu puisse avoir toutes les réponses.

Azar aurait voulu fermer les yeux et s'imaginer qu'elle était ailleurs, dans un autre espace-temps, dans une autre chambre d'hôpital où Ismaël aurait été à ses côtés, caressant son visage, s'occupant d'elle avec tendresse, sans lâcher sa main. Ses parents attendraient dehors, son père ferait les cent pas dans le couloir, sa mère serait assise sur le bord d'une chaise, serrant nerveusement sa valise, prête à se précipiter dans la chambre à tout moment.

Alors qu'ici elle pouvait toujours tendre ses mains, elle ne ramènerait que du vide. Du vide absolu. Elle était dans une solitude totale.

— L'enfant s'est retourné, dit la voix du médecin.

Elle regarda son ventre. La rotondité tendue qui se trouvait auparavant dans la région de son nombril semblait être remontée jusqu'à l'espace entre ses seins. Le médecin s'adressa aux deux femmes derrière elle :

— Il faut le faire descendre.

La bouche d'Azar devint sèche. Le faire descendre ? Comment ? Celles qui paraissaient être des sages-femmes s'approchèrent. Leurs visages ridés sentaient la province, les villages perdus au bout de petites routes boueuses. Elles tenaient des morceaux de tissu déchirés dans leurs mains. De peur, le souffle lui manqua. Qu'allaient-elles faire avec ces bouts de tissus ?

La bâillonner pour empêcher ses cris d'être entendus dehors ? Les femmes regardèrent la Sœur, qui s'empara d'un des morceaux de tissu et leur montra comment attacher les jambes d'Azar. La jeune femme grimaça au contact de ces mains calleuses et moites qui l'attachaient comme un animal aux barreaux du lit. Les sages-femmes eurent l'air d'hésiter mais finirent par s'atteler à la tâche. L'une d'elles attrapa les jambes d'Azar, l'autre ses bras. Une poussée sauvage en elle la fit se cabrer. L'accalmie était finie, la douleur revenait.

Le médecin recouvrit ses jambes d'une couverture et se pencha au-dessus d'elle.

— Allez, on y va.

Les sages-femmes entrecroisèrent leurs doigts et placèrent leurs mains sur le ventre d'Azar, près de ses seins. Elle les regarda faire, impuissante, noyée dans la douleur, son cœur battant follement dans sa poitrine. Ces femmes lui faisaient si peur. Qui étaient-elles et d'où venaient-elles ? Qu'allaient-elles lui faire ? Et à son enfant ? Était-ce même ici un véritable hôpital ? Est-ce qu'elles savaient seulement ce qu'elles faisaient ?

Elle s'entendit gémir. Les femmes inspirèrent profondément, comme des boxeurs rassemblant leurs forces avant le combat. Puis, les yeux fixes et les lèvres serrées, de leurs mains qui avaient peut-être pesé sur le ventre gonflé d'une vache ou tiré sur les jambes tremblantes d'un agneau, elles imprimèrent une forte poussée à la bosse de son ventre, et à son enfant à l'intérieur.

Un instant Azar s'immobilisa. La violence de cette poussée était atroce, inouïe. Puis un cri sauvage, inconnu sortit de sa gorge. Un cri si puissant qu'il retentit dans tout son corps. Elle tenta de repousser les femmes loin de son ventre, de son enfant. Et si elles l'écrasaient ? Si elles l'étranglaient, le tuaient ? Les mains entravées, Azar essaya de se relever pour les mordre. Une nouvelle vague de douleur la jeta sur le lit.

— Poussez ! ordonna le médecin.

La bosse résistait. Les femmes pesaient dessus de leurs mains rudes aux doigts croisés, leurs visages cramoisis par l'effort. De la sueur luisait sur leurs fronts, sur leurs nez. Leurs bouches étaient contractées.

Azar sentit une vague de froid l'envahir et un autre cri la traversa. Pendant quelques secondes elle ne distingua plus rien. Lorsque sa vue redevint nette, elle vit qu'une des femmes se tenait près d'elle. Elle semblait plus jeune que les autres, sans doute de l'âge d'Azar, vingt ans et des poussières. Ses yeux noirs en amande avaient un éclat doux.

— Tout va bien, chuchota-t-elle, encourageante, posant sa main froide sur le front brûlant d'Azar. Nous avons retourné le bébé. Vous n'avez plus qu'à pousser maintenant.

Alors qu'une nouvelle vague de douleur s'annonçait, elle ajouta :

— Votre bébé est presque là.

La femme sourit mais Azar la regarda, les yeux fous, écarquillés. Elle ne comprenait rien à tout cela, rien à ce que lui disait la fille. Quelque chose en elle poussait inexorablement, en dehors de sa volonté. Elle se tendit et lâcha un nouveau cri.

— C'est ça, poussez. Encore.

La Sœur saisit la main d'Azar.

— Allez, crie ! Appelle Dieu ! Appelle l'Imam Ali ! Invoque-les, pour une fois !

La douleur envahissait le corps d'Azar, froide et sombre. Elle hurla et s'accrocha au bras de la fille. Elle n'invoqua personne.

— Ça vient ! cria le médecin. Bravo ! Poussez encore une fois !

C'était comme si quelque chose se déchirait en elle. Comme si quelque chose s'arrachait et s'ouvrait.

Avec ce qui lui restait de force Azar poussa une dernière fois. Tout devint noir. Puis de très loin, elle entendit les faibles vagissements d'un bébé qui remplissaient la pièce.

Lorsqu'elle rouvrit les yeux la salle était vide. Une brise froide venue de la fenêtre ouverte la fit frissonner. Elle était toujours attachée au lit et avait perdu toute sensation dans ses jambes. Ses cheveux humides collaient à son visage. Ses pieds lui faisaient mal, comme s'ils étaient remplis de verre brisé.

Depuis combien de temps était-elle allongée là ? Des heures, des jours, une éternité ? Elle regardait la porte avidement. *Où ont-elles emmené mon bébé ?* Bientôt elle s'ouvrit en grinçant et la Sœur apparut, rajustant nonchalamment son tchador noir. Azar ouvrit la bouche pour parler, pour s'enquérir de son enfant, mais ses lèvres étaient si sèches que leurs coins se fendillèrent. Derrière la Sœur, les deux sages-femmes entrèrent en trombe.

— Ta fille est dans la pièce d'à côté, dit la Sœur, comme si elle avait lu dans ses pensées ou deviné la question sur ses lèvres blessées. Je ne sais pas quand ils vont te l'amener.

Azar ferma les yeux. Elle pensa : *C'est une fille !*
Un faible sourire de triomphe passa sur ses lèvres.
Pourtant, elle avait peur. Pouvait-elle croire ce que lui
disait la Sœur ? Et si la Sœur mentait, si l'enfant était
mort ? Et si ce n'était qu'une cruelle ruse de plus ?
Et si ces cris, qu'elle avait entendus dans la pièce,
s'étaient éteints, à peine poussés ? Elle se tourna vers
la jeune sage-femme qui lui sourit et lui fit un signe de
la tête. Azar n'avait pas d'autre choix que de la croire.

Les sages-femmes roulèrent le lit d'Azar dans un
corridor jusqu'à une autre pièce dont la fenêtre était
fermée. Elles la détachèrent. Quelque chose dans les
visages de ces femmes rappelait à Azar les mères des
enfants à qui elle faisait l'école dans les villages, juste
aux lisières de Téhéran. C'était la première année
après la Révolution. Silencieuses, obéissantes, elles
se tenaient près de leurs enfants pauvrement habillés,
acceptant tout ce que pouvait dire Azar. Leurs yeux
étaient remplis d'admiration, de déférence même,
presque de peur, face à cette citadine qui ouvrait
et fermait des livres avec une facilité déconcertante
et dont le farsi était parfait. Cette fille qui semblait
si incongrue dans ses habits de ville au milieu de la
classe unique aux murs d'argile.

Son cœur se serra au souvenir de ces journées
où elle travaillait avec ferveur à construire un nouveau pays, plus juste. Comme elle était heureuse
lorsqu'elle montait dans le bus le soir pour revenir
à Téhéran ! Comme elle se sentait en accord avec la
ville, débordante d'excitation, d'enthousiasme, ivre
des promesses du présent et de l'avenir. Elle avait
hâte d'arriver chez elle, elle savait qu'Ismaël serait là,

à l'attendre, dans leur minuscule appartement. Elle se rappelait la lueur de la lampe du salon qui filtrait derrière les rideaux et comme cette lueur remplissait son cœur de joie. Soir après soir, cette lampe, qui lui disait qu'Ismaël était rentré et qu'elle serait bientôt dans ses bras, faisait naître un sourire sur ses lèvres. Elle montait les escaliers quatre à quatre, son cœur battant la chamade. Lorsqu'elle entrait dans l'appartement, le parfum du riz lui emplissait les narines. Ismaël venait à sa rencontre et l'attirait dans ses bras. Il lui disait : *Khaste nabaashi azizam, Que tu ne sois jamais lasse.* Elle préparait le thé et, tandis qu'ils le buvaient ensemble, assis à la fenêtre étroite, face aux arbres de la cour envahie par la nuit, il lui parlait de Karl Marx et elle lui lisait des poèmes de Forugh Farrokhzad.

Une année seulement était passée depuis la Révolution et Azar et Ismaël brûlaient encore d'une extase pleine de ferveur. Lorsqu'ils évoquaient leur triomphe, celui d'une nation qui avait chassé un roi, un roi autrefois intouchable, des larmes de joie noyaient leurs yeux, et leurs voix se brisaient d'émotion. Tout cela les remplissait d'espoir. Et pourtant, ils savaient que quelque chose avait échoué. Les hommes aux visages sévères et aux propos pleins de rage, d'espoir, de sévérité et de Dieu, et qui avaient pris possession du pays et prétendaient être les messagers de paroles pieuses et de lois sacrées, ces hommes-là les hérissaient. Que se passait-il ? Désespérée, elle se tournait par moments vers Ismaël. Peu à peu, il devint clair pour tous que ces hommes se considéraient les seuls propriétaires légitimes de la Révolution et ses vainqueurs incontestables. Ils purgèrent les universités de ce qu'ils pensaient être des activités antirévolutionnaires, interdirent journaux et partis politiques. Leurs paroles se firent loi et nombreux furent ceux qui entrèrent en clandestinité, parmi eux Azar et Ismaël.

Azar ramena ses bras et ses jambes contre son ventre. Un tremblement s'était emparé d'elle qu'elle ne pouvait arrêter. La jeune femme quitta la pièce et revint avec une couverture dont elle la couvrit. Azar se pelotonna dessous, tâchant d'absorber la chaleur du moindre recoin. Puis les sages-femmes partirent, fermant la porte doucement derrière elles.

Azar tira la couverture sur sa tête et tenta d'inspirer l'air chaud. Elle ferma les yeux et se berça d'un côté et de l'autre, attendant que la chaleur s'installe en elle, que le calme se fasse. Elle resta sous la couverture un long moment, comme un tas informe.

Puis, comme la chaleur commençait de circuler dans son corps, elle risqua la tête dehors, puis les épaules. Non loin d'elle, de l'autre côté de la pièce, il y avait un lit vide aux draps froissés. L'oreiller était creusé. On aurait dit que le corps qui avait été dans ce lit en avait été enlevé récemment. Par terre, au pied du lit, se trouvait une assiette de riz et de haricots verts à moitié mangée. Lorsqu'elle la vit, Azar réalisa à quel point elle avait faim. Elle n'avait rien avalé depuis la nuit précédente. Les yeux fixés sur l'assiette, elle sortit ses pieds de sous la couverture. C'était sa chance. Cette assiette était là pour elle. Elle essaya de se mettre debout mais ses jambes tremblaient et ses genoux flanchèrent. Sur le point de tomber, elle s'agrippa au côté de son lit, se baissa et s'assit précautionneusement sur le sol. Elle se stabilisa sur le carrelage froid et se mit à ramper, le cœur battant.

Son audace augmentait au fur et à mesure qu'elle se rapprochait de l'assiette. Elle était déterminée à avaler jusqu'au dernier grain de ce riz. Elle mangerait ce riz et elle se passerait de la permission de la Sœur. Elle s'emparerait de cette assiette et engloutirait tout. Ce riz serait sien, deviendrait une partie d'elle-même, de son être. Elle s'accaparerait le tout, le riz, les haricots, jusqu'à l'assiette elle-même. L'idée lui vint même de cacher l'assiette quelque part et de la remporter avec elle en prison. Tout lui donnait la nausée, la faim, la perspective de manger, son audace, la peur d'être découverte avant d'atteindre l'assiette, ce trésor qui lui semblait à cet instant la vie même. Elle s'arcbouta sur ses coudes et se mit à ramper plus vite.

Le riz était froid et sec. Lorsqu'elle se jeta dessus et l'engloutit, elle sentit les grains pointus lui blesser la gorge. Elle songea au seau de nourriture que les Sœurs distribuaient aux détenues à midi. De ses doigts rapides elle ratissa l'assiette, porta le riz et les haricots à sa bouche. Ses dents lui faisaient mal, sa langue ne goûtait rien. Elle mastiqua vite, les grains lui glissant des doigts. À tout moment la Sœur pouvait entrer dans la pièce et lui prendre l'assiette. À tout moment tout pouvait disparaître. À tout moment elle pourrait revenir à cette réalité où rien ne lui appartenait, où elle ne pouvait ni prendre ni donner. Mais elle avait le pouvoir de manger cette nourriture maintenant. Seul ce moment lui appartenait.

La femme médecin en blouse blanche sourit à

Azar et lui prit sa tension. Dans son visage rond et accueillant, les poches bleuâtres sous ses yeux semblaient déplacées. La Sœur se tenait de l'autre côté du lit, libre comme l'air. Elle avait l'air si bien dans son tchador noir. Elles avaient toutes l'air si bien, ces Sœurs, sous leur voile. Elles évoluaient, bougeaient, distribuaient des seaux de nourriture, attachaient des bandeaux, verrouillaient et déverrouillaient des portes, ou des menottes avec une telle agilité qu'on aurait dit que le tissu encombrant, glissant, qui les enveloppait comme les ailes d'une chauve-souris endormie, n'existait pas. Azar savait qu'il valait mieux ne pas demander trop souvent à la Sœur des nouvelles de son bébé. Si elle se montrait trop impatiente, la Sœur pourrait, par pure méchanceté, mettre plus de temps à lui amener l'enfant, juste pour la faire souffrir. Azar se devait d'être sage, patiente.

— Elle présente une déchirure interne qui pourrait s'infecter.

Le médecin cessa de gonfler le brassard qui enserrait le bras d'Azar.

— Il faut qu'elle reste ici au moins deux jours.

La Sœur eut un mouvement maladroit de la tête pour signifier sa morgue. Dans ses grands yeux, dans le pli épais de sa lèvre et la dent manquante que révélait parfois un rare sourire, Azar devinait la pauvreté des banlieues poussiéreuses, les bavardages languissants entre voisines sur les marches des maisons l'après-midi, les rêves de télévision couleur tout en regardant les garçons jouer au football dans les rues sales, la tristesse d'avoir dû quitter l'école après les classes primaires. Et elle était là aujourd'hui, cette femme des banlieues pauvres, la reine de la plèbe, qui étendait son grand tchador noir sur la ville et ses filles privilégiées. Peu à peu, elle apprenait à s'enorgueillir de sa pauvreté, tout comme elle avait appris à être fière de son voile.

— On a tout ce qu'il faut là-bas, affirma la Sœur platement, d'une voix froide. On pourra s'occuper d'elle.

Sous les couvertures, la main maigre d'Azar trouva son chemin jusqu'au bord du lit. Lorsqu'elle rencontra la jambe du médecin, elle la pinça de toutes ses forces.

— Il faut la débarrasser de la bactérie, dit le médecin en regardant la Sœur dans les yeux – Elle fit comme si elle n'avait rien senti. – Ça prendra quelques jours.

— Non, on pourra le faire là-bas. On a tout ce qu'il faut. Des médecins. Un hôpital. Des médicaments.

Azar aurait voulu crier que ce n'était pas vrai, que la Sœur mentait, qu'ils la laisseraient avec sa déchirure, que l'infection s'étendrait, qu'elle finirait par pourrir de l'intérieur. Elle pinça de nouveau la jambe du médecin, encore plus fort.

— Je suis en train de vous expliquer qu'elle a besoin de soins, de soins professionnels, dans le cadre d'un hôpital, insista le médecin – Elle semblait comprendre la signification des pincements. – Nous devons surveiller son état. Elle a été déchirée à l'intérieur.

La Sœur jeta un regard courroucé à Azar, comme si la déchirure était de sa faute. La main d'Azar retomba sur le bord du lit. La Sœur fit signe au médecin de la suivre dehors. Avant qu'elle ne s'éloigne, Azar lui attrapa la main. *Et mon bébé ?* chuchota-t-elle.

Le médecin posa une main sur la main d'Azar qui serrait la sienne éperdument.

— Elle va très bien. Ne vous en faites pas. Vous l'aurez bientôt.

Azar était assise sur le lit et fixait la porte, attendant son bébé qui ne venait pas. Elle se tordait les mains, tremblant de colère et de rage, d'envie et de peur. Les heures passaient et elle commençait à perdre patience. Après avoir senti le bébé vivre et grandir en elle pendant ces neuf longs mois, après l'avoir protégé, après avoir survécu avec lui, il lui semblait fou qu'elle ne l'ait même pas encore vu, qu'elle n'ait même pas encore pu le tenir dans ses bras. Qu'elle ne sache même pas à qui il ressemblait le plus, à elle ou à Ismaël, qu'elle ne soit même pas sûre qu'il soit vivant. Les minutes passaient avec une lenteur exaspérante. Azar regardait la porte et sentait le désir d'avoir son enfant monter en elle, si puissant qu'elle pouvait à peine respirer.

La lumière de l'après-midi s'amenuisait, traînant ses ombres sur le mur. Azar grimpa sur l'appui de la fenêtre pour regarder à travers la vitre fermée. Elle voulait savoir où elle se trouvait. À travers les feuilles grises et clairsemées du sycomore, elle aperçu un pont encombré par la circulation de la fin d'après-midi. Le ciel était obscurci par le brouillard et les fumées. La dernière chaleur de l'été se mêlait à l'écho énervé des klaxons. Un vol d'oiseaux s'élança dans le ciel, décrivant une grande boucle, avant de se poser sur les branches des arbres. La ville avait changé. Elle était à présent sans tache, brillante comme si on l'avait tout entière passée à la chaux. On avait jeté à la hâte du blanc sur le béton des immeubles, comme pour tenter de cacher quelque chose. Le sang, la suie, l'Histoire, la guerre, l'interminable guerre. Comme une tentative frénétique de camoufler la dévastation qui guettait, un peu plus, tout un chacun.

Même si Azar n'était pas née ici, Téhéran avait toujours été sa ville, l'endroit où elle se sentait chez elle. Elle l'adorait, avec sa circulation, ses immeubles blancs et sales et son chaos irrésistible. Elle l'aimait tellement qu'elle avait cru, autrefois, qu'elle pourrait en changer le destin. C'est ce qu'elle avait dit à Ismaël lorsqu'elle l'avait informé de sa décision de poursuivre ses activités politiques. *Ce n'est pas pour cela que nous nous sommes battus, que nous avons risqué nos vies,* lui avait-elle dit. *Nous ne pouvons pas les laisser nous prendre tout.*

Ismaël l'avait accompagnée dans toutes les étapes de son combat, main dans la main. *Quoi que nous fassions, nous le ferons ensemble.* Quoi qu'il arrive, ce serait leur destin partagé. Il se retrouva vite habité par sa ferveur. Il l'accompagnait aux réunions clandestines dans des pièces où l'air manquait, l'aidait à imprimer des tracts, à porter des messages cachés dans des paquets de cigarettes et discutait de l'avenir dans son université. Lorsque vint le temps du danger, lorsque les persécutions commencèrent et qu'il leur fut impossible de rester en contact avec leurs familles, ils cessèrent de téléphoner à leurs parents et de répondre à leurs appels, de leur rendre visite. Désespérés, ils versèrent des larmes ensemble, en proie au doute. Ils n'avaient plus la force d'aller de l'avant mais savaient qu'il était trop tard pour faire machine arrière. La porte de leur appartement se fit menaçante, les regardant avec suspicion, exigeant des réponses aux questions informulées que leurs parents posaient en venant sans cesse frapper chez eux. C'est à ce moment qu'ils décidèrent de déménager afin d'effacer leurs traces. Ce serait plus simple. Personne ne viendrait plus frapper à leur porte. Coupés de tous, il leur sembla plus facile de faire semblant d'oublier.

Tout cela en valait-il la peine ? Azar écarta les mèches de cheveux de son visage. Ismaël lui pardonnerait-il un jour d'avoir fait passer son combat avant tout le reste ? Avant lui, avant leur vie ensemble, avant l'enfant qui grandissait en elle ? La vie leur offrirait-elle jamais une seconde chance ?

Toutes ces pensées l'agitaient. Elle appuya ses coudes maigres sur le rebord de la fenêtre et posa son front contre la vitre chaude. La circulation se traînait sur le pont, laborieuse. Malgré la distance, Azar pouvait distinguer les minuscules visages tendus dans les voitures, les corps impatients chevauchant les motos qui essayaient de se frayer un passage entre les véhicules. Au-dessus de la circulation, comme un énorme nuage, un panneau portait une des maximes du Leader Suprême, dans une calligraphie élégante. *Notre révolution fut une explosion de lumière.* Peinte à côté, l'image d'une explosion, comme un feu d'artifice.

Sous le panneau, un homme sur le trottoir fixait les voitures, hébété. Il avait l'air fatigué et semblait faire beaucoup plus vieux que son âge. Le soleil éclairait son visage cireux, hagard. Lorsqu'elle le vit, le cœur d'Azar tressaillit dans sa poitrine. Son visage s'éclaira. Ahurie, elle ouvrit la bouche.

— Pedar ! hurla-t-elle, en frappant le carreau de sa paume ouverte.

Son père ne l'entendit pas. Il ne leva pas la tête. Il posa ses sacs par terre et sortit un mouchoir de sa poche pour s'éponger le front. Son corps noueux semblait cassé par quelque chose qui n'avait rien à voir avec les années.

Le visage d'Azar fut traversé de spasmes nerveux. Elle n'avait jamais, pendant tous ces mois d'enfermement, senti son père plus loin d'elle, plus inaccessible. Jamais elle ne s'était sentie si seule, si terrifiée par ce qui pourrait lui arriver.

— Pedar !

Elle cria avec le peu de force qui lui restait. Sa voix n'était plus qu'un gémissement assourdi bien incapable de traverser le verre épais de la vitre.

Son père ramassa ses sacs et se remit en route, sans avoir jamais tourné la tête dans sa direction. Azar le regarda s'éloigner, les yeux écarquillés, le souffle court. Elle vit son long corps voûté décroître et se fondre dans la lumière brumeuse de l'après-midi. Puis elle le vit enfourcher sa moto et disparaître.

La circulation se remit en mouvement. La main d'Azar resta sur la vitre, immobile, contre le reflet des rares feuilles d'arbre et des nids vides, alors qu'un grand panneau noir, là-bas, parlait de lumière.

Lorsque la porte s'ouvrit, la Sœur entra, seule. L'enfant n'était pas avec elle, pas plus que les sages-femmes ou le médecin. Assommée, le regard vide, Azar suivit des yeux la Sœur qui prenait ses vêtements. Elle était encore sous le choc. La vision de son père, de son corps voûté, de son visage fatigué, tournoyait dans sa tête. La Sœur posa les habits sur le lit. Azar s'enquit d'une voix faible de son bébé.

— On la prendra en sortant, répondit la Sœur.

Azar réalisa que le médecin n'avait pas réussi à la convaincre. La Sœur avait eu le dernier mot. Il fallait partir.

La Sœur donna un coup de pied dans l'assiette vide sur le sol et la fit sonner bruyamment. Elle se tint devant Azar, les yeux fixés sur elle.

— Est-ce que tu aurais vu Meysam, par hasard ? demanda-t-elle.

Meysam ? Azar savait très bien qui était Meysam. Il était le Frère qui racontait des histoires dans la camionnette, celui auquel la Sœur destinait ses gloussements lascifs. Azar voyait cette Sœur, plus vieille que lui, le suivre partout dans les couloirs sombres de la prison et jusqu'à la cour en béton, frustrée, insatisfaite mais néanmoins impossible à décourager. Elle entendait son rire résonner dans l'entrée. Elle voyait la Sœur lui apporter de menus cadeaux, des assiettes de nourriture, des gants de laine. Elle l'avait vue essayer de corrompre le jeune homme, dans une tentative désespérée d'obtenir ses faveurs, son corps.

— Le Frère, le grand, avec les grands yeux marron. Celui qui est beau. – Elle fronça les sourcils avec une sorte d'excitation. – Il était avec nous tout à l'heure. Tu ne l'as pas vu ?

Azar regarda la Sœur, ahurie. Elle commençait

à comprendre que son insistance à quitter l'hôpital n'avait rien à voir avec la sécurité, le règlement ou le protocole. Elle n'avait rien à voir non plus avec la vie ou la mort d'Azar. Elle n'était commandée que par son désir. Elle voulait être avec Meysam.

— Non, je crois qu'il est parti, mentit Azar.

Elle ne se souvenait de presque rien. Peut-être l'avait-elle aperçu, au fond. Mais à cet instant, observant le visage tacheté, saupoudré d'ombres irrégulières venues du sycomore, de la vieille fille qui se préparait à lui repasser les menottes, elle éprouva du plaisir à la voir déçue.

Une fois dans le couloir, la Sœur la laissa momentanément pour récupérer l'enfant. À peine capable de tenir debout, Azar s'assit en tremblant sur une des chaises en plastique blanc qui bordaient le corridor vide. Des ampoules nues pendaient du plafond, dispensant une lumière faible et brumeuse. Ses yeux lui faisaient mal.

Quelques portes plus loin, une femme âgée apparut. Elle portait un manteau bleu marine qui lui arrivait aux genoux et un foulard blanc. Elle regardait les affiches sur le mur, les mains croisées, et semblait attendre quelque chose ou quelqu'un. Un fils ou une fille, peut-être, ou un petit-fils. Dans cet environnement sinistre, elle paraissait étrangement soignée et sereine.

Elle s'assit et posa son sac en cuir marron à la courroie usée sur ses genoux. Elle coula un regard vers Azar, mais détourna immédiatement les yeux. Ces yeux gris-vert qui l'évitaient lui firent mal. Elle y vit de la peur. Et comme un pressentiment. Azar se demandait ce qu'on pouvait lire sur son propre visage. Sa probable destination ? Une menace qui parlait de portes en fer, de menottes et d'interrogatoires ? La vie entre les murs de la prison n'était pas très différente de celle du dehors. Tous, au-dehors, portaient la peur comme une chaîne, dans les rues, sous l'ombre familière de la montagne, triste et magnifique. Et parce qu'ils portaient tous cette chaîne, ils ne l'évoquaient jamais. La peur se faisait impalpable, on n'en parlait pas. Elle régnait sur tous, invisible et omnipotente.

Azar jeta un regard à son pantalon gris informe, à son tchador noir qui traînait à moitié par terre, balayant le sol. Les détenues n'étaient pas aussi douées que les Sœurs pour porter le tchador. Elles s'empêtraient dedans, maladroites, comme des enfants qui essaient de mettre des vêtements à une poupée, une poupée cassée avec un bras ballant et une jambe morte. Leurs tchadors, mal mis, pendaient toujours d'un côté.

Azar resserra son voile, le tira sur son visage et y cacha ses mains menottées. Protégée par le tchador, elle palpa ses joues osseuses, son menton menu. Elle devait avoir l'air décharnée. Un spectre dont personne ne voudrait. Une image se matérialisa alors dans son esprit. Elle se revit courant dans une rue déserte, des tracts à la main, le rugissement de la patrouille des Gardes de la Révolution faisant vibrer l'air derrière elle. Elle se revit cachée derrière une voiture et se souvint comme son cœur battait fort, comme s'il ne faisait plus partie de son corps, comme s'il avait une vie et un rythme propres. Elle se rappelait le trou dans l'asphalte, le papier de bonbon qui était passé en flottant dans la rigole à ses pieds, un bout de toile cirée décorée de roses jaunes sur une table, aperçu derrière la fenêtre d'une maison. L'odeur de l'acier chaud, le battement violent, explosif, de ses tempes.

Il lui semblait que ce jour-là, avec son ciel sans nuages, avait existé il y a des siècles. Quelle personne était-elle à cette époque ? Qu'était-il arrivé à cette Azar à la voix si déterminée, aux pieds si rapides, avec tous ses doutes qu'elle ne partageait avec personne, pas même Ismaël ?

Le bruit de pas qui approchaient lui fit lever la tête. La vieille femme se tenait devant elle.

— Ça va, vous allez bien, *Dokhtaram* ?

Azar la regarda, interloquée, incapable de proférer le moindre mot. Elle n'avait pas imaginé que la femme l'approcherait. La seule pensée de parler avec quelqu'un à l'extérieur de la prison l'ébranlait.

— Vous êtes pâle, commenta la vieille femme.

Azar reconnut immédiatement l'accent de Tabriz, celui de sa mère, la même cadence légère, comme si, lorsqu'elle prononçait les mots en farsi, elle marchait sur la pointe des pieds. Elle ouvrit la bouche pour répondre et ses yeux se remplirent de larmes.

— J'attends ma fille, dit-elle, sa voix se prenant dans sa gorge.

L'image de sa mère qui se lavait le visage avec l'eau de la fontaine bleue, qui se préparait pour la Prière du Matin occupa brusquement ses pensées.

— Et où est-elle ? Dans la pouponnière ?

Les larmes ruisselaient sur le visage d'Azar. Elle ne savait pas quand, comment, ni d'où elles avaient jailli. C'était comme si un barrage s'était rompu à l'intérieur. Son corps se mit à trembler sous l'assaut des sanglots qu'elle essayait de retenir.

— Ne pleurez pas, *Azizam*. Pourquoi pleurez-vous ? répéta la femme surprise, attristée. Ça ne sert à rien. Votre fille est née. Elle est en bonne santé, elle est belle, Inch'Allah, comme vous, même si je trouve que vous devriez manger plus. Vous êtes trop maigre. Vous avez deux personnes à nourrir, maintenant. En ces temps de guerre, il faut que nous soyons fortes. Si nous sommes fortes, personne ne nous fera plier, pas même Saddam.

La vieille femme parlait d'une voix douce. Elle essuyait les larmes d'Azar avec le bout de son foulard. Des larmes qui semblaient ne jamais vouloir s'arrêter, jaillissant sans fin comme des cataractes.

— Pourquoi ne pas aller la chercher ?

Les yeux de la femme brillaient, elle espérait que l'idée pourrait distraire Azar de son chagrin et stopper ses larmes.

— La Sœur y est allée, renifla Azar, baissant la tête pour essuyer son visage dans son tchador.

— Ah, c'est bien, votre sœur est là, dit la vieille femme avec enthousiasme. Vous n'êtes pas toute seule, alors. C'est bien.

— Elle n'est pas ma sœur. On l'appelle la Sœur mais elle est…

Azar s'interrompit. La femme attendit qu'elle finisse sa phrase. Puis la couleur de ses iris changea brusquement. Une pensée, la peur, quelque chose d'indicible passa dans ses yeux. Son visage maigre et ridé se figea. Tout à coup, le désir d'endiguer les larmes d'Azar, de lui parler de sa fille n'avait plus lieu d'être. Elle posa une main sur la tête de la jeune femme.

— Je vois, dit-elle enfin.

Elle semblait vouloir en dire davantage. Ses yeux gris-vert étaient remplis de questions. Mais elle n'en fit rien. Elle déposa un baiser sur le front d'Azar et partit sans bruit au moment même où apparaissait la Sœur au bout du couloir, portant un paquet rouge emmailloté dans ses bras.

Oubliant la vieille femme, Azar se leva. La vision qu'elle avait devant elle lui parut atrocement fausse. Son enfant, à elle, dans les bras de la Sœur, sa gardienne. Elle sentit une montée de désespoir si puissante qu'elle en fut étourdie. Mais elle n'avait pas le droit de penser à ces choses. On lui apportait son enfant. Elle avait eu de la chance. Son enfant était en vie. Rien d'autre, à cet instant, n'avait d'importance.

Elle serra le poing et regarda la Sœur qui se rapprochait d'elle. Une sorte d'excitation l'habitait tout entière. Impossible de détacher ses yeux du paquet dans les bras de sa geôlière. Toute sa frustration, toute sa colère furent soudain balayées par une folle tendresse, un instinct aigu de protection. Elle tendit les bras en direction de son enfant, tremblant déjà à l'idée de la tenir. Mais tandis que la Sœur s'avançait plus près, elle vit dans quoi on l'avait enveloppée. C'était une des couvertures grossières de la prison. Dessous, son bébé était entièrement nu. Azar grimaça à la vue de son enfant livrée ainsi à la rudesse du tissu qui mordait sa peau fragile. Les bras tendus, elle n'arrivait pas à parler. Elle savait que si elle ouvrait la bouche, il n'en sortirait qu'une plainte stridente, éperdue.

— Tu es encore trop faible, dit la Sœur, se rengorgeant puis se dirigeant vers l'ascenseur. Tu pourrais la lâcher.

Les bras d'Azar retombèrent. Elle ne pouvait détacher ses yeux du petit paquet. Elle se vit l'arracher à la Sœur et s'enfuir avec dans le corridor jusqu'à la rue, jusqu'au pont, où, quelque part à l'ombre d'un arbre, son père l'attendrait.

Le visage de la Sœur s'éclaira soudain à la vue de quelqu'un au bout du couloir. Azar suivit son regard. Meysam venait vers elles, ses sandales claquant fièrement sur le carrelage, sa chemise blanche en nylon informe sur son pantalon noir. Il marchait lentement, le menton levé, en vrai Gardien de la Révolution, ses vêtements ostensiblement modestes arborés comme une démonstration de son omnipotence. La barbe qu'il tenait absolument à porter était clairsemée. Sa démarche était celle d'un enfant qui vient tout juste de gagner une guerre. À cet instant il vint à l'esprit d'Azar que bientôt, comme tant d'autres, il serait envoyé sur le front de cette autre guerre, aux frontières du pays. Car le pays n'avait que des corps pour se défendre et chaque jour voyait les envois de corps augmenter. Des corps qui ne reviendraient peut-être pas. Azar regarda Meysam et cligna des yeux. Cette pensée la remplissait de désespoir.

Près d'elle, la Sœur libéra une de ses mains pour remettre une mèche de ses cheveux sous son foulard. Elle baissa les yeux, feignant une timidité répugnante. Azar observait avec appréhension les gestes incontrôlés de la Sœur. Chaque fois que cette dernière bougeait, elle se précipitait, les mains en avant, pour recevoir son enfant, de peur que la gardienne, toute à sa passion, ne la lâche.

— *Salaam Baraadar*, dit la Sœur, aux anges. Je croyais que tu étais déjà parti.

— Je suis encore là. Tu es prête ? demanda Meysam en appuyant sur le bouton de l'ascenseur.

— Oui. Tout est fini, avec l'aide de Dieu.

Un autre homme entra dans l'ascenseur avec eux. Lorsque son regard désapprobateur rencontra celui d'Azar, ses yeux s'agrandirent d'étonnement. Il la reconnut. Azar regarda dans la direction de la Sœur qui, ayant oublié sa coquetterie feinte, tournait le dos à Azar pour parler avec animation avec Meysam. Elle se rapprocha furtivement de l'homme. Il avait changé depuis la dernière fois qu'elle l'avait vu. Son visage s'était durci. Sa barbe le vieillissait et lui donnait l'air sévère. Sa chemise en nylon était boutonnée jusqu'en haut, jusqu'à sa pomme d'Adam, comme l'exigeait le code vestimentaire religieux. Comme Meysam, il portait des sandales en plastique.

Tout en se rapprochant de lui, Azar se demandait s'il habitait toujours près de chez ses parents, dans cette impasse, s'il se rendait toujours chez eux pour le thé du soir, s'il tenait encore son père informé des tickets d'État disponibles pour le sucre et l'huile, de plus en plus difficile à trouver au fur et à mesure de la guerre. Ou bien si le fait d'être devenu un homme de la Révolution, signalé par sa barbe autoritaire, ses sandales en plastique et son visage durci, l'avait coupé d'eux.

Elle vit dans ses yeux qu'il était choqué de la voir. Manifestement ses parents ne lui avaient rien dit de son arrestation. Azar n'était pas surprise. Ils avaient peur. Comment pourrait-il en être autrement ? Elle frémit en pensant à la manière dont ses parents l'avaient peut-être apprise. Elle imagina un essaim de Gardes de la Révolution envahissant leur maison, posant des questions, les menaçant. Et ses parents, tremblants, qui commençaient à comprendre, tandis qu'ils regardaient le chaos autour d'eux, pourquoi Azar n'avait pas donné de nouvelles depuis si longtemps.

Azar soutint le regard perplexe de l'homme.

— Je vais bien. Dites-leur que je vais bien.

Un éclat de rire de la Sœur se mêla au chuchotement d'Azar. Il résonna dans l'ascenseur, rebondissant sur les cloisons et les néons. Ahuri, l'homme hocha la tête.

Azar se tourna vers la Sœur.

— Laissez-moi la porter. Je peux y arriver.

La Sœur hésita puis déposa le paquet de tissu grossier dans les bras de la jeune mère. L'enfant dormait. Un souffle ténu était suspendu au-dessus de sa bouche rose entrouverte. Azar aurait voulu serrer de toutes ses forces ce petit corps doux contre son cœur. Elle aurait voulu le serrer pour la rendre plus vrai. La petite bouche, la peau rose et pleine de plis, le duvet noir sur son front.

Mais elle se sentait trop faible. Elle se contenta de tenir l'enfant dans cette couverture si rugueuse qu'elle lui grattait la paume des mains. Le tissu enveloppait à peine le petit corps. Le chagrin et la culpabilité montèrent en elle. Qu'avait-elle fait ? Elle avait fait naître un enfant dans un monde où ce n'était pas sa mère qui le tenait dans ses bras la première, mais une gardienne de prison.

Elle enfouit son visage dans la couverture et respira le doux parfum de son bébé. Elle déposa un baiser sur son front, sur ses épaules, sa poitrine. Elle l'embrassait et la respirait profondément, se rassasiant de la proximité de son corps, priant pour qu'elle lui pardonne un jour. L'enfant bougea à peine son épaule et ouvrit les yeux.

Ils étaient noirs comme la nuit. Le blanc semblait presque bleu. Elle ouvrit et ferma la bouche et regarda autour d'elle. Azar observait, abasourdie, ces grands yeux qui se posaient tout autour d'elle dans l'ascenseur, si pénétrants qu'on aurait dit qu'elle voulait vous arrêter et vous jeter en prison. C'était presque effrayant. Ce regard aiguisé dans les yeux noir et bleu de son enfant, sévère, implacable, qui ressemblait tant à celui de la Sœur. Son cœur s'arrêta presque d'effroi. Azar avança une main tremblante et en couvrit les yeux de sa fille.

Il régnait une fébrilité chaleureuse dans la cellule aux murs luisants d'avoir été frottés par tant de têtes et de corps. Une fébrilité qui n'arrive qu'une fois, lorsque la vie s'apprête à subir une vraie métamorphose.

Tout à leur effervescence, les femmes attendaient l'arrivée du nouveau-né. Elles avaient tout nettoyé du sol au plafond, frotté les murs, lavé les tapis. Ce jour-là personne n'était autorisé à faire de la gymnastique, de peur de faire voler de la poussière. Dans un coin, elles avaient réalisé une décoration avec des feuilles tombées dans la cour, rassemblées dans un grand pot en aluminium vide. Les barreaux en fer de la fenêtre jetaient des ombres épaisses sur le foulard jaune citron qui servait de rideau.

Les femmes avaient dû contenir leur excitation toute la journée. Elles tenaient à peine en place. Depuis le moment, à l'aube, où Azar avait été emmenée avec son gros ventre et sa douleur lancinante, les femmes, incapables de dissimuler leur joie, s'étaient radoucies. Le silence hostile s'était dissipé et les mots jaillissaient, s'échangeaient, même entre ennemies ayant méprisé leurs appartenances politiques respectives, et qui, de ce fait, s'étaient méprisées les unes les autres. Elles semblaient avoir remisé leurs rivalités haineuses, leurs noyades au fond de bourbiers idéologiques, oubliant au moins pour un jour qu'elles tenaient l'autre pour responsable de cette révolution qui s'était égarée en route. Elles se saluaient mutuellement d'un *Bonjour !* sans réserve.

Leurs visages habituellement défaits et maussades rayonnaient de joie et d'impatience. Ce n'était pas le jour de la douche, mais elles se pomponnèrent, tout en tressant leurs cheveux et en chantant. Comme pour le nouvel an, elles avaient toutes sorti leurs plus beaux vêtements des placards, qui à présent tombaient de travers sur leurs épaules osseuses et leurs poitrines amaigries. Elles passaient et repassaient sans cesse leurs mains sur le tissu pour en aplatir les plis.

Même Firoozeh, ce jour-là, ne parvenait pas à contenir sa joie. Elle avait cessé ses divagations colériques. Toutes, dans la cellule, savaient qu'elle était devenue une *tavaab*, une moucharde, puisqu'elle avait pu passer une nuit avec son mari et qu'elle avait eu droit à un oreiller plus moelleux que les autres. Mais ce jour-là, même Firoozeh n'avait pas l'air de vouloir trahir la tranquille allégresse qui régnait parmi elles. Elle échangea à peine deux mots avec les Sœurs. Au lieu de cela, elle parla à toutes de sa fille Donya. Elle raconta comment elle avait laissé Donya avec sa famille lorsqu'on l'avait arrêtée. Elle évoqua les larmes qu'elle avait versées nuit après nuit à la pensée de ne plus la voir. Le jour où elle serait libérée, elle prendrait Donya avec elle et quitterait l'Iran. *Partir sans se retourner*, disait-elle, les sourcils froncés, comme si elle évoquait un mauvais rêve.

Un bruit de pas et le cri étouffé d'un nouveau-né les firent se précipiter jusqu'à la porte. Elles riaient, battaient des mains et, tout excitées, se donnaient des petites tapes sur l'épaule. Lorsque la porte s'ouvrit et qu'Azar entra avec son enfant emmailloté, des cris de joie fusèrent, comme pour un mariage. La Sœur prit un air sévère et leur cria de se calmer.

Azar rit quand elle les vit, quand elle vit leurs plus beaux vêtements, les murs récurés et le foulard qui tenait lieu de rideau. Elle sentit leurs cris de joie vibrer dans tout son corps. Entourée de leur bonheur, elle oublia tout. Elle oublia le regard implacable dans les yeux de son enfant. Elle oublia la douleur, elle oublia la déchirure en elle, la peur, la culpabilité. Elle fut étonnée, surprise de se sentir revenue chez elle.

Elles l'entourèrent, avec leurs yeux brillants et leurs mains impatientes, leurs voix se mêlant, se cognant les unes aux autres, s'imbriquant. Elles se passèrent l'enfant de bras en bras, leurs corps réchauffés de l'avoir tenue, voulant la bercer encore, la laissant, à regret, à d'autres mains impatientes. Des mains qui voulaient la prendre. S'accrocher à elle.

Puis elles virent sa nudité, le tissu rugueux, et leurs cœurs se serrèrent. Sans un mot, elles défirent la couverture et l'emmaillotèrent dans un tchador doux décoré de marguerites.

Elles regardèrent l'enfant, puis les yeux d'Azar. En faisant un effort, elles devinaient la peur encore accrochée à ses cils et l'incrédulité dans les plis gercés de ses lèvres, à la pensée que son enfant était vivante, qu'elle-même était vivante.

Elles allèrent chercher un bol d'eau fraîche qu'elles avaient gardé en réserve près du pot en aluminium, et lui lavèrent le visage.

— C'est fini, lui dirent-elles. – Elles lui frottèrent les mains. –Tu es en sécurité maintenant. Tu es avec nous.

Elles lui massèrent les épaules. Elles craignaient tellement pour la jeune mère qu'elles firent semblant de ne pas voir comme elle avait été déchirée.

— Comment s'appelle-t-elle ? demanda Marzieh, la plus jeune, en prenant le petit paquet avec précautions des mains de Firoozeh.

Azar prit sa respiration.

— Neda, répondit-elle en serrant involontairement les mains.

Elle prononça le nom silencieusement plusieurs fois. Chaque fois, pour elle, l'enfant s'ancrait un peu plus dans la réalité. Chaque fois, le souvenir de ce regard sévère s'estompait un peu plus. Peu à peu, tandis qu'elle disait son nom, l'enfant devenait un peu plus à elle, entièrement à elle. Quelque part, une magie opérait, la réconciliait avec son enfant, avec le lieu, avec le temps, avec elle-même. Elle n'était plus coupable. À la place, elle se sentait remplie d'un sentiment si puissant, si inébranlable, qu'il ne pouvait s'agir que d'amour.

Elles étaient toutes assises et regardaient le mouchoir blanc qui bougeait au rythme de la respiration de Neda. Dans un coin de la cellule, Firoozeh, le visage rouge, faisait des exercices, sautillant, écartant ses bras et ses jambes comme des lames de ciseaux. Le manque d'air la faisait haleter. Azar avait posé le mouchoir sur le visage de sa fille pour ne pas qu'elle respire la poussière soulevée par Firoozeh.

— Je suis sûre qu'ils feront venir ton mari avant de te retirer ta fille, dit Marzieh d'une voix rêveuse, levant les yeux sur le maigre linge de l'enfant accroché sur le fil au-dessus d'elles.

Un mois avait passé. Le visage du nourrisson perdait sa teinte rose, ses plis s'effaçaient. Son regard se faisait moins vague. Et le lait de la jeune mère, aqueux au début, s'épaississait.

Azar s'abandonnait voluptueusement à sa toute nouvelle maternité. Elle portait fièrement ses seins gonflés. Même dans la pièce où avaient lieu les interrogatoires, elle sentait un frisson de joie à la pensée de ses seins qui débordaient de lait. Comme s'ils la protégeaient, comme s'ils la rendaient forte, invincible. Le liquide tiède suintait de ses mamelons tandis que l'interrogateur répétait la même question dans un ordre différent, espérant la coincer, sur quel sujet ? il ne semblait même pas le savoir exactement lui-même. Elle l'écoutait à peine. Elle se laissait porter par le ruisseau tiède de son corps qui avait soif de son enfant, collant et sucré comme de la sève d'arbre.

Nous avons tous un arbre en nous. Elle se rappelait les mots d'Ismaël. *Pour le trouver, il faut juste un peu de temps.*

Neda était devenue, pour les autres femmes, leur principale source de distraction. Elles n'en avaient jamais assez. Elles entouraient Azar et les contemplaient, elle et son bébé aux lèvres roses. Elles observaient chaque mouvement de l'enfant, chaque effort pour prendre du lait ou de l'air, écoutaient chaque vagissement, suivaient chaque tentative de ses minuscules poings pour saisir leurs doigts. Elles l'admiraient de leurs yeux perdus, leurs bouches pleines de compliments. Elles se pressaient autour comme si elle était leur lieu saint. Elles voulaient toutes la tenir, la veiller quand elle dormait, lui essuyer la bouche quand elle éternuait.

La vie dans la petite cellule avait changé. Elle ne tournait plus autour des Sœurs, sortes de corbeaux qu'il fallait suivre pour les interrogatoires. On ne se préoccupait plus, si on ramassait une mouche morte, d'avoir à attendre l'heure de la toilette pour s'en débarrasser. Il n'était plus question des haut-parleurs qui appelaient à la prière cinq fois par jour. Ni des cris de douleur de celles qui craquaient, venus de pièces fermées, que toutes entendaient mais dont elles ne parlaient pas.

La vie était différente à présent. Elle tournait autour d'une enfant.

Et au fil du temps que Neda passait parmi elles, elles devenaient plus effrontées. Elles lui confectionnaient des vêtements avec leurs propres châles de prière. *Elle va grandir si vite en quelques mois,* disaient-elles. Elles dispensaient Azar de corvée de vaisselle afin qu'elle utilise ce peu de temps pour laver des couches. Elles baignaient l'enfant dans une bassine d'eau chaude. Elles lui lisaient des lettres. Elles jouaient avec elle. Elles lui chantaient des chansons.

Toutes redoutaient d'être un jour transférées dans une autre cellule ou une autre prison. Elles craignaient de devoir quitter ce lieu où la voix d'une enfant résonnait comme une sirène de vie. Leur monde n'était plus qu'aller, venir, respirer, manger, aspirer et téter. C'était un monde qui avait du sens, qui n'était plus seulement un trou noir.

Elles savaient toutes que ça ne durerait pas. Chaque jour pouvait se révéler le dernier. Azar le savait aussi. Il fallait qu'elle se prépare pour quand ce jour viendrait.

Mais comment ?

À peine un mois s'était écoulé et son bébé était la seule chose qui occupait son esprit. Rien n'avait plus d'importance, en dehors de l'enfant et de la tendresse passionnée et protectrice qu'elle éprouvait pour elle. Elle commençait même à s'agacer de la manière dont certaines femmes la tenaient. *Ce n'est pas comme ça qu'il faut faire,* se disait-elle, accourant, se retenant de toutes ses forces pour ne pas leur crier de la reposer. Il fallait qu'elles fassent attention. *Le cou du bébé est encore si fragile.* Et, toute à son émotion, elle leur reprenait Neda et mettait le petit corps contre sa poitrine, posant le cou et la tête doucement dans le creux de sa paume. Personne d'autre qu'elle ne savait ce qui était bon pour cette enfant, personne.

Tout cela était dangereux, elle le savait. Il fallait qu'elle cesse. Qu'elle commence à apprendre à lâcher prise. L'enfant ne lui appartenait pas, elle pouvait lui être retirée à tout moment. Elle devait se tenir prête. Mais comment l'être ?

— Peut-être qu'ils te laisseront l'emmener chez tes parents, dit une femme.

— Tu auras droit à un jour de visite et tu pourras leur laisser, dit une autre, en tripotant un bouton de sa chemise sur le point de tomber.

Azar les écoutait, sceptique, un sourire triste aux lèvres. Elle entendait le clip-clap des sandales qui passaient dans le couloir, le mouvement des tchadors qui frôlaient la porte, les échos de voix qui jacassaient.

— Rien de tout cela ne va arriver, dit-elle, essayant de garder une voix posée.

Elle étendit la main pour voir si les vêtements étaient secs. Le fil était accroché bas, il était inutile de se lever. Elle attrapa la chemise aux petites fleurs bleues et entreprit de la plier.

De tous les vêtements que ses parents avaient envoyés à Neda – elle ne savait ni quand ni comment ils avaient été informés de la naissance –, seuls quelques-uns lui étaient parvenus. Avec un paquet de thé. Azar était sûr qu'ils avaient envoyé davantage de choses. La Sœur disait que c'était là tout ce qu'ils avaient pu trouver, mais elle n'était pas convaincue. Chaque fois qu'elle se rendait à un interrogatoire, elle apercevait, sous son bandeau, un grand sac abandonné près de la porte de la salle de bains. Azar était persuadée que ce sac lui appartenait. Elle était sûre qu'il était rempli de jouets, de savons, de couches et d'habits pour son enfant. Mais personne ne lui remettait ce sac. Elle l'attendit jour après jour jusqu'au moment où il ne fut plus là.

— Le jour où ils décideront que ça suffit, ils entrouvriront la porte, juste un peu, comme ça, et ils me la prendront.

Elle écarta légèrement ses mains pour simuler l'étroitesse de l'ouverture. Des murmures désapprobateurs circulèrent dans la pièce. *Azar et son pessimisme fatigant.*

Sous le mouchoir, Neda fit un petit bruit et bougea la tête. Toutes les femmes se tournèrent vers elle. Elle était réveillée. Elle commença à pousser des cris de faim. Azar retira le mouchoir et la prit dans ses bras. Elle offrit fièrement ses seins lourds à la bouche rose qui se mit à téter goulûment.

— Mais qui dit qu'ils vont te la prendre ? demanda Parisa, assise près de Firoozeh qui faisait sa gymnastique.

Parisa était la seule amie de Firoozeh dans la cellule. Elles avaient raconté aux autres détenues qu'elles se connaissaient depuis le lycée. Tout comme Firoozeh, Parisa avait un enfant, un fils qui s'appelait Omid, qu'elle avait laissé avec ses parents et sa sœur. Elle était enceinte de son deuxième enfant lorsqu'on l'avait arrêtée. Même si Parisa savait que Firoozeh était devenue une *tavaab,* ce fait ne devait pas gâcher leur amitié. Parisa ne laissa jamais tomber Firoozeh. *Je la connaissais avant*, avait-elle dit un jour lorsque les autres lui avaient demandé des comptes, *je sais que c'est quelqu'un de bien à l'intérieur. C'est juste qu'elle est vulnérable, pas assez forte pour la prison.*

Azar aussi connaissait Parisa. Elle avait fait sa connaissance au mariage de Behrouz, le plus jeune frère d'Ismaël. Parisa était la sœur de la mariée. C'était une des dernières fois qu'Azar et Ismaël s'étaient rendus à une fête de famille.

Qu'en était-il de Behrouz et de sa femme Simin ? avait demandé Azar à Parisa le premier jour, heureuse et rassurée de voir quelqu'un qu'elle connaissait. Parisa lui avait dit qu'ils avaient tous deux été arrêtés. Elle savait que Simin se trouvait dans une autre cellule, mais elle n'avait pas de nouvelles de Behrouz. Behrouz avec son corps mince et musclé, ses beaux sourcils arqués et son rire sonore. *Qu'est-ce qu'il était devenu ?*

— J'ai entendu parler d'une femme qui a gardé son enfant pendant une année entière, jusqu'à ce qu'elle soit libérée, continuait Parisa, ses grands yeux brillants pleins de l'espoir, peut-être, de pouvoir garder son propre enfant lorsqu'il serait né.

Toutes se tournèrent vers elle, les yeux écarquillés.

— Vraiment ?

— C'est ce que j'ai entendu. Peut-être qu'on ne vous oblige pas à le confier si vous ne le voulez pas.

Leurs voix joyeuses remplirent la pièce tandis qu'elles discutaient de cette éventualité. Même les yeux d'Azar pétillaient. Son sourire triste avait quitté ses lèvres et elle sentait au creux de son ventre un élan d'espoir, mais aussi comme un pressentiment. Il ne fallait pas qu'elle croie ces paroles. Il ne fallait pas qu'elle tombe dans leur piège.

— Elle a gardé son enfant une année entière ?

— Ils sont rentrés chez eux tous les deux ensemble.

Azar regarda Neda. Ce petit être à la tête ronde et aux beaux yeux bleu et noir, blotti contre elle si douillettement, avec tant de confiance qu'il faisait taire tous ses doutes de mère.

Elle serra l'enfant pour empêcher sa voix de trembler.

— Je veux la garder le plus longtemps possible. – Elle ne pouvait s'empêcher d'espérer. N'en avait-elle pas le droit ? – Vous croyez qu'ils me laisseront la garder ?

Une autre semaine passa et personne n'avait encore rien dit à Azar au sujet de Neda. Personne n'avait appelé depuis le bureau de la Sœur. Azar avait l'impression que tout était possible. Peut-être ne lui retireraient-ils pas l'enfant, après tout. Peut-être n'y avait-il pas de risque à espérer. Elle commença à coudre davantage de vêtements à Neda. Pour elle, elle broda une fillette debout dans un champ de fleurs. Elle recommença à porter sa chemise blanche avec ses fleurs jaunes et roses. Les couleurs étaient si vives qu'elles brillaient dans le noir de la nuit. Elle recommença à danser le *lezgi*, tapant des pieds par terre, les fleurs jaunes et roses bougeant en rythme, pendant que les autres frappaient dans leurs mains en chantant pour elle. Les fleurs semblaient vivantes, aussi vivantes que ses joues rouges, ses yeux noirs et brillants et sa chevelure épaisse et ondulée. Toutes lui disaient comme elle était belle quand elle dansait.

Elle se mit même à couper les cheveux de ses compagnes de cellule, avec les ciseaux qui leur étaient confiés pour une heure une fois toutes les quelques semaines. Azar s'était posé des questions au sujet de ces ciseaux. Les Sœurs n'avaient-elles pas peur que les détenues les utilisent pour se blesser, se tuer même peut-être ? *Non, les Sœurs n'ont pas peur,* pensa-t-elle. Ou plutôt, cela leur était égal. Elles préféreraient sans doute que les prisonnières se blessent, qu'elles les débarrassent de leur présence. Cela leur faciliterait le travail, il y aurait moins de détenues dont il faudrait s'occuper. Les femmes le savaient sans doute. C'est pourquoi aucune d'elles n'avait jamais utilisé les ciseaux à cet effet. Elles ne le feraient jamais. Elles n'allaient pas offrir cette satisfaction aux Sœurs.

La première à se faire couper les cheveux par Azar fut Marzieh, puis ce fut au tour d'une autre jeune femme qui fut bientôt transférée dans une autre cellule. Azar essayait de convoquer des souvenirs, vagues et peu fiables, sur la manière dont sa sœur, coiffeuse, tenait les mèches entre ses doigts raides pour les approcher des lames des ciseaux. Il n'y avait pas de miroirs en prison. Ses compagnes avaient pris l'habitude de lui faire confiance.

Puis, ce fut au tour de Firoozeh de demander une coupe de cheveux.

Azar n'avait pas envie de couper les cheveux de Firoozeh. Elle savait que cette dernière avait mouchardé lorsqu'elle était enceinte, qu'elle avait rapporté aux Sœurs qu'elle dansait le *lezgi* dans la cellule. Danser était interdit. Elles auraient dû être en train de prier au lieu de jeter leurs jambes en l'air et de sautiller au rythme d'une musique qu'elles n'entendaient que dans leurs têtes. Pour la punir, on avait emmené Azar sur les toits où on l'avait obligée à rester debout sous la pluie pendant des heures. La pluie était censée avoir le pouvoir de laver ses membres de toute cette musique, et les membres de son enfant à venir. La pluie était censée lui faire comprendre que la prison n'était pas un endroit où convoquer des souvenirs d'enfance. Alors Azar s'était juré de ne plus jamais avoir à faire avec Firoozeh. Cependant, Firoozeh elle-même avait changé depuis l'arrivée du bébé et la prison, pensait-elle, n'était pas un endroit où entretenir de vieilles rancunes.

Ce jour-là, Firoozeh s'assit sur une chaise dans la salle de bains au sol mouillé et sale. Azar se tenait derrière elle, les ciseaux dans une main. Elle regardait l'épaisse et luxuriante natte de cheveux ondulés qui lui tombait jusqu'au bas des reins. Azar n'avait même pas de peigne.

Après un long moment d'hésitation, embarrassée, elle approcha les lames ouvertes des ciseaux de l'endroit d'où partait la natte, tout près de la nuque de Firoozeh, et les referma. Il ne se passa pas grand-chose. En lieu et place du bruit sec du coup de ciseaux auquel elle s'attendait, elle n'entendit que le bruit douloureusement mou des lames qui tentaient d'entamer la chevelure épaisse et serrée. Elle ouvrit et referma les ciseaux une nouvelle fois, mais les cheveux étaient trop épais. Ils ne firent que s'effriter, reculant au contact timide des lames. Azar essaya de nouveau, continua d'ouvrir et de fermer les ciseaux, creusant toujours plus avant dans la natte. Les cheveux de Firoozeh commencèrent alors à voler dans tous les sens. Aucune mèche n'avait la même longueur que sa voisine. C'est seulement à ce moment qu'Azar comprit qu'elle aurait dû défaire d'abord la natte. Mais elle ne pouvait plus s'arrêter à présent. Elle continua son travail à grands coups de lames jusqu'à ce qu'enfin la moitié de la natte, cassée, ébouriffée, cède. Puis elle leva les yeux. Son poignet lui faisait mal. Ses compagnes l'observaient, concentrées. Toutes, hormis Firoozeh, avaient compris ce qui se passait. Elles regardaient en silence. L'ampoule nue qui pendait au-dessus de leurs têtes jetait une pâleur mortelle sur leurs visages couleur de cendres.

Azar regarda de nouveau la natte qui pendait, détachée, de la tête de Firoozeh. Elle retira les touffes de cheveux coincées dans les ciseaux et recommença à couper. Elle taillait dedans, déterminée, désespérée, comme si elle tentait de ressusciter un enfant qu'elle savait déjà mort. Le silence se fit tandis que les femmes observaient la natte sectionnée qui tombait par terre. Les cheveux inégaux de Firoozeh pointaient dans tous les sens. Azar tenta de toutes ses forces d'arranger les choses, les recoupant ici et là, mais elle ne faisait qu'empirer la situation. Enfin, elle s'arrêta. *Il n'y a pas de miroirs ici,* pensa-t-elle pour se consoler.

— Je suis comment ? demanda Firoozeh, jetant un regard autour d'elle, yeux grands ouverts, ses iris comme des têtes d'épingles.

— C'est une coupe moderne, dit Azar pour essayer de rendre l'atmosphère plus légère.

Après tout, elles se trouvaient dans une prison. *Quelle importance pouvait avoir une coupe de cheveux ?*

Personne ne dit rien. Les yeux des femmes allaient d'Azar à Firoozeh, puis de Firoozeh à Azar. Ce fut le moment que choisit Marzieh, Neda endormie dans ses bras, pour éclater d'un rire si sonore qu'il se fracassa contre le plafond, vola en éclats, et retomba sur elles comme de la poudre à canon. Toutes la regardèrent, stupéfaites. Mais Marzieh riait et riait encore, et son rire, telle une flamme au contact d'une longue rangée de grenades, fit bientôt exploser les autres d'un fou-rire à vous déchirer les tympans, d'un fou-rire à perdre haleine. Ce fut comme une tornade de rire qui les emporta en une folle émotion, débridée et étourdissante.

Firoozeh les regardait, ahurie.

— Pourquoi riez-vous ? demanda-t-elle, touchant ses cheveux.

— Le résultat est un peu fouillis, dit Azar, en gloussant.

Miroir ou pas, il valait sans doute mieux pour elle qu'elle dise la vérité.

— Mais c'est plutôt à la mode, ajouta-t-elle.

— Quoi ?

Firoozeh se tourna brusquement vers Azar. Elle se leva d'un bond, les narines frémissantes, les yeux anormalement dilatés, comme prête à se jeter sur elle.

— Qu'est-ce que tu as fait ? Qu'est-ce que tu as fait ? cria-t-elle.

Elle attrapa Azar par l'épaule et la secoua.

Azar s'immobilisa. Elle sentit la chaleur lui monter au visage. Les rires s'interrompirent abruptement. Les femmes observaient la scène, l'appréhension visible dans leurs yeux. Elle ouvrit la bouche pour dire quelque chose, n'importe quoi, quelque chose pour consoler Firoozeh, pour qu'elle lâche prise.

C'est à ce moment-là que Parisa se précipita vers elles et posa une main sur l'épaule de Firoozeh.

— Calme-toi, Firoozi. Ce n'est rien. Lâche-la.

Firoozeh lança un regard furieux à Azar sans la lâcher. Azar sentait le souffle chaud de sa codétenue sur son visage.

— Lâche-la, répéta Parisa.

— Les longueurs sont juste un peu inégales, marmonna Azar, essayant de reculer d'un pas.

Elle gardait les ciseaux serrés dans sa main, comme si elle avait l'intention de s'en servir pour se tailler un chemin hors de cette salle de bains.

— J'aurais dû défaire ta natte d'abord. Pardon.

Le visage empourpré, le regard toujours furieux, Firoozeh lâcha l'épaule d'Azar. Une espèce de folie imprévisible brillait dans ses yeux. Parisa retira lentement sa main de l'épaule de Firoozeh mais resta là.

— Je suis désolée, pardon, répéta Azar d'une voix étranglée.

L'artère de son cou battait. Elle lança un regard fautif à Parisa.

— Je ne voulais pas tout rater.

— Ce ne sont que des cheveux, dit Parisa doucement. Ça repoussera.

Firoozeh toucha ses mèches nerveusement sans

les écouter, comme si elle espérait en gommer les imperfections. Puis elle se tint immobile, sans regarder Azar. Avant de quitter la salle de bains, elle lui arracha les ciseaux de la main.

Le silence s'éternisait. Les femmes, avec leurs vêtements gris et leurs visages émaciés, fixaient Azar de leurs yeux inquiets. Le bruit d'un robinet qui fuyait remplit l'atmosphère. Parisa leur jeta un regard à la ronde, et leur fit un sourire triste avant de suivre Firoozeh dehors.

Azar se réveilla en sursaut. La soif sur sa langue pesait comme une motte de terre. C'était tôt le matin. La lumière argentée de l'aube se coulait dans la pièce cubique, traversant le foulard jaune qui recouvrait la fenêtre, tombant sur les murs et éclaboussant les silhouettes irrégulières blotties les unes près des autres sur le sol. Elle n'atteignait qu'à peine la porte de fer inébranlable, impitoyablement verrouillée. Azar se tourna sur le côté et posa une main sur le corps chaud de Neda. S'étant assurée que l'enfant dormait et respirait normalement, elle s'assit. Elle retint son souffle, écoutant, attentive, les respirations profondes et rythmées autour d'elle. Elle plissa les yeux, tenta de percer l'obscurité et d'identifier Firoozeh dans la masse d'ombres qui ronflaient. Et si elle décidait de se venger ? Et si elle donnait un coup de pied à Neda, ou si elle lui marchait sur la tête ?

Azar ne dormait plus depuis des nuits, depuis l'histoire de la coupe de cheveux, depuis qu'elle sentait constamment les yeux de Firoozeh sur elle, vengeurs et pleins de colère. Chaque nuit elle restait éveillée jusqu'à ce qu'elle soit sûre que Firoozeh s'était endormie. Parfois Marzieh la secondait, parfois c'était Parisa qui montait la garde pour qu'Azar puisse grappiller quelques heures de sommeil.

Elle repéra Firoozeh à l'autre bout de la cellule, allongée sur le sol comme les autres, près de la porte verrouillée. Elle ne bougeait pas, comme ratatinée sous la couverture. Son corps donnait une impression d'épuisement, ses bras gisaient sans vie près d'elle et sa tête était rejetée en arrière sur l'oreiller. On aurait dit une vieille femme tentant de rassembler ses dernières forces pour se mettre debout. C'était cet épuisement qui inquiétait Azar, celui de quelqu'un à qui tout est égal, quelqu'un qui peut aussi bien vous faire du mal que vous épargner. Une âme épuisée est imprévisible.

Azar cala l'oreiller derrière elle et s'y adossa. Elle tira sur la couverture pour recouvrir l'enfant. Bientôt, Neda se réveillerait et aurait faim. Les minutes s'étiraient, interminables. Azar attendait, impatiente, que Neda ouvre les yeux pour pouvoir lui offrir ses seins pleins de lait dont le jaillissement mouillait déjà sa chemise. Chaque fois que l'enfant s'endormait, Azar comptait presque les minutes jusqu'à son réveil. Rien d'autre ne lui donnait un sentiment de maîtrise comme le moment où elle tenait Neda dans ses bras et où les lèvres du bébé, après un moment de tentatives et d'ajustements affamés et inquiets, happaient son mamelon et commençaient à téter. Azar vivait pour ce seul instant.

Elle tendit de nouveau l'oreille pour écouter les respirations épaisses. Elle jeta encore un regard vers l'endroit où dormait Firoozeh. Celle-ci n'avait pas bougé. Azar s'allongea et enlaça Neda, plaçant doucement la tête de l'enfant dans le creux de son bras.

Lorsque Azar fut appelée dans le bureau de la Sœur, c'était un jour nuageux. C'était juste après la prière de l'après-midi et le morceau de ciel qu'on apercevait par la vitre était gris et couvert. La fenêtre de la Sœur n'avait pas de rideaux. La pièce était meublée d'un bureau, d'une chaise et de l'image du Chef Suprême, avec sa longue barbe blanche, sur le mur. Derrière la Sœur se trouvaient des classeurs remplis de papiers, des documents, des dossiers, chacun avec une vie à l'intérieur. *Firoozeh s'est finalement vengée,* pensa Azar, assise, hébétée et à moitié folle, incapable du moindre mouvement. Elle entendit le cri strident d'un corbeau dans le lointain. Une mouche bourdonnait à la fenêtre. *Pourquoi vont-ils me la prendre ?* se répétait-elle. *J'ai encore du lait.*

— Tu ne croyais tout même pas que tu allais pouvoir garder ta fille ici, avec toi, pour toujours, hein ? demanda la Sœur tambourinant de ses doigts sur la table, ses yeux jetant des éclairs.

La paupière gauche d'Azar tressauta violemment. Le froid venu du sol carrelé pénétra par les plantes de ses pieds, monta en elle et se propagea à ses os.

— Et si elle attrapait une maladie ? Ce n'est pas un endroit où garder un enfant.

Ce n'était peut-être pas un endroit où garder un enfant, mais c'était le parfait endroit où les garder elles. Où les obliger à rester petites, insignifiantes. Car on reste petit et insignifiant lorsqu'il n'y a pas de ciel à contempler.

La Sœur s'interrompit, comme si elle voulait que ses paroles lui entrent bien dans la tête, la transpercent même. Le temps était sans limite, il se dilatait autour d'Azar, l'engloutissant, l'aspirant. Son tchador pesait sur sa tête, l'oppressait. Elle pouvait à peine respirer, comme si les murs de la pièce allaient se refermer sur elle. Elle secoua légèrement la tête, essaya de se redresser.

Quelqu'un avait dû la dénoncer et rapporter à la Sœur qu'elle espérait garder son enfant avec elle longtemps, le plus longtemps possible. Et ça, c'était quelque chose que la Sœur ne pouvait tolérer. Si Azar désirait garder son enfant, cela signifiait qu'elle était heureuse. Cela voulait dire qu'elle était si heureuse qu'elle n'arrivait pas à garder son bonheur pour elle toute seule, et qu'il fallait qu'elle le partage avec tout le monde. Qu'il fallait qu'elle exprime ce bonheur. Et ça, c'était bien trop de joie pour une toute petite cellule avec des barreaux à la fenêtre.

Ici, ce n'était pas un lieu fait pour le bonheur. Ici, c'était Evin. Un endroit fait pour ressentir de la peur, une peur qui mijotait, qui bouillonnait, qui fumait. Mais si Azar désirait garder sa fille, c'était qu'elle n'avait plus peur. Le moment était donc venu de lui retirer l'enfant.

— Nous avons déjà contacté tes parents. Tout a été arrangé.

La Sœur leva à peine un doigt.

— Tu peux partir à présent.

Azar se mit debout. De l'autre côté de la porte, les deux Sœurs qui attendaient de la ramener dans sa cellule discutaient. Il était question de dîner, d'acheter du pain et des devoirs des enfants. Azar tendit la main vers le bouton de la porte. Elle avait la tête qui tournait. Quelque chose s'échappa de sa bouche. Elle ne savait pas si c'était une plainte, ou si elle avait toussé, ou si c'étaient des gouttes de salive. Elle entendit le tonnerre dans le lointain. Elle tourna la poignée.

À partir de ce jour, on cessa de lui donner la bassine d'eau chaude pour laver son enfant.

Un minuscule papillon blanc entra dans la cellule par les barreaux de la fenêtre. Azar l'observa qui voletait ici et là pendant un moment. Le papillon venait des montagnes, si proches. Elle le regarda jusqu'à ce qu'il se pose sur le tchador jaune de la fenêtre.

La cellule s'était vidée. Toutes les femmes étaient descendues dans la cour pour prendre un peu l'air. *Je vais rester*, avait annoncé Azar sans les regarder dans les yeux. Elle voulait profiter de ces quelques instants de calme volé pour nourrir Neda. Elle s'y adonnait avec plus de ferveur que jamais, comme si elle voulait faire un avec son propre lait et se fondre avec lui dans la bouche de son enfant. Pour être avec elle pour toujours et que personne ne les sépare jamais.

Quatre jours avaient passé et Azar ne savait toujours pas quand l'enfant lui serait retirée. Elle se hérissait chaque fois qu'elle entendait le bruit du tchador qui passait en balayant le sol, celui des clip-clap qui approchaient, pensant qu'ils venaient pour elle, pour lui prendre son bébé. Longtemps après que le tchador avait frôlé sa porte ou que les sandales étaient passées en claquant, elle haletait encore.

Elle était si anxieuse qu'il lui semblait que tout

glissait autour d'elle comme du sable, que tout lui échappait. Elle sentit qu'elle commençait à perdre ses facultés mentales. Elle ne voyait plus, n'entendait plus. Son lait lui procurait une sensation étrange, immatérielle. Les choses perdaient de leur réalité. Elle ne parvenait plus à s'y raccrocher. La seule chose à laquelle elle pouvait encore se cramponner était chaque nouveau jour. Elle s'accrochait à chacun d'eux comme s'il était le dernier. Comme si elle attendait la mort, un bras autour de son enfant, et de l'autre s'enlaçant elle-même. Elle respirait encore alors que sa vie allait bientôt finir.

Des bribes de conversations venues de la cour entrèrent dans la cellule par les barreaux de la fenêtre. Azar savait ce que signifiaient les chuchotements des femmes. Depuis ce jour dans le bureau de la Sœur, toutes les conversations s'étaient muées en murmures. C'était comme si une chape était tombée sur elles, étranglant leurs voix. Elles s'asseyaient en rang, le long des murs bas, leurs cheveux raides pendant autour de leurs visages anguleux et ternes, des rides de découragement gravées sur leurs fronts. *Quand ? Quand ?* se demandaient-elles sans arrêt. On aurait dit que quelque chose avait quitté leurs corps et s'était évaporé dans l'air lourd et confiné.

Azar cessa d'écouter le triste murmure des voix venues de l'extérieur. Elle ne le supportait plus. Elle accordait toute son attention au bruit des lèvres de Neda qui bougeaient goulûment dans leur mouvement de succion. Elle contempla la douce lueur du jour sur son visage, la rangée épaisse de cils noirs sur ses paupières. L'anxiété monta en elle comme un razde-marée, la peur de la séparation, la peur, lorsque Neda serait partie, de tomber de nouveau de plus en plus bas, dans un vide sans fond.

Elle commença à faire des cauchemars. Elle voyait Neda pleurer dans le sous-sol de la maison de sa mère. Elle était seule, mouillée, elle avait faim. Et personne ne venait la voir, pas même sa grand-mère. Le sous-sol était sombre et froid, et Neda continuait de pleurer jusqu'à ce qu'Azar se réveille, son oreiller trempé de larmes. Sa mère serait-elle capable d'abandonner Neda ? Et si elle avait été tellement blessée par la défection d'Azar qu'elle trouvait impossible d'aimer l'enfant ? Comment Azar pouvait-elle attendre quoi que ce soit de ses parents quand elle-même les avait laissés tomber si facilement ? Pourraient-ils jamais lui pardonner toutes les fois où ils avaient frappé à sa porte et où elle n'avait pas répondu ? Ses parents n'avaient même jamais rien su de sa grossesse. Voilà ce qu'elle leur avait refusé, l'attente, la joie, la fierté de prendre part à sa vie. Qu'avaient-ils dit lorsqu'ils avaient reçu le coup de téléphone qui leur apprenait la naissance de leur petite-fille ? Une enfant dont ils ignoraient qu'elle grandissait dans le ventre de leur propre fille. Avaient-ils été heureux ? Choqués ? *Au moins, ils savent que je suis en vie*, se dit Azar, même si cette pensée ne l'apaisait pas. La culpabilité qu'elle ressentait vis-à-vis de ses parents la rongeait. Les questions tournoyaient dans sa tête, auxquelles elle n'avait pas la moindre réponse. Les cauchemars revenaient nuit après nuit et, chaque matin, elle devait mettre son oreiller dans un coin à sécher.

Le bruit de succion s'interrompit. Azar tourna son

regard vers Neda qui s'était endormie, ses lèvres se détachant lentement du sein de sa mère. Les yeux d'Azar s'embrumèrent. Le visage de Neda devint flou. La jeune femme cacha ses yeux dans ses mains. Quelque chose en elle avait été mis en pièces et elle savait qu'elle ne pourrait jamais le recoller. Lorsqu'elle leva les yeux, le papillon n'était plus là. Il pleuvait. Le soir n'était pas encore tombé. Quelque part dans la cour, les gouttes de pluie tambourinaient sans cesse sur quelque chose de dur, peut-être un toit en tôle ondulée. Dans la cellule, les femmes étaient assises sur des matelas et des draps roulés qui s'alignaient le long des murs. Certaines échangeaient des souvenirs à voix basse, certaines écrivaient à leurs proches, d'autres relisaient pour la énième fois une lettre de leur mari reçue des mois plus tôt, ou bien fixaient le mur d'en face d'un regard absent, fredonnant de vieilles chansons. Parfois un rire résonnait dans l'espace confiné à l'évocation d'un vieux souvenir. Dans un coin, des assiettes et des couverts en plastique lavés et séchés avaient été soigneusement empilés. La faible lumière de l'ampoule nue tombait sur les vêtements pliés les uns sur les autres près de chaque paillasse.

La porte s'entrouvrit. Quelqu'un appela le nom d'Azar. L'ouverture était juste assez grande pour laisser passer un petit enfant.

Azar sursauta. Elle lança un regard en direction de la porte. À l'écoute de son nom, tout s'arrêta. L'air même dans la pièce se figea. Personne ne fit un geste. Elles fixaient toutes Azar, bouche bée.

Il se passa quelques minutes. Azar restait assise

par terre, sans pouvoir bouger, pétrifiée. Elle se mit à haleter, à chercher l'air, comme si ses poumons n'étaient plus capables de s'emplir d'oxygène.

On appela son nom une deuxième fois.

Près d'elle Neda faisait de tout petits bruits avec sa bouche, on aurait dit qu'elle chantait. Azar la prit. Le corps de l'enfant était doux, un peu plus lourd qu'au début. Elle avait grandi. Elle fit de petits mouvements gracieux avec ses pieds. Azar pensait qu'elle parviendrait à se lever mais elle chancela, comme si quelque chose la tirait vers le bas. Deux mains se tendirent vers elle, la soutinrent par les épaules, l'aidèrent à se redresser, la maintinrent. Azar fit un pas, puis un autre. Les femmes se regroupèrent, genoux contre la poitrine, et elle passa devant elles en clopinant, son visage tordu par des spasmes d'émotions indescriptibles, des émotions qui allaient au-delà de tout ce que l'on pouvait imaginer.

Des mains tremblantes se glissèrent furtivement dans l'ouverture. Au début elles tenaient un petit corps qui portait la vie en lui. Puis elles réapparurent, vides. Ensuite on les repoussa dans la cellule pour pouvoir refermer la porte.

Azar se laissa glisser le long du mur comme une goutte de pluie qui roule sur la vitre d'une fenêtre. Sa tête s'inclina sur le côté et tomba sur son épaule. Ses seins lourds se balancèrent. Sa chemise était trempée comme par une marée de lait. Ses bras étaient vides. La porte de fer avait été solidement refermée.

Le silence régnait. Un silence de deuil. Marzieh et Parisa tentèrent de la redresser. Leurs visages s'empourpraient tandis qu'elles essayaient de placer ses bras sans vie autour de leurs épaules. Elle était aussi lourde qu'un cadavre. Le lait lui ruisselait sur le ventre, ce lait qui aurait dû être pour son enfant. À présent il n'était à personne. C'était un lait orphelin. Un lait tiède, poisseux, dégoûtant.

Depuis l'autre coin de la cellule Firoozeh s'approcha d'Azar, un tchador dans les mains. Elle s'assit près d'elle, le visage secoué de tics, à cause de la douleur, du remords ou du chagrin, Azar n'aurait su le dire. On aurait cru qu'on la battait de l'intérieur. Azar aurait voulu lui échapper, elle aurait voulu se jeter sur elle, enfoncer ses ongles dans sa chair. Mais elle resta là, défaite.

Une voix résonna dans la cellule. C'était un chant, tremblotant, brisé. Une voix qui parlait de souvenirs, d'arrachements, de déchirements.

Il n'y avait plus d'arbres désormais à l'intérieur de ces femmes.

Doucement, Firoozeh souleva la chemise trempée de lait d'Azar, et enveloppa ses seins dans le tchador, bien serré, afin d'endiguer le flot.

1987

Téhéran, République islamique d'Iran

C'est comme cela que Leila découvrit Omid : les yeux écarquillés, tétanisé, suçant frénétiquement ses doigts. Il était assis à la table familiale. Autour de lui, la maison était dévastée. Toutes les portes étaient grandes ouvertes, toutes les commodes et leurs tiroirs avaient été éventrés et leur contenu éparpillé sur le sol. Il y avait des livres, des papiers et des vêtements partout, et aussi des enveloppes et des épingles à cheveux, des stylos et des chaussures. Sur certains des habits de Parisa on distinguait des traces de bottes sales.

Omid était présent lorsque ses parents furent arrêtés. Ils étaient tous en train de déjeuner. Le ciel était bleu, sans le moindre nuage ou signe quel qu'il soit. L'air avait déjà l'odeur de la chaleur qui viendrait bientôt, on sentait que la saison allait basculer dans une autre. Le père d'Omid était en train d'écraser de la viande, des pois chiches et des pommes de terre dans un bol en métal. Il tenait le pilon d'une main, de l'autre le bol, tandis que de la vapeur montait jusqu'à son visage. Omid trempa son doigt dans le bol de yaourt auquel on avait mélangé des pétales de roses. Parisa le regarda et fronça les sourcils.

— Combien de fois t'ai-je dit d'utiliser une cuillère ?

Omid ne sut pas quoi faire de son doigt, ni de la faute qu'il venait de commettre, alors il laissa son doigt dans le bol, enfoncé dans le yaourt froid et doux. Il regarda sa mère, ses yeux magnifiques et sa chevelure généreuse qui descendait en cascade sur ses épaules. Le joli chemisier mauve faisant ressortir le rose de ses joues, couvrant son ventre qui s'arrondissait. L'amour qui semblait couler de ses yeux et se répandre sur tout.

— Ce n'est pas grave, dit Parisa. Ton doigt est déjà dans le bol. Mais la prochaine fois, utilise ta cuillère.

Omid porta son index à sa bouche et savoura le goût du yaourt et des roses.

C'est à cet instant que la propriétaire apparut à la porte, flanquée de deux officiers. Elle était pâle, les yeux agrandis par la terreur. Elle parlait de façon précipitée, rajustant machinalement son tchador, suppliant, lâchant dans sa peur des mots qui n'avaient plus de sens.

Les gardes entrèrent dans l'appartement et emmenèrent ses parents. Tout simplement. Omid fut oublié à la table, le repas déjà servi devant lui. Parisa lui avait touché le visage, du bout de ses doigts froids comme la glace. Son père avait déposé un baiser sur son front et lui avait dit de ne pas avoir peur, qu'ils allaient revenir très vite. Mais sa voix avait si peu de consistance que quelque chose à l'intérieur du garçon éclata avec un léger bruit et disparut à jamais.

Les gardes cherchaient des documents, des lettres, des brochures, des poèmes, des livres interdits. Ils repartirent les mains pleines. Tous ces morceaux de vie emportés ! C'était ces documents qui décideraient du sort des uns et des autres.

Ses parents, avec leur amour et leur combat, et leurs existences de papier.

Ses parents étaient partis.

Omid resta assis à la table, entouré de chaos. Il ne pleurait pas. Il resta là à trembler, la salive coulant de sa bouche le long de ses doigts. La propriétaire avait couru après les gardes qui emmenaient ses parents, menottés, les yeux bandés. Des gardes qui n'avaient pas eu besoin d'user de violence car ses parents n'opposaient pas de résistance. Ils ne battaient pas l'air de leurs bras. Ils ne criaient pas.

Tout était calme, comme un dimanche matin à la mosquée. C'était comme s'ils s'y étaient préparés. Comme si ses parents avaient attendu les gardes. Attendu qu'ils viennent saccager leur maison, leur vie, l'enfant qu'ils laissaient derrière eux et celui qui était à naître. Attendu qu'ils y sèment la dévastation et qu'ils la leur crachent au visage.

Ce n'est qu'après, quand sa voix s'éteignit dans sa gorge, que ses mots furent laissés sans vie sur les marches devant la porte, que la propriétaire courut jusqu'au téléphone et appela Aghajaan et Maman Zinat. Et Omid était là, assis. Avec un hachis à demi préparé et un bol de yaourt devant lui au parfum de rose.

Les ombres sur le sol en faux marbre bleu de la pharmacie furent chassées dans les coins lorsque Leila, avec la poussette de Sara et portant Forugh dans ses bras, passa la porte, affairée, et sortit dans la rue. Forugh avait dix-huit jours de plus que Sara et allait avoir trois ans dans quelques mois. Elle pesait déjà lourd dans les bras protecteurs de Leila qui l'enveloppaient. Omid, qui avait six ans, marchait à ses côtés, tenant le coin de son manteau serré dans son poing.

Leila était sur le point de rééquilibrer le poids de Forugh dans ses bras lorsqu'une jeep militaire stoppa abruptement devant eux, ses pneus laissant échapper un atroce crissement. Un sinistre nuage de poussière et de fumée brouilla la vue de Leila. Immédiatement, presque instinctivement, elle détourna le visage et, faisant semblant de couvrir sa bouche pour se protéger des gaz d'échappement, elle retira vite son rouge à lèvres avec un coin de son foulard.

Deux hommes descendirent de la jeep. Ils portaient les uniformes verts des Gardes de la Révolution ainsi que les casquettes assorties et des barbes épaisses qui leur encadraient le visage. L'un d'eux était plus grand que l'autre et boitillait derrière comme si ses pieds le faisaient souffrir. Il s'adossa au capot de la jeep pendant que l'autre sautait par-dessus le caniveau qui séparait la chaussée du trottoir pour venir se planter devant Leila. Ses yeux étaient profondément enfoncés dans leurs orbites, comme perdus dans les plis relâchés de sa peau. Pendant un instant, Leila n'entendit rien d'autre que son cœur qui tambourinait.

— Est-ce que c'est une façon de se montrer en public, ma Sœur ? demanda-t-il.

Depuis la Révolution, ils étaient tous brusquement devenus des frères et des sœurs. Un pays entier constitué d'une fratrie de gens qui n'avaient aucun lien de parenté. Des gens qui se surveillaient les uns les autres avec peur, parfois avec défiance, avec suspicion, qui cherchaient à s'impressionner et se méprisaient les uns les autres. *Je ne suis pas votre Sœur !* aurait aimé hurler Leila.

— Pourquoi ? Qu'est-ce que j'ai fait ?

Elle serra le petit corps de Forugh contre elle et attrapa la main d'Omid. Il observait la fumée et les visages sévères des deux hommes avec un mélange de peur et de fascination. Derrière sa lèvre inférieure dodue, sa langue passait et repassait sur ses incisives irrégulières.

— Ce sont vos enfants ?

— Non.

— À qui sont-ils ?

— À mes sœurs.

— Pourquoi sont-ils avec vous ? Où sont vos sœurs ?

Leila avala sa salive avec difficulté. Elle était incapable de répondre. Elle tripota la chemise de Forugh, le cœur dans sa gorge battant furieusement.

Quatre ans plus tôt, ses deux sœurs, Parisa et Simin, avaient été emmenées par des hommes comme ceux-là, habillés du même uniforme, parlant le même langage, auréolés de la même poussière, celle d'un pouvoir tout neuf, à présent retombée et devenue une seconde peau, qui leur avait donné, à leurs propres yeux, une crédibilité à toute épreuve. Parisa et Simin avaient été menottées, on leur avait bandé les yeux comme à des criminelles. Leurs crimes étaient faits de mots, de mots chuchotés, de pensées tues qui faisaient trembler les Puissants Pères dans leur lit.

Mais Leila ne pouvait pas dire cela. Des sœurs antirévolutionnaires signifiaient une famille antirévolutionnaire. On l'emmènerait pour l'interroger. Elle leva la tête et regarda le garde dans les yeux.

— Elles sont au travail.

Des passants les contournèrent largement tout en hâtant le pas, rasant presque les murs couverts de suie. Des paires d'yeux passèrent dans des voitures. Des regards fixes qui se détournaient dès qu'ils croisaient celui de Leila. Une jeune femme qui portait un manteau court se dépêcha de traverser la rue.

— Où emmenez-vous les enfants ?

— Chez le photographe, dit-elle.

Elle se garda bien de préciser qu'il s'agissait de faire une photo pour ses sœurs, pour qu'elles puissent voir combien leurs enfants avaient grandi. Sans elles. La main d'Omid était toute moite dans la sienne. Elle sentait la peur qui émanait de lui, amère, piquante.

— Couvrez vos cheveux.

— Pardon ?

— J'ai dit, couvrez vos cheveux ! Ce ne sont pas des manières de se montrer dans la rue.

Leila lâcha la main d'Omid pour tirer son foulard sur son front, resserrant le nœud sous son menton, luttant contre la force élastique de ses cheveux épais et frisés qui levaient sous le tissu comme une pâte à pain.

— Vous devez montrer le bon exemple aux petites filles, ajouta l'homme, les balayant lentement du regard. Je ne veux pas vous revoir comme ça.

Puis il tourna les talons. L'autre le suivit. Ils montèrent dans la voiture et démarrèrent. Leila se remit à marcher, poussant la poussette, évitant les regards, tremblant à l'intérieur.

Il faisait frais dans le studio du photographe. Autour d'eux, des photos encadrées d'enfants avec des ours en peluche, de jeunes hommes qui posaient le menton sur le poing, et de mariées couronnées de couleurs et de lumières. L'ampoule nue crachait une lueur jaunâtre sur les clichés et sur les murs de béton, sillonnés de craquelures qui changeaient d'itinéraires ici et là. Leila avança la poussette. Elle tremblait encore après ce qui s'était passé et sentait ses genoux flancher. Ses yeux et ses joues étaient rougis par la chaleur et par quelque chose en elle qu'elle n'avait pas encore pu formuler.

— *Salaam*, Agha Hossein, désolée d'être en retard, dit Leila au vieil homme derrière son comptoir qui les regardait par-dessus ses lunettes.

Elle déposa Forugh sur une chaise et secoua ses bras pour soulager ses muscles.

— Pas de problème, Leila Khanoum. Je ne suis pas pressé.

Dans la poussette, ses cheveux clairs collés à ses joues humides et cramoisies, Sara émettait des sons de gorge, des mots vaguement musicaux, à moitié incompréhensibles. Sara ne parlait pas bien encore. *Pourquoi c'est si long ?* se demandaient parfois Leila et Maman Zinat, inquiètes. Était-ce parce qu'elle n'avait pas ses parents ? Est-ce que ce serait différent si sa mère était avec elle ? Autant de questions sans réponses. Il leur faudrait attendre pour savoir. Quant à Forugh, qui était pourtant capable de parler beaucoup mieux et de faire de vraies phrases, elle s'exprimait à peine, ce qui finalement inquiétait Maman Zinat et Leila davantage encore.

Tout en fouillant au fond de la poussette pour chercher sa tétine, Sara tira sur le foulard de Leila. Leila dégagea doucement le coin du tissu des doigts serrés et potelées. Elle essaya de calmer Sara en lui proposant la tétine, qu'elle refusa. *Non !* criait-elle. Leila attacha l'objet à sa salopette blanche avec un parapluie rouge cousu sur la poitrine.

— Omid *jaan*, garde un œil sur Forugh pendant que je parle avec Agha Hossein.

Leila arracha doucement son manteau du poing d'Omid et posa sa petite main sur la poitrine chaude et palpitante de sa cousine.

— Mets ta main ici et ne la laisse pas descendre de la chaise.

Omid conserva sa main et son regard consciencieusement rivés sur Forugh qui regardait autour d'elle avec des yeux étonnés. Elle fronça les sourcils et un petit pli apparut sur son front étroit. Ses cheveux se dressaient sur sa tête, comme si un courant électrique les traversait. C'est comme ça qu'ils étaient depuis son arrivée, tout dressés, comme si elle avait reçu un choc dont son corps ne parvenait pas à se remettre.

— Comment vont vos parents ?

Agha Hossein observait les enfants, un sourire sentimental de vieil homme sans petits-enfants sur les lèvres. Il était petit, avec des taches de rousseur sur les joues et un grand nez plongeant, déplacé dans son visage enfantin.

— Ils vous font leurs amitiés, dit Leila lentement, baissant les yeux vers le sol.

Elle en voulait à ses parents de l'avoir envoyée ici seule. Elle en voulait encore plus à Maman Zinat qui les attendait chez eux. Maman Zinat qui ne sortait jamais de la maison, qui attendait, attendait, qui pleurait, pleurait. Avec des yeux qui restaient secs. Elle pleurait sur ses filles et sur leurs trois enfants. Maman Zinat qui avait élevé ses trois enfants à elle et n'avait pas hésité une seconde, lorsqu'à l'âge de soixante-deux ans elle s'était retrouvée à s'occuper de ses trois minuscules petits-enfants qui braillaient.

— Vous avez des nouvelles de leurs parents ?

Agha Hossein montra les enfants. Derrière eux, les mots à peine compréhensibles de Sara continuaient de s'égrener. Un hoquet interrompit sa chanson embrouillée. Elle rit de son rire excité et strident. Leila marmonna quelque chose au sujet de ses sœurs, disant qu'elles allaient bien. Lorsqu'on la questionnait, elle devait dire que ses sœurs étaient parties travailler à l'étranger. C'était là la décision de son père. *Personne n'est en sécurité nulle part et on ne peut faire confiance à personne*, disait-il.

Leila sentit la main d'Omid qui la tirait par son manteau. Il leva de grands yeux dilatés sur elle.

— Khaleh Leila, j'ai envie de faire pipi.

— Ah, oui, dit Leila d'un ton fautif.

Elle avait oublié. Elle jeta un regard à Forugh qui, assise contre le dossier de la chaise, tripotait un fil sur une de ses chaussettes. Sara essayait de sortir de la poussette, tentant d'attraper une pile d'enveloppes qui se trouvaient sur une table ronde en verre. Un nouveau hoquet s'échappa de sa bouche.

— Emmenez-le aux toilettes, dit Agha Hossein, je garde un œil sur eux.

— Merci.

Leila prit la main de Forugh et l'aida à descendre de la chaise. Ce serait moins dangereux pour elle d'être par terre.

— Où sont les toilettes ?

— Au fond à gauche.

Omid courut jusqu'aux toilettes, les cuisses serrées, les poings fermés, très concentré. Il avait une tête un peu trop grosse et de grands yeux, ronds comme des assiettes de riz, qui envoyaient des signaux de détresse, tels ceux d'un faon apeuré. Il portait une chemise à carreaux rouges et noirs, soigneusement rentrée dans son pantalon de velours marron, qui le faisait ressembler à un adulte en miniature.

Leila ouvrit la porte de la minuscule pièce et une odeur de rouille et d'humidité lui emplit les narines. Une mouche bourdonnait, par intermittence, sur la vitre. Le verre était fait de lentilles boursouflées, comme autant d'ampoules aqueuses, qui empêchaient de voir à l'intérieur ou à l'extérieur. Leila se précipita pour aider Omid avec les boutons de son pantalon. Il fit de brusques mouvements des jambes et croisa les bras fortement sur son ventre pour tenter de résister encore un peu. Il se tenait sur les bords extérieurs de ses plantes de pieds pour éviter le plus possible de toucher les rainures de la cuvette de porcelaine. Il était déjà en train de devenir une version mâle de sa grand-mère, propre, obsessionnel, facilement dégoûté par tout ce qui était inconnu et mouillé. Leila ouvrit le robinet et éclaboussa son visage d'eau froide.

— Est-ce que le monsieur va nous prendre en photo ? demanda Omid, quand il eut terminé.

— Oui, absolument.

Leila sécha son visage avec le bord taché de rose de son foulard.

— Et où est son appareil ?

— Tu vas le voir tout de suite.

Elle observa les petits doigts qui tentaient de faire passer les boutons de son pantalon dans les boutonnières.

— Tu veux que je t'aide ?

— Je peux le faire tout seul.

Elle rit.

— Tu es mon grand petit garçon.

— Je suis un grand garçon.

Il termina de boutonner son pantalon et se lava les mains.

— Pourquoi est-ce que le monsieur t'a crié dessus ? demanda-t-il après un moment, levant son regard sérieux sur sa tante.

— Quel monsieur ?

— Celui avec la voiture.

— C'est vrai qu'il m'a crié dessus, murmura Leila en lui séchant les mains avec son foulard humide.

— Pourquoi ?

— Parce qu'il sait qu'il a le droit.

— Pourquoi ?

Leila chassa ses questions d'une main, qu'elle laissa retomber d'un geste triste.

— Parce qu'il n'a rien de mieux à faire.

Omid la regarda comme s'il n'était pas convaincu.

— Tu as eu peur ? lui demanda-t-elle d'une voix radoucie, se penchant vers lui.

Omid regarda le sol. Il se tenait toujours sur les bords extérieurs de ses plantes de pieds. Puis il haussa les épaules. Comme un adulte.

— On les écoute parce qu'on est obligés, dit Leila. Mais tout au fond de nos cœurs, on n'a pas peur d'eux, tu ne crois pas ?

Omid restait silencieux. Comme s'il n'avait pas entièrement réfléchi au concept de peur. Comme si c'était une idée qu'il avait remisée au fond de son esprit et qu'il ne voulait évoquer que si c'était absolument nécessaire.

— En fait, j'ai surtout peur des cafards, dit Leila, pour lui changer les idées. Et des lézards.

— Mais les lézards ça mange les cafards.

— Ah, oui ?

— Et aussi les mouches, et les moustiques.

— Je ne devrais pas en avoir peur, alors.

Elle lui tendit la main.

— Non, pas des lézards, dit-il, attrapant sa main.

Ils sortirent des toilettes. Omid faisait des pas exagérément grands, comme si la tête lui tournait.

Ils retrouvèrent Forough. Elle avait enlevé une chaussure et une chaussette et les avait jetées sous la chaise, et tirait sur le rideau vert derrière la porte du magasin. Sara, elle, avait réussi à s'emparer d'une des enveloppes dans la pile sur la table en verre et mordait dedans. Elle bavait généreusement dessus. Sans prêter attention à ce que faisaient les enfants, Agha Hossein arrangeait un album de photos de mariage.

— Vous voulez qu'on prenne les photos ?

— Oui, nous sommes prêts.

Leila dégagea le rideau des mains de Forugh, retira l'enveloppe de la bouche de Sara et tenta de la défroisser. Le bord de l'enveloppe se ramollit, désespérément trempé entre ses doigts. Elle la cacha sous la pile intouchée, enlaça les deux enfants et les prit dans ses bras. De nouveau, Omid s'accrochait à son manteau. Ils suivirent Agha Hossein et descendirent deux marches en béton jusqu'à une pièce chichement éclairée.

— Voilà l'appareil photo.

Leila pointa en direction de l'appareil fixé sur un pied et qui jetait une ombre linéaire sur le sol. Omid mit son index et son majeur dans sa bouche et, contemplant l'objet, se mit à les sucer pensivement.

Agha Hossein tira un banc vert jusqu'au milieu de la pièce.

— Comme vous voyez, Leila Khanoom, je ne suis pas très occupé ces jours-ci. On dirait que plus personne ne veut se faire prendre en photo en temps de guerre. Qui sait ? Peut-être les gens préfèrent-ils ne pas garder de traces de tout cela et d'eux-mêmes. Peut-être veulent-ils oublier. Ou peut-être ont-ils peur de se souvenir plus tard. Si c'est le cas, cela veut dire qu'ils regardent déjà vers l'avenir, qu'ils pensent qu'ils sortiront de cette guerre vivants. Je ne suis pas sûr de partager leur optimisme, avec ce fichu malade de Saddam qui nous bombarde depuis maintenant sept ans. Vous vous rendez compte ? Et on n'en voit pas le bout.

Agha Hossein s'affairait dans le studio, allumant des interrupteurs, tirant des rideaux. Sa voix se répandait dans la pièce en un flot doux et ininterrompu, comme s'il se parlait à lui-même et n'attendait aucune réponse. Comme sa voix, ses mouvements étaient tranquilles, il prenait son temps. C'était peut-être cette tranquillité qui aidait les enfants à rester calmes. Ils l'observaient et avaient l'air de l'écouter.

— Vous pouvez mettre les enfants sur le banc, là.

Leila les y déposa doucement. Depuis le banc, les yeux ronds comme des assiettes de riz la regardaient. Des sourires aux dents branlantes. Des tous petits bras qui s'agitaient comme des ailes de papillons. Sara et Forugh avaient les mêmes tétines fixées sur le côté de leurs salopettes blanches. Elles portaient les mêmes toutes petites chaussures, les mêmes sous-vêtements, elles buvaient aux mêmes biberons et jouaient avec les mêmes jouets. On reconnaissait là la touche de Maman Zinat, qui prenait un soin orgueilleux de chaque détail, distribuant son amour en quantité égale, comme si elles étaient jumelles, inquiète à l'idée de ne pas atteindre la perfection. La nuit, Maman Zinat dormait avec Omid à droite, Forugh à gauche, tandis que Sara dormait dans un berceau à la tête de son lit. Tout cela c'était parce que Aghajaan l'avait une fois taquinée en lui disant que le fait de mettre le berceau de Sara à côté d'Omid et pas à côté d'elle montrait que Maman Zinat aimait moins son autre petite-fille. Aghajaan avait une curieuse façon de s'amuser. Et Maman Zinat tombait dans le panneau à chaque fois. Elle avait tant d'amour à donner. Elle était devenue trop sensible, tatillonne. Depuis cette nuit, elle avait placé le berceau de Sara à la tête de son lit.

— Omid, assieds-toi au milieu, dit Leila.

Omid se retourna, mit ses mains sur le bord du banc et s'installa entre sa sœur et sa cousine.

— Oh, attends une seconde.

Leila prit un petit peigne sur une étagère.

— Laisse-moi te faire belle pour la photo.

Elle s'agenouilla devant Sara et leva le peigne jusqu'à ses cheveux blonds. La fillette secoua la tête et la rejeta en arrière, se tortillant pour se dégager.

— Laisse Khaleh te faire jolie.

Elle mit une main derrière la tête de Sara pour l'empêcher de bouger. Elle pouvait sentir la douceur dodue de sa peau de bébé sous ses doigts. Les cheveux une fois peignés en arrière, les fossettes au-dessus de ses tempes apparurent. Leila déposa un baiser sur son nez et s'agenouilla devant Forugh, qui suivait chacun de ses mouvements de ses yeux noirs et mouillés. Elle arrangea ses rares cheveux noirs comme elle put, essayant de les aplatir. Les cheveux fins résistèrent, se dressant à nouveau.

Lorsqu'elle était arrivée, Leila avait trouvé dans le pantalon de Forugh un petit jouet fabriqué à la main. Un bonhomme fait de petits bouts de bois. C'était un cadeau de Simin, un signe pour leur dire qu'elle allait bien. Dans la prison, Simin et Parisa avaient été séparées. Leila se demandait si les deux femmes se voyaient parfois, si elles se croisaient dans les couloirs, si elles pouvaient échanger des regards pendant les récréations. Que faisaient-elles quand les sirènes retentissaient ? Est-ce que, n'ayant nulle part où aller, elles restaient dans leurs cellules, espérant qu'une bombe ne leur tombe pas dessus ? Imaginer la solitude de ses sœurs la paralysait. La solitude du petit bonhomme en bois aussi.

Sara gigotait déjà et essayait de descendre du banc. Omid l'en empêchait, une main sur sa poitrine. Leila devait faire vite avant que Sara ne perde tout à fait patience. Elle peigna les cheveux d'Omid rapidement et arrangea son col.

— Ils sont très beaux, dit Agha Hossein.

Il déroula un écran vert foncé derrière eux, puis mit un des bras d'Omid autour des épaules de Sara et l'autre autour de la taille de Forugh.

— Laisse tes bras comme ça.

Leila sortit du champ de l'appareil photo mais resta assez près pour pouvoir se précipiter si quelque chose tournait mal, ou s'ils avaient besoin d'elle, s'ils la réclamaient.

Agha Hossein se plaça derrière l'appareil.

— Très bien, maintenant regardez par ici.

Plissant le réseau de petites rides autour de ses yeux, il projeta de la lumière sur les trois petits visages. Les trois enfants s'immobilisèrent, fixant la lampe, comme des écureuils pris dans la lumière de phares.

Clic.

On voyait un peu du bout de la langue de Forugh entre ses lèvres. Une goutte de salive luisait sur les incisives d'Omid. La bouche de Sara était ouverte en une expression d'étonnement, son regard fixé sur la lumière. Leila les imagina traversant la vie exactement comme ils étaient assis à cet instant, avec leurs bras fragiles jetés autour de leurs épaules, leurs tailles, leurs genoux, leurs destinées aussi emmêlées que leurs bras. Elle ne parvenait pas à les voir comme des frères, des sœurs ou des cousins. Elle ne les voyait que comme trois reflets d'un même corps. Tous trois en un seul, comme les branches d'un arbre, comme le jacaranda dans la cour de leur maison. On ne savait jamais où s'arrêtait l'arbre et où commençaient les branches. C'est exactement ce qu'étaient les trois enfants : l'arbre et ses branches.

Clic.

Trois tout petits visages fixaient l'appareil photo, le regard vide.

La lumière de l'après-midi déclinait, désertant lentement la cour étroite. L'air était plein du parfum des graminées et pollens de l'été. Les fleurs du jacaranda tombaient en vol plané sur le sol, en une culbute douce et résignée. On aurait dit que les joints entre les pavés avaient été colorés en violet, en rose et parfois en vert. Un corbeau traversa la cour en faisant bruisser l'air, à la recherche de quelque chose de brillant à dérober.

Leila entra dans la pièce, portant un grand panier de linge. Ses cheveux indisciplinés, enfin libérés du foulard, lui descendaient sur les épaules, comme des fils de fer épais et glissants. Elle laissa tomber le panier bruyamment par terre, ce qui fit trembler les vêtements à l'intérieur. Elle s'assit et se mit à plier les petites chemises, les petits pantalons, les minuscules chaussettes et tabliers.

Elle était fatiguée. Elle sentait encore dans sa bouche le goût de la poussière des rues sans fin, de l'asphalte chaud et des fenêtres aveuglantes, des enfants qui criaient et des murs sales où l'Histoire se réduisait à des slogans pompeux. Des grains de sable crissaient entre ses dents. Ses jambes lui faisaient mal d'avoir marché jusqu'au studio du photographe et de nouveau jusqu'à la maison. Elle y était allée à pied parce qu'elle n'avait pas trouvé de taxi. Chargée de trois enfants qui s'accrochaient à elle comme à une bouée de sauvetage et qu'elle tentait, avec véhémence, de protéger du chaos. Des gens avaient sauté dans des taxis devant elle avant même qu'elle n'ait le temps d'ouvrir la bouche. Elle se disait qu'elle avait perdu son efficacité dans cette ville grinçante, bourdonnante, et encombrée. Il y avait des jours où elle lui paraissait immense, comme si elle se dilatait toujours plus, sans jamais un jour de repos, s'enroulant autour d'elle comme une immense coque. Parfois elle aurait voulu crier, juste pour voir si sa voix pourrait couvrir le vacarme incessant.

Il y avait seulement trois ans, tout était différent. Trois ans. Tout cela semblait si loin à présent. Rien, à l'époque, n'arrivait à la toucher, ni à se mettre en travers de sa route, rien ne l'arrêtait. Elle sautait dans les taxis et les bus avec l'agilité d'une citadine expérimentée, se faufilant efficacement dans la circulation jusqu'à l'usine de vêtements où elle travaillait. Là elle emballait des blouses d'hôpital et des couvertures dans des sacs en plastique, destinés à être expédiés sur le front, où elle avait entendu dire qu'il y avait à peine la place pour tous les blessés. Même si c'était un travail subalterne, elle n'avait jamais été aussi heureuse. Elle ne s'était jamais sentie aussi libre que lorsqu'elle pointait à son arrivée chaque matin. Le déclic de la pointeuse la ravissait. C'était le bruit que font l'indépendance, la sécurité et le fait de trouver une prise dans un pays qui s'écroulait. Un pays écrasé par la guerre et les extases amères et déçues d'une révolution. En pointant, elle donnait forme à sa vie qui sinon aurait ressemblé à de la lave en fusion.

Ses collègues avaient son âge ou plus. Elles avaient des maris à la guerre et s'étaient retrouvées chefs de famille du jour au lendemain. C'étaient des femmes avec des visages jaunes, tracés au cordeau, et des yeux fiévreux. Des femmes maigres, avec de larges manteaux marron qui leur donnaient l'air d'épouvantails. Pleines de vertus et de souffrance. Certaines amenaient avec elles leurs nouveau-nés qu'elles mettaient dans des berceaux à leurs pieds, sous la table. Elles gardaient un œil sur l'enfant et l'autre sur la machine à coudre, piquant point par point le tissu aux teintes ternes. Lors des pauses déjeuner, elles restaient assises à leurs tables, leurs enfants dans leurs bras, regardant les petites bouches s'accrocher à leurs seins généreux, gonflés et veinés de bleu. Les machines à coudre s'étaient tues.

Leila dut renoncer à son travail quand Sara arriva de la prison, après Forugh, portant des vêtements taillés dans des tchadors de prière avec des boutons confectionnés avec des noyaux de dattes. Elle ne pouvait laisser Maman Zinat élever trois enfants toute seule. Pas à son âge, pas avec ses obsessions, pas avec les angoisses nocturnes qui lui grignotaient les nerfs comme des termites.

Le jour où elle quitta l'usine, ses collègues formèrent un cercle autour d'elle. Elle partait trop tôt, disaient-elles. Si seulement elles pouvaient s'en aller, elles aussi. Quitter cette prison avec ses machines à coudre, ses sacs en plastique transparent et son odeur de guerre. Elles agitèrent leurs mains. Des mains qui remuaient un air confiné qui sentait le lait chaud, la transpiration et les rêves incertains. Tout en pliant ses blouses d'hôpital et en glissant sa carte dans la pointeuse, en mesurant sa vie, Leila se disait qu'elle aurait préféré rester. Mais elle n'osait les contredire. Les femmes la trouvaient chanceuse et elle ne voulait pas les décevoir. Elle serra chaque main, une par une. Leurs mains sèches, fatiguées. Elle regarda leurs yeux languissants. Dehors, de l'autre côté du haut mur de briques de l'usine, la lumière de l'après-midi faisait comme une brume de poussière.

— Quand la photo sera-t-elle prête ?

La voix un peu forte de Maman Zinat s'immisça dans les pensées de Leila. La vieille dame était assise dans la pièce adjacente, de l'autre côté des portes en verre, devant un monceau d'herbes fraîches, atta-chées en bouquets par des élastiques verts et humides. La lumière entrait à flots par les portes-fenêtres qui ouvraient sur la cour, éclaboussant sa longue natte poivre et sel qui suivait la courbe de son cou et tom-bait le long de sa taille, frôlant presque les nœuds serrés du tapis. Elle avait remonté les manches de sa robe noire au-dessus de ses coudes pour ne pas les salir. La robe la faisait paraître plus âgée, comme si elle était en deuil. Elle ne l'était pas, elle était seule-ment triste. Si elle avait pu, elle aurait pris la place de ses filles en prison. Elle aurait été plus heureuse, comme ça, plus en accord avec elle-même.

— Dans une semaine, à peu près, répondit Leila. Il m'a dit qu'il nous appellerait.

— Elles seront si heureuses quand elles recevront les photos. Mes pauvres filles.

Maman Zinat coupa les bouts terreux des tiges sans défaire les élastiques, enleva des feuilles, et les laissa tomber dans deux bassines séparées. Ses doigts étaient sales et boueux, mais le reste de sa personne étincelait presque de propreté, de sorte que ses doigts souillés n'avaient pas l'air à leur place.

— Leila *jaan*, verse une tasse de thé à ton père, dit-elle.

Leila se leva en faisant craquer ses genoux et alla jusqu'au samovar électrique qui bourdonnait dans un coin comme une grand-mère renfrognée qui raconterait des histoires venues d'un passé plus heureux. Elle rinça une tasse en verre à la taille fine dans le bol d'eau posé près du samovar, la sécha avec le torchon enroulé autour de la bouilloire et y versa le thé rouge. Des spirales de vapeur s'élevèrent jusqu'au robinet et elle ajouta de l'eau bouillante. La pièce avait une odeur de menthe et un souffle d'oignon vert qui picotait les narines.

— On n'aura bientôt plus de riz, dit Maman Zinat, rejetant la tête en arrière, comme elle faisait toujours lorsqu'elle se rappelait de quelque chose.

Aghajaan émit un petit grognement en se calant confortablement par terre. Il s'appuya sur les coussins brodés de moineaux en vol et d'un cerf dont les jambes étaient beaucoup trop courtes. Il tournait le dos à la fresque sur le mur, avec ses cygnes blancs qui nageaient dans une rivière bleue. Il prit la tasse de thé des mains de Leila.

— Déjà ? J'en ai acheté juste la semaine dernière, dit-il.

— Je sais. Mais il n'en reste plus beaucoup. Et aussi du sucre.

— Il faudra attendre d'avoir des tickets. Peut-être demain. Ou après-demain.

Maman Zinat se pencha pour déposer une poignée de feuilles de persil dans une bassine en plastique, et la chaîne en or se balança à son cou. Elle jeta les tiges effeuillées sur la couverture usée et fleurie qui couvrait ses genoux, protégeant ainsi le tapis.

— J'irai prendre des pommes de terre. Les voisins disent que Jamal Agha en a reçu.

Aghajaan leva les yeux sur sa femme et ses sourcils se rapprochèrent, leurs ailes recourbées remontant sur son front.

— Combien de fois dois-je te dire de ne rien acheter chez ce voleur ? Il demande dix fois plus cher pour tout. Il nous suce le sang, voilà ce qu'il fait. Il suce le sang de gens comme toi qui vont acheter ses pommes de terre hors de prix.

— S'il n'y a pas de riz, il faudra bien que j'achète des pommes de terre, dit Maman Zinat sans lever les yeux. On ne peut pas laisser les enfants mourir de faim, non ?

— Personne ne te dit de laisser les enfants mourir de faim. Simplement, n'achète pas chez ce Jamal. Il croit que la guerre est une bonne occasion pour faire de l'argent, pas celle d'aider son peuple. Lorsque la guerre sera finie, il sera millionnaire et mes filles devront sans doute travailler pour lui quand elles sortiront de prison.

Maman Zinat ne répondit rien. Elle était trop contrariée. Aghajaan aussi devint silencieux. Il but son thé en une seule gorgée furieuse. Leila cessa de regarder ses parents et laissa son regard errer sur la grosse armoire massive qui ne contenait plus de vêtements, mais seulement des couvertures pour les trois enfants. Elle n'avait jamais compris pourquoi ses sœurs avaient continué à se battre, alors même que la Révolution était finie, qu'une guerre l'avait remplacée et que tous s'étaient mis à lutter pour recommencer à zéro puis, plus tard, pour tenir la mort à distance. Mais Simin et Parisa poursuivaient leur combat, aux côtés de leurs maris. Elles jetaient des tracts par-dessus les murs, organisaient des réunions secrètes chez elles, lisaient des livres interdits, regardaient le journal télévisé et notaient combien de fois le nom du Chef Suprême était mentionné. Elles constataient que son nom revenait sans cesse, omniprésent, qu'il résonnait de plus en plus fort et que leur propre action politique, ainsi que celle de tous ceux qui ne faisaient pas partie du régime, était effacée, que leur existence était niée, étouffée, éliminée comme on élimine une tache sur une nappe. Assises devant l'écran de télévision, un stylo à la main, elles consignaient les chiffres de leur lente disparition, voyaient comment la mémoire collective du pays était purgée de leur existence, comment on les enterrait vivantes. Elles étaient à présent l'ennemi. Elles étaient les antirévolutionnaires. Tout cela, c'était quelque temps avant leur arrestation, lorsque le processus de délitement arriva à son paroxysme.

— J'apporterai moi-même la photo, dit Aghajaan, prenant la radio sur l'étagère. Comme ça, je leur remettrai en mains propres.

Leila le regarda. Elle regarda ses cheveux gris, épais et bouclés, autrefois toujours parfaitement huilés et peignés en arrière et qui aujourd'hui lui tombaient en désordre sur le front, négligés. À la maison, il portait à présent toujours un pyjama qui laissait voir la peau orangée de ses bras, de son visage et de son cou, brûlée par le soleil et qui semblait avoir vieilli si vite. Toute cette année, Aghajaan s'était rendu à la prison chaque semaine. La plupart du temps il était refoulé et revenait les mains vides, le désespoir causé par ces portes closes, gravé chaque fois un peu plus profondément dans les rides de son visage, dans le fond de ses yeux noisette. Mais il n'abandonnait pas. Semaine après semaine, mois après mois, il attendait devant les portes de la prison, demandant à voir ses filles.

Aghajaan alluma la radio. Elle crachota entre ses mains, puis devint silencieuse.

— Qu'est-ce qui est arrivé à cette radio ?

Maman Zinat, qui coupait des oignons verts, leva des yeux rougis et brillants.

— Elle a cessé de marcher il y a quelques jours. Je ne te l'avais pas dit ?

Avant qu'Aghajaan n'ait eu le temps de répondre, la sonnerie du téléphone retentit, forte, discordante. Leila laissa tomber les vêtements qu'elle tenait à la main et couru jusqu'au téléphone, le cœur battant la chamade, pleine d'espoir.

— Allô ?

Une voix de femme inconnue surgit du combiné :

— C'est bien la maison de M. Jalili ?

Déçue, Leila eut un pincement dans la poitrine.

— Oui.

— Je suis une amie de Parisa. Vous êtes sa sœur ?

Leila s'immobilisa, sa main lissant les plis de sa robe.

— Oui, en effet, marmonna-t-elle, hésitante.

Elle savait qu'elle n'aurait pas dû répondre. La voix d'Aghajaan résonna depuis l'autre pièce :

— Leila, qui est-ce ?

Leila sentit son dos se raidir.

— Vous avez des nouvelles d'elle ? Et de Simin ?

Leila se retourna, éloignant le combiné de sa bouche.

— C'est une amie de Parisa, dit-elle et, involontairement, elle regarda Omid assis sur la marche carrelée, au pied de la porte-fenêtre.

Il lui lança un regard. Ses yeux étaient grands ouverts, sur le qui-vive, comme s'il écoutait avec ses pupilles. Comme s'il écoutait, observait, laissait s'échapper, puis saisissait le nom de sa mère suspendu dans l'air de la pièce.

— Raccroche le téléphone, ordonna Aghajaan.

Leila le regarda, le combiné toujours dans la main.

— Nous sommes tous très inquiets pour elles. Vous voyez, nous n'avons pas…, continuait la femme.

— J'ai dit raccroche !

— Je suis désolée. Nous ne savons rien.

Leila reposa le combiné.

Le silence se fit. Personne ne parla. Le rugissement d'un avion qui passait fit trembler la maison. Leila tourna les talons et revint à sa pile de vêtements en désordre.

Elle avait mal, furieusement mal, pour ses sœurs, pour leurs amis, pour Aghajaan. Elle avait mal à cause de la taille de sa peur, devenue plus grande que lui. Elle savait, au fond d'elle-même, qu'Aghajaan était heureux lorsqu'on demandait des nouvelles de ses filles, quand leurs amis téléphonaient. Entendre prononcer leurs noms amenait un scintillement de joie dans ses yeux. C'était comme une consolation, comme si le simple fait de dire leurs noms confirmait le fait qu'elles étaient vivantes. Et pourtant, sa peur prenait le dessus quand même. Plus le temps passait, moins il en savait sur ses filles, et plus il redoutait de poser des questions, de parler. Plus le temps passait et plus il avait peur qu'on sache dans quel monde inconnu, furieux, aux flammes dévastatrices, elles vivaient, dans quel lieu indicible. C'était comme si le silence l'enterrait vivant, les enterrait tous vivants.

Quelques instants s'écoulèrent avant que sa voix ne rompe le silence tendu qui avait pris possession de la pièce.

— Qui sait qui écoute nos conversations ? dit-il sans les regarder en face. Qui sait qui surveille nos allées et venues, qui nous suit, qui note les noms de nos amis ? Mieux vaut ne pas éveiller les soupçons. Et éviter les contacts.

Aucun d'eux ne dit rien. Leila entreprit de plier les vêtements qu'elle avait jetés par terre dans sa hâte de répondre au téléphone. Elle vit que Maman Zinat regardait Omid. Tout dans son visage exprimait la tendresse, à l'exception de la tension qui froissait sa bouche.

— Omid, *jaanam*, peux-tu m'apporter le sac en plastique qui est près de la porte ?

Omid se leva avec lenteur. Ses yeux semblaient trop grands pour son corps. On y lisait une perplexité et une douleur trop lourdes. Il sortit par la fenêtre et alla jusqu'à la cour en chancelant presque sur ses jambes. Il lança un *pchhhhhh !* furieux à un chat qui étudiait les allées et venues des poissons rouges dans l'eau bleue de la fontaine, puis se saisit du sac et revint dans la pièce comme il était sorti.

— Comme un petit voleur !

Maman Zinat se força à rire.

— Tu sors et tu entres par la fenêtre ! Mais qu'est-ce que tu es ? Un Gitan ? Ou un chat peut-être ?

Omid lui tendit le sac et s'assit près d'elle. Il la regarda tenir un brin d'aneth d'une main, par le haut, et passer son autre main d'un seul coup le long de la tige et des feuilles délicates. Maman Zinat se mit à chanter doucement, presque uniquement pour lui.

Leila força les derniers vêtements à entrer dans la commode. Elle fronçait les sourcils, comme si quelque chose avait durci sous sa peau pâle. Chaque tiroir grinça lorsqu'elle les referma l'un après l'autre.

Dans un coin de la pièce Sara et Forugh dormaient. Leila prit une couverture dans l'armoire et les en recouvrit. Elle vit le biberon de Sara qui traînait sur l'oreiller. Il était à moitié plein de lait. Maman Zinat insistait pour donner du lait aux enfants bien qu'elles aient, selon Leila et Aghajaan, passé l'âge. Mais elle ne voulait rien entendre. *Elles n'ont pas eu le lait de leur mère,* disait-elle. *Le lait en poudre, ce n'est pas la même chose. Elles devraient en bénéficier plus long-temps, pour compenser.*

Leila prit le biberon et regarda Maman Zinat. Sa mère ne la regardait pas. Elle étudiait le tas vert devant elle, le dos penché comme si elle regardait au fond d'un puits. Leila se dirigea rapidement vers la porte. En sortant, ses yeux rencontrèrent ceux d'Aghajaan. Il jeta un œil au biberon dans sa main, puis à Maman Zinat et fit à Leila un signe approba-teur du menton. Elle quitta la pièce en hâte et mar-cha jusqu'au réfrigérateur. Leila savait, tout comme Aghajaan, que Maman Zinat ne devait, en aucune circonstance, voir le biberon. Si elle le voyait, elle n'hésiterait pas à jeter le lait. *Le lait pourrait avoir tourné,* dirait-elle, même s'il n'était resté hors du réfrigérateur qu'une malheureuse demi-heure. Elle n'écouterait pas la tirade d'Aghajaan, qui lui rappel-lerait, furieux, qu'il avait dû négocier au marché noir pendant des heures pour obtenir une seule boîte de lait en poudre.

Marchander était une habitude qui avait commencé quelques années plus tôt. Les choses avaient empiré avec cette guerre qui s'éternisait, engloutissant le pays tout entier, devenant chaque jour plus énorme, plus gourmande, plus affamée. Tout était rationné. Des queues se formaient près des supermarchés, dont les linéaires vides vous fixaient méchamment, près des boulangeries, des marchands de fruits. Les têtes et les pattes de poulet refaisaient leur apparition dans les vitrines des bouchers, tandis que les cuisses et les blancs disparaissaient. Quand le prix de la viande devint si cher que personne ne pouvait plus se permettre d'en acheter, on se mit à acheter des os. Dans chaque placard de cuisine, se trouvaient des tickets pour le sucre, l'huile, le riz, les œufs. À chaque coin de rue, des hommes aux corps rabougris et aux bouches édentées vendaient ces tickets qui expiraient aussi vite qu'ils étaient achetés. Ces bons étaient précieux et Aghajaan écoutait la radio et lisait les journaux tous les jours pour savoir quand le gouvernement en émettrait de nouveaux. Il n'arrivait pas à jeter les vieux. *Et s'ils étendent la date d'expiration ?* Mais les tickets ne suffisaient pas. Le marché noir devint florissant et c'est là que commença le marchandage. *Il y a si peu de lait,* disait Aghajaan à Maman Zinat, l'admonestant, la suppliant, *et il y tant de bébés !* Ces enfants de la Révolution étaient la génération du lait en poudre. Est-ce que Maman Zinat ne comprenait pas ? Mais ses oreilles restaient sourdes à tout cela et le lait disparaissait, jeté en rivières dans l'évier.

Le cri du téléphone résonna une fois de plus dans la maison.

— Ils vont finir par réveiller les enfants.

De ses mains pleines de terre, Maman Zinat passa en revue ce qui restait d'aneth.

— Si c'est de nouveau l'amie, raccroche immédiatement, intima Aghajaan qui regarda Leila se précipiter de nouveau à travers la pièce et jusqu'au téléphone.

— Allô ?

Le silence crachotait à l'autre bout de la ligne.

— Allô ?

— Leila ?

Un large sourire apparut sur ses lèvres, à la mesure de sa joie. *Enfin !* Elle tourna le dos à ses parents. Sa voix tremblait de bonheur.

— *Salaam*.

Il rit.

— Pendant une seconde j'ai cru que c'était ta mère qui avait décroché. On pourrait vraiment vous confondre !

— Qui est-ce ? cria Aghajaan.

Elle couvrit de sa main le combiné.

— C'est Nasrin, mentit-elle.

— Comment vas-tu ? demanda la voix d'homme.

— Très bien.

— Je veux te voir, dit Ahmad. Tu peux me retrouver dans le parc ?

Oui ! Oui ! Elle baissa la voix.

— Mes parents sont là.

— Il faut que je te parle, Leila. – Il hésita. – J'ai obtenu le visa.

Leila se tut et enroula le fil torsadé du téléphone autour de son doigt, de plus en plus serré. Elle n'avait pas la force de parler. Elle aurait voulu empêcher les mots de sortir de la bouche d'Ahmad, qu'ils restent bien sagement sur sa langue, silencieux, inexprimés. Elle savait que ces mots avaient le pouvoir de l'anéantir. Mais il était trop tard. Ils avaient roulé hors de sa bouche et leurs doigts s'étaient refermés doucement sur son cou, et elle ne parvenait plus à respirer.

— J'y serai, marmonna-t-elle.

— Je t'attendrai.

Leila resta un long moment avec sa main sur le récepteur, son cœur battant follement.

— Je vais chez Nasrin pour un moment, dit-elle.

Elle retraversa la pièce, se mordant nerveusement la lèvre.

Maman Zinat nettoyait, rangeait, et rassemblait les tiges nues dans le sac en plastique

— Maintenant ? Il va bientôt faire nuit.

— Je serai revenue dans une heure.

Elle s'efforçait d'avoir une voix légère, malgré la boule dans sa gorge.

Aghajaan regarda sa montre. La radio silencieuse gisait à ses pieds.

— Fais bien attention de rentrer avant la tombée de la nuit.

Leila l'aperçut. Il était assis sur leur banc habituel, dans un coin retiré du parc. Des buissons poussiéreux le cachaient en partie. Ses yeux noirs brillèrent quand il la vit, et sa bouche, à la moustache soigneusement taillée, s'étira en un sourire.

— Je croyais que tu ne viendrais jamais.

Sa voix douce ne parvint pas à faire taire le tremblement en elle. Elle s'assit à côté de lui, pleine de peur et de chagrin.

— Je viens toujours, non ? dit-elle, et elle détourna son visage pour qu'il ne voie pas son menton trembler.

— C'est vrai.

La première fois qu'ils s'étaient parlé, il l'attendait devant son lycée, sur le trottoir d'en face. C'est ce qu'il faisait tous les jours. Mais lorsqu'elle sortait du bâtiment, il faisait comme s'il ne l'avait pas vue, dansant d'un pied sur l'autre, le rouge aux joues, avec les yeux de biche d'un enfant. À cette époque elle avait dix-sept ans, lui dix-huit, et il était trop timide pour se manifester. Il avait réussi à venir jusqu'à son école, mais il ne trouvait pas le courage de faire un pas de plus. Elle n'avait pas d'autre choix que de s'en aller. Elle ne voulait pas d'histoires avec les Sœurs de la Moralité. Leurs yeux étaient partout.

Puis, un jour, elle se décida à traverser la rue pour mettre un terme à ce qu'il avait si peur de commencer. Immobile, il la vit venir vers lui avec ses grands yeux brillants. Il ne trouva pas le courage de la saluer. Au lieu de cela, il lui offrit un livre de poésie. Les poèmes d'Ahmad Shamlou.

Elle oublia quel jour on était. La tête lui tournait un peu, elle avait l'impression de voler. Elle lui permit de la raccompagner chez elle. À partir de ce jour, il la raccompagna chaque fois. Puis il l'accompagna lorsqu'elle passa son diplôme, puis lorsqu'elle commença à travailler à l'usine de vêtements. Ensuite vinrent les enfants. Elle dut renoncer à son travail et, depuis, ils se voyaient rarement.

Ils restèrent assis en silence, regardant les sommets des buissons négligés balayés par la brise. Une odeur de terre mouillée et d'herbe fraîchement coupée leur emplit les narines. Le brouhaha intermittent de la ville flottait dans l'air et s'accrochait dans les feuilles jaunissantes des sycomores.

Ahmad prit sa main dans la sienne.

— Regarde-moi, Leila, dit-il.

Elle leva ses yeux vers les siens, son ventre serré par une sensation de froid. La peau du visage d'Ahmad, rasée de près, était lisse et brillante. Elle dut réprimer l'envie de tendre la main et de laisser courir ses doigts sur la courbe puissante de sa mâchoire. Son autre main était dissimulée dans sa poche. Elle serrait son poing si fort, que ses ongles lui rentraient dans la paume.

— Quand vas-tu partir ? demanda-t-elle.

— Dans douze jours.

Elle hocha la tête. Elle sentait le sang qui se retirait de son visage. Ses joues pâlirent et ses lèvres devinrent grises. Elle ferma les yeux et attendit, attendit que vienne cette sensation déchirante d'anéantissement et de fin.

— Tu vas rester là à ne rien dire ?

Leila lâcha sa main et se mit à se balancer de droite à gauche, ses mains glacées serrées entre ses genoux. Il y avait tant de choses qu'elle avait imaginées, qu'elle avait espérées. Par moments, elle suffoquait tellement qu'elle aurait voulu partir, s'éloigner d'elle-même, de ce qu'elle était dans cette maison avec ses vieilles peurs, et ses peurs nouvelles. Elle aurait voulu échapper à cette inertie qu'elle ressentait à force de faire tout ce qu'elle devait faire jour après jour, et qui la faisait sombrer, la nuit, dans un sommeil épuisé et sans rêves. C'était la certitude de ces sacrifices, leur grandeur, et la facilité avec laquelle elle les faisait, renonçant à son travail, restant à la maison, qui l'obligeaient à se fuir elle-même, à se dérober à ce qu'elle était et à ce qu'elle aurait dû devenir, au bonheur qu'il lui offrait. Elle remettait tout à plus tard, ses décisions, ses projets à un avenir trouble lorsque ses sœurs seraient libérées. Repoussant les choses, renonçant, abandonnant. Ce fut d'abord douloureux, puis agréable, comme lorsqu'on se rendort aux premières lueurs de l'aube, avec les yeux qui picotent, le corps flasque, une chaleur agréable se répandant dans vos membres. À cet instant, la peur et les mauvais pressentiments cessaient d'exister. Il n'y avait plus que les cris des enfants, et l'urgence rassurante, qu'on ne pouvait confondre avec rien d'autre.

— On peut encore sauver la situation, Leila. On pourrait se marier et partir ensemble. Je n'attends qu'un mot de toi.

— Je ne peux pas abandonner les enfants, dit-elle d'une voix mourante. Je te l'ai dit.

S'il y avait bien une chose qu'elle désirait, c'était qu'il reste, mais elle n'attendait pas des autres qu'ils fassent des sacrifices.

— Je sais, tu me l'as dit. Mais Leila, il s'agit ici de notre vie. Ma vie et la tienne. Les enfants grandiront de toute façon, avec ou sans toi. Mais nous...

Il détourna le visage. Sa voix mourut dans sa gorge, se dissolvant dans la lueur triste de ses yeux. Leila sentit ses membres devenir inertes. Elle savait bien qu'elle avait l'air de le supplier, et le son de sa propre voix lui donna des frissons. Elle aurait voulu qu'il cesse.

— Ils ont besoin de moi ici, Ahmad. Je ne peux pas partir.

— Moi aussi, j'ai besoin de toi, gémit-il.

Il n'arrêtait pas de frotter un doigt sur sa paume, jusqu'à la faire rougir.

— Tu vois toujours les besoins des autres, mais pas les miens. Tu fais en sorte que tout le monde soit heureux et tu piétines mon bonheur à moi.

Elle posa une main tremblante sur son bras.

— Ce que tu fais n'est pas bien, Leila. Tu es en train de tout détruire. Tu es en train de tourner le dos au bonheur.

Leila se leva et marcha jusqu'à la haie. Un sentiment de culpabilité se prenait dans sa gorge, métallique, gigantesque, et pesait sur ses poumons. Elle cueillit une feuille couleur de cendre, puis une autre, et encore une autre. Ahmad la rejoignit. Le rosier était nu, à l'exception des dernières roses qui mouraient.

— Est-ce que tes parents sont chez toi ? demanda Leila après un temps.

Il secoua la tête.

— Ils sont partis à Shomal ce matin. C'est dangereux de rester à Téhéran.

— Pourquoi n'es-tu pas parti avec eux ?

Du coin de l'œil, elle vit qu'il la regardait.

— Je voulais te parler.

Leila continua de fixer le buisson et les petites feuilles qu'elle arrachait l'une après l'autre.

— Je veux aller chez toi, dit-elle, dans ta maison.

Elle fut abasourdie d'entendre ses propres paroles. Elle n'avait pas la moindre idée de l'endroit où ses mots allaient les emmener, ni où elle voulait qu'ils les emmènent.

Il la considéra, surpris.

— Dans ma maison ?

Elle se tourna et le regarda droit dans les yeux. Elle étudia son long menton, la longueur imposante de son nez, la forme de sa bouche, en amande. Il était très pâle. Seuls ses yeux avaient en eux une lumière.

— Je veux que nous allions chez toi.

— Oui. – Il fit une pause. – Oui, d'accord.

Ils restèrent silencieux pendant tout le trajet. Aucun d'eux ne dit le moindre mot. Ils écoutaient le bruit de la ville, le tapage cadencé et presque mélodieux des enfants qui rentraient de l'école. De toutes petites filles dans d'épais uniformes bleus avec les coins de leurs foulards blancs pleins de miettes de pain, de poèmes appris par cœur, de poussière de craie, et de vies des prophètes. Des garçons, dans leurs uniformes à eux, également trop lourds, leurs grosses chaussures, leurs têtes rasées de près, comme autant de petits soldats. Leurs cartables plombés semblaient les tirer vers le sol. Leurs yeux étaient remplis de poésies et de slogans et de versets du Coran. L'automne venu, Omid leur ressemblerait. Il aurait le même sac à dos, la même tête rasée. Et un jour, Sara et Forugh porteraient elles aussi le même foulard blanc. Leila esquissa un sourire en se les représentant. *Est-ce qu'ils vont vraiment grandir si vite ?* pensa-t-elle. *Je leur ferai des vêtements.*

Un taxi passa, traînant avec lui une chanson brouillée, inaudible. Le long des caniveaux, les poubelles rouillées renvoyaient une puanteur aigre. Tout semblait chiffonné, poussiéreux et sombre, encombré de policiers et de Gardes de la Révolution, de Gardes de la Moralité et de guides religieux, de pénurie de nourriture et de black-outs, et de menaces de guerre aujourd'hui et de toute éternité. Un homme qui semblait tout juste être tombé de sa moto y retourna en boitillant, la souleva, se remit en selle laborieusement et s'en fut. Au bout de la rue se profila une église avec sa barrière bleue et sa grande cour sans arbres. L'air sentait l'essence et l'asphalte, les mûriers et le curcuma, la transpiration, le charbon en train de brûler et le pain.

Leila marchait à côté d'Ahmad, ses jambes prêtes à lâcher à tout moment. Où cela allait-il les mener ? Qu'attendait-elle de lui, d'elle-même ? Son corps était en émoi, ivre d'une énergie bouillonnante due à la peur et à la culpabilité, au désespoir. Elle avait l'impression de dégringoler au fond d'un précipice, d'avoir envie de se défaire. Ahmad représentait tout pour elle, la dernière personne qui lui restait. Que deviendrait-elle après son départ ? Et qu'est-ce qu'elle pourrait conserver de lui ? Ses mains étaient vides. Elle n'avait aucun objet qu'elle pourrait garder en souvenir. Il partirait, purement et simplement, et elle resterait sans rien. Sans rien à donner, à attendre, sans rien hormis un marais de solitude qui l'engloutirait peu à peu. Et il n'y avait rien qu'elle puisse faire pour arrêter cela. Elle était en train de fouler aux pieds tous leurs rêves.

Avait-elle raison de faire ce qu'elle faisait ? Lorsqu'elle s'imaginait chez lui, dans sa maison qu'elle n'avait jamais vue, tout devenait flou. Il y a quelques jours seulement, elle ne se serait jamais autorisée à s'y rendre. Elle savait qu'elle n'avait pas entièrement réfléchi à la situation lorsqu'elle lui avait proposé d'aller chez lui. Ça avait été une impulsion, une impulsion désespérée. Elle avait si peur de le perdre. Mais à présent, avait-elle raison ? Qu'allait-il advenir d'elle une fois arrivée ? Elle n'en savait rien. Tout ce qu'elle savait c'est qu'elle ne pouvait s'arrêter de marcher, qu'elle ne pouvait s'empêcher de faire un pas après l'autre, qu'elle ne désirait rien d'autre qu'être avec lui.

Ils se trouvèrent bientôt devant sa maison. Ahmad mit la clé dans la serrure et ouvrit la porte sur une cour remplie de géraniums. La lumière finissante du soleil posait ses derniers baisers sur les feuilles tendres d'un pommier, dont les branches étaient pleines d'hirondelles. Elles essayaient une branche après l'autre, faisant un incroyable chahut, comme des enfants dans une boutique de bonbons. Les petites pommes vertes n'étaient pas encore mûres. Les oiseaux les ignoraient bruyamment.

Leila s'arrêta à la porte à côté d'Ahmad. Elle sentait ses yeux sur elle, la chaleur qui émanait de son corps. De se tenir si près de lui, de sentir son odeur, dont l'air lui apportait presque le goût, des picotements lui parcoururent la nuque. Elle ne pouvait plus rien faire pour changer leur destinée. Mais ne lui restait-il pas ce moment ? Elle était là, maintenant. Elle était là avec lui.

Elle pénétra dans la cour, tenant son cœur dans ses mains, fragile comme du verre, près de se briser.

Ils empruntèrent un couloir qui les mena à une pièce avec des fauteuils rouges, un tapis rose et vert et des miniatures sur les murs. Leila s'assit dans un des fauteuils, rassemblant autour d'elle les pans de son large manteau. Elle observa Ahmad qui s'affairait nerveusement, replaçant des livres sur les étagères, remettant des coussins sur les fauteuils.

Il faisait chaud et Leila transpirait sous son vêtement. Mais à la seule pensée de l'enlever, la timidité s'infiltrait en elle comme de l'air froid sous une porte. Ahmad ne l'avait jamais vue autrement que vêtue de son long manteau brun, alors même qu'elle portait une jolie robe dessous chaque fois qu'elle sortait avec lui. Il n'avait jamais l'occasion de voir ces robes, n'avait pas la moindre idée de leur existence sous son manteau, mais elle tenait à les porter quand même. C'était important pour elle de savoir qu'elle pouvait choisir ces robes, et que ce choix, bien que caché, était le sien. Aujourd'hui, la pensée de l'ôter, et de lui permettre enfin de la voir dans une de ces robes l'intimidait tant que c'était comme si elle allait se débarrasser de tous ses vêtements d'un coup. C'était absurde. Elle était ridicule. Elle n'allait pas céder à cette impression d'absurdité. Elle se redressa et se mit à déboutonner son manteau. Un fourmillement liquide démarra dans le bout de ses doigts et remonta le long de ses bras jusqu'à provoquer une éruption brumeuse et tournoyante dans tout son corps. Elle enleva les manches et le laissa tomber sur le canapé.

— Ahmad, appela-t-elle, d'une voix à peine audible.

De ses mains, elle lissa les pois gris de sa robe. Ahmad se retourna et, de là où il se trouvait près de la bibliothèque, la fixa. Le tic-tac de la pendule trottina résolument à travers la pièce.

— Tu es très belle, dit-il, le regard si plein d'émotion que le cœur de Leila eut un raté dans sa poitrine.

Il vint s'assoir à ses côtés. Ils se contemplèrent dans l'obscurité opaque. Leurs yeux les brûlaient, ils avaient la langue sèche et un goût de sciure dans la bouche. Ni l'un ni l'autre ne bougea un muscle ni ne battit un cil. Dehors le vent soufflait dans l'arbre à kakis. Une sirène hurla au loin.

Leila ouvrit la bouche pour dire quelque chose. Un soupir s'échappa de ses lèvres. Si près. Il était si près d'elle. Son visage prenait toute la place dans son champ de vision, il était tout ce qui existait. Pendant un instant, cette proximité, sa nouveauté, cette impression d'intimité qui la submergeait dissipèrent le lourd nuage de culpabilité, de peur et de chagrin. Leila approcha doucement sa main de la sienne et la toucha du bout des doigts. Il la regarda mais ne fit pas le moindre geste. Il semblait pétrifié, médusé.

Leila prit sa main et la posa, hésitante, sur son visage. Qu'est-ce qu'elle faisait ? Qu'adviendrait-il d'elle ? Est-ce qu'elle était vraiment prête à tout perdre avec lui ? Si les choses s'accomplissaient, si elles en venaient à cela, est-ce qu'elle était prête à vivre le reste de sa vie sans lui, comme une femme sans un homme ? Les questions lui martelaient la tête, d'un côté, puis de l'autre.

— Leila, chuchota Ahmad.

Le rouge monta au visage du jeune homme jusqu'aux racines de son épaisse chevelure. Quelque chose en elle fit une embardée. Une fois la chose faite, il n'y aurait pas de retour possible. Elle le savait. C'était pure folie. Elle allait tout perdre. Et cependant, à l'intérieur d'elle, quelque chose rugissait comme une lionne insatiable, cruelle, égoïste et pure. Impossible de la faire taire. Impossible de l'enchaîner. Impossible de le perdre, lui, comme ça, aussi simplement.

La main d'Ahmad était posée sur son visage, brûlante. Ses lèvres étaient entrouvertes en une expression de douleur, de joie et de peur mêlées. Il semblait au bord de l'effondrement. Ses doigts se rapprochèrent de son cou, hésitants, et l'effleurèrent comme on cueille une figue de Barbarie, en prenant soin de ne pas toucher les épines. Puis il les laissa courir le long de sa colonne vertébrale, vertèbre après vertèbre, jusqu'à la cambrure de son dos, l'attirant à lui. Sentir ses doigts qui la frôlaient fit sauter un verrou au fond d'elle. Chaque molécule de son corps se mit alors à répondre à son toucher. Elle n'avait jamais senti, jamais imaginé quelque chose de semblable. Les doigts d'Ahmad faisaient naître de telles sensations qu'elle en fut abasourdie. C'était comme quelque chose de dur, comme un coup violent dans le ventre. Voilà ce qu'elle ressentait.

Qu'est-ce que j'emporterai de tout cela avec moi ? L'idée de porter son enfant passa devant ses yeux. De joie, de peur, de l'incroyable audace de cette pensée, le souffle lui manqua. Son cœur battait si fort qu'elle se dit que même les oiseaux de la cour devaient l'entendre. Et pourtant il serait absent. Elle serait seule. Qu'adviendrait-il d'elle alors, avec un enfant ?

Mais je l'aurai, lui. J'aurai une part de lui que personne ne pourra me prendre. Même s'il n'est pas là.

Elle serra son corps contre le sien. Elle étouffait, non seulement de désir, mais de toute cette vie qui entrait en elle, d'une sensation étonnante de légèreté, de certitude, de libération inconnue jusque-là. C'était comme si une force étrangère se manifestait, la dépouillant de ses inhibitions, l'imprégnant d'une volonté nouvelle, même timide, même incertaine, de prendre possession une seule et ultime fois de ce qui demain ne lui appartiendrait plus.

— Leila, tu es sûre ? chuchota Ahmad une dernière fois, ses yeux rougis et brillants.

Il la contemplait de ce regard concentré et pénétrant auquel elle ne pouvait résister mais qu'elle ne voulait pas qu'il détourne d'elle. Elle mit ses bras autour de son cou. Lentement elle lâchait prise, elle laissait tout partir, le temps, l'espace et elle-même, l'insignifiance de tout le reste et la soudaine plénitude d'être vivante. Elle était tout cela à présent, et elle s'accrochait à cet instant, à ce bourgeonnement, cette floraison de la vie, qui ne lui faisait plus peur, pour laquelle elle ne voulait plus s'excuser et qui était sur le point d'être sienne. Qu'aucune guerre, aucune prison, aucune révolution, aucun enfant – son cœur plein d'amour avait mal à la pensée de son neveux et de ses nièces – ne pourrait lui enlever.

La main d'Ahmad remonta depuis le creux de ses reins une nouvelle fois, puis tira sur la fermeture éclair de sa robe. Leila ferma les yeux et accentua sa cambrure pour que ce soit plus facile. Elle écouta le bruissement du zip qui descendait, révélant son dos, comme s'il révélait un secret. Puis elle rouvrit les yeux et regarda sa robe glisser et choir en corolle à ses pieds. Le cœur battant à se rompre, elle sut qu'elle était elle-même. Dans la lumière qui déclinait, avec fierté, elle fit glisser ses bas et les retira.

Debout, nue, elle réalisa, étonnée, qu'elle portait encore son foulard. Il retenait à peine la force luxuriante de sa chevelure. Ahmad se mit debout à son tour, chancelant, approcha sa main et défit le nœud sous son menton. Le foulard glissa de ses épaules et atterrit par terre. C'était la première fois qu'il voyait ses cheveux.

Les cris stridents des sirènes fouettèrent l'air de la cour comme un lion en furie. Le couvre-feu était dépassé d'une heure. Leila noua le foulard sous son menton d'une main tremblante. Tout son corps résonnait encore de sensations mystérieuses qui couraient sous sa peau. Elle tenait à peine debout et se sentait vidée. Ses bras, ses jambes, sa colonne vertébrale étaient comme pulvérisés. Ahmad se tenait à côté d'elle. Immobile, impuissant, il avait le regard d'une statue qui se fissure de l'intérieur. Elle entendit sa propre voix comme venant de très loin :

— Je dois partir. Les sirènes. Il est si tard.

Mais elle ne fit pas un seul pas. Elle en était incapable. À la place, elle secoua la tête et se couvrit le visage de ses mains. Submergée par le chagrin, elle ne parvint pas à dire quoi que ce soit d'autre et se contenta de le regarder.

Ahmad était silencieux. De ses lèvres gercées, il esquissa un sourire désespéré. Cette folle tristesse qu'elle voyait sur son visage la perturbait. Elle ne supportait pas de le voir s'effondrer. Elle détourna son regard de lui et de la douleur dans ses yeux. Le hurlement des sirènes leur parvenait de plus en plus fort. Les rideaux voletaient dans la brise. Les hirondelles s'étaient envolées depuis longtemps.

Ahmad esquissa brusquement un mouvement. Tendant les bras, il attira Leila à lui. Elle s'abandonna à cette dernière étreinte désespérée. Ses yeux se remplirent de larmes et elle jeta ses bras autour de lui. Une brise fraîche flotta dans la pièce par la porte ouverte. Les glapissements des sirènes se fracassèrent contre les fenêtres fermées, leur écho rebondissant dans la cour avant de s'immobiliser. La lumière dorée de la fin du jour s'infiltra par la vitre et éclaboussa leurs corps.

Elle savait qu'elle devait partir. Mais il se passa un moment avant qu'elle trouve en elle la force de s'arracher à lui, respirant pour la dernière fois le parfum de fumée qui émanait de sa bouche, de derrière ses oreilles, de ses cheveux. Elle savait qu'elle abandonnait une partie d'elle-même, qu'ici, dans cette chambre, sa peau encore fourmillante des vestiges du désir et de sa faim comblée, elle regardait une parcelle d'elle-même mourir d'une mort inexorable et irréversible.

Comme la forêt, pensa-t-elle, tandis qu'elle s'éloignait, sa vue brouillée comme si une brume venait de se lever, rendant toute chose indistincte. *Il était comme la forêt.* Elle lui fit un signe de la main et il ne put que la regarder s'éloigner et passer la porte, son cœur aussi lourd que le ciel.

Dehors, le soleil couchant saupoudrait de cuivre les rues désertes et pétrifiées. Il n'y avait presque pas âme qui vive. Leila se hâta dans la rue et le vide de la ville l'effraya. Tout ce qui l'entourait semblait devenu dur et froid comme l'émail, silencieux, hormis les hurlements des sirènes qui se déchaînaient, rugissantes, et qui ébranlaient tout. Elle sauta par-dessus le caniveau. Une odeur de feuilles mouillées et d'oiseaux morts pénétra ses narines. Traversant la rue, elle trébucha sur l'asphalte inégal. Les dernières voitures passèrent en vrombissant, laissant derrière elles une bouffée d'un air bleu d'essence.

Elle dépassa des fenêtres qui reflétaient la silhouette tétanisée de la ville. Elle savait que derrière ces fenêtres se trouvaient des gens, assis dans le noir, qui regardaient la lumière mourante du dehors, attendant, retenant leur souffle. Ceux qui avaient des maisons ou des relations à la campagne avaient déjà quitté la ville. Ceux qui possédaient des voitures, mais pas de maison, se réfugiaient à la campagne chaque fois que retentissaient les sirènes. Quant à ceux qui n'avaient ni maisons, ni voitures, ils restaient derrière leurs fenêtres fermées, priant pour qu'une bombe ne leur tombe pas dessus. Leila percevait presque leurs halètements, leurs murmures apeurés. Elle aurait voulu les emmener tous avec elle, qu'il y ait assez de place dans une voiture pour emporter la ville entière.

Simin et Parisa aussi étaient oubliées. La pensée de ses sœurs prostrées dans l'obscurité de leurs cellules provoquait en elle presque un vertige. La tête lui tournait de désespoir.

Elle hâta le pas. Elle aurait dû être rentrée depuis une heure, déjà, afin qu'ils puissent fuir la ville à temps, avant que les bombardements ne commencent. Agha-jaan et Maman Zinat avaient dû l'attendre, bouillant d'inquiétude, les plaintes des sirènes qui annonçaient les bombes et la mort venant se fracasser contre leurs tympans. Elle s'en voulait tellement d'être en retard et de les mettre en danger qu'elle se mit à courir.

Elle tourna dans une petite rue vide et la sueur lui coula dans le dos. Un chat bondit par-dessus des décombres et poussa un miaulement perçant. Elle passa en courant devant les volets gris de boutiques fermées, devant un homme affalé sur les marches d'une mosquée, la tête sur ses genoux, devant une chemise bleue et sale abandonnée sur le bord du trottoir et des portes verrouillées derrière lesquelles des mères étreignaient leurs enfants, des amants se cherchaient, des pères étaient aux aguets, la tête dans les mains. La nuit bleue éclaboussait les arbres, inondant les immeubles. Les hurlements discordants des sirènes s'estompaient.

Où se trouvait Ahmad à présent ? Y avait-il seulement un endroit où il pourrait se réfugier, un sous-sol où il pourrait se cacher ? Leila respirait avec difficulté, essayant de ravaler la boule dure qui se formait implacablement dans sa gorge. Elle n'en avait aucune idée. Elle ne lui avait même pas demandé. Les larmes qu'elle n'avait pas encore pu verser lui brûlaient les yeux. Elle était fatiguée et si seule. Elle avait peur. Elle aurait voulu faire demi-tour, refaire le chemin à l'envers en courant et se pelotonner dans les bras d'Ahmad, où qu'il se trouve et s'endormir. Comme elle s'était sentie en sécurité avec lui, comme elle s'était sentie intouchable ! Maintenant, dans ces rues désertées, avec les cris des sirènes qui se rapprochaient, qui l'encerclaient, sa solitude lui sembla si immense qu'elle se dit qu'elle n'aurait plus jamais la force, qu'elle ne serait plus jamais capable de lui échapper.

Mais elle continua sa course. Elle n'avait pas d'autre choix. Elle marcha sur un paquet de cigarettes écrasé, un morceau de journal apporté par le vent et continua de courir, passant devant du verre brisé, des graffitis à demi tracés sur un mur. Le papier-toilette qu'elle avait placé dans ses sous-vêtements pour absorber le sang qui s'était enfin arrêté de couler frottait contre ses cuisses. Ses mains et ses joues étaient froides.

Elle resserra son foulard, accélérant le pas, toujours pourchassée par les hurlements des sirènes.

Enfin, elle aperçut la porte de sa maison, et son corps, comme de lui-même, s'arrêta. Un unique et violent sanglot lui déchira la gorge. On aurait dit que la vision de cette maison, la sienne, était le signe que tout était fini, absolument, irrévocablement. Qu'elle ne verrait plus jamais Ahmad. Qu'une fois la porte franchie, son visage ne serait plus qu'un souvenir du passé.

Elle s'arrêta un instant à l'extérieur, ferma les yeux et s'appuya au mur. Elle avait besoin de quelques instants pour retrouver ses esprits, pour se préparer à la nouvelle vie, pourtant identique à celle d'autrefois qui l'attendait de l'autre côté de la porte. Quelques minutes passèrent avant qu'elle trouve la force de mettre la clé dans la serrure.

On aurait juré qu'Omid l'avait attendu dans la cour. Ses yeux rougis étaient rivés sur elle. Lui aussi avait pleuré.

— Mais qu'est-ce que tu fais là ? – Elle passa la porte et lui saisit la main. – Allez viens, allons à l'intérieur !

La maison était noyée dans une obscurité soyeuse. Les enfants criaient. Aghajaan marcha vers elle avec raideur, pâle, les joues creusées, les poings serrés. Il ne portait plus son pyjama, mais un pantalon noir et une chemise à carreaux bleus et blancs. Il était prêt à partir.

— Où étais-tu ? cria-t-il, mordant dans chaque mot.

Il leva la main sur elle, sur le point de frapper. Leila se recula, une main tremblante devant son visage.

Aghajaan l'observa un long moment, ses yeux débordant de rage, puis laissa retomber sa main. Leila serra les petites épaules d'Omid et le tint contre elle. Elle se mordit la langue pour ne pas que ses lèvres tremblent. Maman Zinat, s'enroulant dans son tchador, entra en coup de vent dans la pièce, Forugh, que les sirènes avaient terrorisée, pleurant dans ses bras.

— Prends-la.

Maman Zinat passa l'enfant à Leila. Puis elle s'enfuit, revint dans la chambre en courant, prit cette fois Sara, et se précipita dans le couloir.

Ils sortirent en toute hâte dans la nuit liquide. Leurs ombres, tendues, comme fouettées par les sirènes, leurs pieds raclant les pavés de la cour. L'obscurité se glissait entre les feuilles des arbres et se tenait, suspendue, au-dessus d'eux. Le croissant de lune apparut derrière les plumeaux effilochés des nuages.

La vieille Peykan jaune d'Aghajaan émit un grognement quand il mit le contact et s'éloigna du trottoir. Maman Zinat était montée devant, Sara dans les bras. De sa bouche jaillissaient des prières en un long murmure anxieux et ininterrompu, pour implorer le Prophète et les imams, et leurs fils et leurs filles de leur venir en aide. Ses supplications, dans la fureur des sirènes, étaient à peine audibles.

Ils empruntèrent des rues blanchies à la chaux, passèrent de grands arbres informes, des pâtés de maisons changeants et des immeubles de trois étages, des panneaux d'affichage géants et des millions de fenêtres noires. Aghajaan agrippait le volant, penché en avant, les muscles de son dos tendus, fixant attentivement la rue étroite.

De temps en temps, un taxi dans lequel s'entassait toute la famille du chauffeur qui cherchait à s'échapper passait en bringuebalant. Dix corps compressés les uns contre les autres qui abandonnaient la ville.

Leila changea la position de Forugh dans ses bras. L'enfant continuait à geindre, des larmes d'angoisse lui roulant sur les joues.

— Elle a peur des bombes.

Omid lui prit la main et, par jeu, s'amusa à la lever en l'air et à la laisser retomber. Mais elle était inconsolable et laissa échapper un autre de ses cris perçants.

— Chut, bébé, chut.

Leila déposa un baiser sur le front de Forugh. Elle sentait à l'intérieur ses propres nerfs, coupants comme des fils d'acier, qui l'entaillaient.

— Tout va bien, tout va bien, chuchota-t-elle, la suppliant presque d'arrêter.

Forugh leva la tête et ses larmes brûlantes mouillèrent les lèvres de Leila.

— Est-ce que les bombes vont tomber sur nous ? demanda Omid, ses mains couvrant ses oreilles.

— Mais non, bien sûr, dit Leila, lui prenant le menton. Nous sommes presque sortis de la ville.

Les vitres s'embuaient. Aghajaan baissa la sienne et de l'air frais entra en sifflant dans l'habitacle. Maman Zinat couvrit la tête de Sara de son tchador. Leila essuya la buée sur sa fenêtre avec son doigt. Une peinture murale représentant un jeune martyr entouré d'une couronne de tulipes passa brièvement devant eux. *Les tulipes ont fleuri du sang de notre jeunesse*, disait le slogan écrit dessous en rouge.

— Khaleh, où étais-tu ? demanda brusquement Omid.

Leila le considéra, légèrement décontenancée.

— J'étais chez Nasrin. Tu te souviens de Nasrin ? Je t'y ai emmené une fois.

Omid la fixa sans rien dire. Était-ce un reproche qu'elle lisait dans ses yeux ?

Bouleversée par son regard, Leila changea de sujet.

— Quand tu verras les montagnes, ça voudra dire que nous sommes en sécurité, dit-elle, pointant le doigt vers les contours flous des montagnes de l'El-bourz, blotties contre le ciel affaissé.

Les immeubles dans la rue se faisaient plus rares, et derrière eux, on apercevait à présent des morceaux disparates de champs arides, badigeonnés de noir. Le bruit des sirènes mourait peu à peu, étouffé.

— Tu les vois ? demanda Leila.

Omid hocha la tête, ses deux doigts mouillés bien calés dans sa bouche. Forugh s'était endormie dans les bras de Leila, épuisée. Les lumières intermittentes des quelques lampadaires restants jetaient des ombres fugaces sur son visage taché de larmes. Leila lui mit sa tétine dans la bouche. La ville, de plus en plus petite dans le lointain, ressemblait à une pyramide géante et tentaculaire, aplatie par la nuit. Une sensation de paix s'installa peu à peu dans la voiture.

— Tu as pris les lampes ?

Maman Zinat défit ses mains, desserrant son étreinte autour de Sara. Aghajaan opina, tirant ses épaules en arrière pour les détendre.

— J'ai oublié de vérifier s'il y avait assez de pétrole, ajouta Maman Zinat.

— Je suis sûr qu'il y en aura assez.

Sara tenta de s'extraire des bras de Maman Zinat et de se mettre debout.

— Mais où vas-tu comme ça ? dit Maman Zinat doucement.

Elle lui montra du doigt les feux arrière des voitures, qui zigzaguaient devant eux, dans la nuit chargée de brume.

— Regarde comme les lumières vont vite.

Pendant un moment, Sara étudia avec sa grand-mère les lueurs qui brillaient par intermittence dans le lointain. Mais bientôt, lassée, la fillette se remit à gigoter. Maman Zinat transféra son poids vers la droite et essaya de la bercer.

Omid posa sa tête sur le bras de Leila, contemplant en silence la nuit et les champs qui se dilataient. Forugh s'était endormie. De temps en temps, sa bouche s'arrondissait autour de la tétine puis se détendait, rose et tranquille.

Avec la ville désormais derrière eux, Leila sentit ses nerfs qui se dénouaient doucement. Elle laissa aller sa tête contre le siège et regarda la lumière des étoiles tamisée par la brume, saupoudrée sur les vastes champs silencieux. Les roues de la voiture tournaient, vrombissant dans sa tête. Elle portait encore le parfum doux-amer d'Ahmad sur elle, sentait encore la texture de sa peau dans les paumes de ses mains. Elle inspira profondément. Ses mains descendirent le long de ses jambes, jusqu'à l'espace entre elles, et serrèrent fort, comme pour y retenir le souvenir de son corps, l'empêcher de la quitter et de disparaître dans la nuit.

Forugh eut un petit mouvement de tête. Leila regarda ses lèvres se froncer autour de la tétine. On devinait le blanc de ses yeux sous ses paupières à moitié closes.

Enfin, la voiture stoppa sur une route poussiéreuse, coincée entre de longues rangées de véhicules garés. Les lumières de quelques lampes à pétrole dansèrent, tremblotantes, éclairant les visages de tous ceux qui, comme eux, avaient fui les bombes. Et pourtant, on voyait qu'ils n'y avaient rien gagné. C'étaient des fugitifs qui cherchaient un abri dans l'immensité des champs, sous un ciel vide. Des fugitifs qui en avaient terminé avec les mythes du courage et du martyre, des vierges et du paradis, grâce auxquels ceux qui étaient au pouvoir avaient attiré leurs fils et leurs frères sur les champs de mines. Des fugitifs à qui on n'avait rien laissé qu'une guerre sans fin, un million de morts et de blessés et un pays en flammes, sur le point de s'écrouler.

Aghajaan ouvrit le coffre et en sortit les sacs de couchage, le kilim et les couvertures, toujours prêts pour le cas où il faudrait s'enfuir rapidement. Il étendit le tapis sur le sol humide entre leur voiture et celle d'à côté. Maman Zinat emmitoufla avec soin les enfants pour les protéger du froid qui descendait des lointains sommets invisibles.

Tout autour d'eux on s'agitait. Des pères portaient des sacs de couchage, des mères coursaient des enfants énervés par la sortie nocturne et qui papillonnaient autour des lanternes. Les personnes âgées étaient assises sur des pliants, comme pour un pique-nique. Une brume généreuse aux doigts tendres était descendue, telle une vieille mariée souriante aux cheveux d'argent. Omid se pelotonna contre Leila, à demi réveillé. Il observait Aghajaan qui allumait les lampes à pétrole à l'aide d'une allumette, et la petite flamme vacillante, tout juste née, qui se reflétait dans ses yeux noisette.

Les plaines les entouraient de leurs corps sombres et distendus. Les ombres de quelques rares arbres se dressaient, solitaires, sur des collines basses, comme des hommes sans bras. La nuit résonnait de voix et de chuchotements. Maman Zinat, flanquée des corps emmitouflés de Forugh et de Sara, déplia un plaid fleuri et sortit des sacs le pain et les boîtes contenant les croquettes de viande et les tomates en tranches. De son pouce, elle aplatit une croquette sur un morceau de pain, y ajouta des rondelles de tomates, roula le pain et le tendit à Omid. Il lui prit le sandwich des mains et mordit dedans, tout ensommeillé. Maman Zinat lui caressa la joue, souriante.

— Pauvre chéri, il a envie de dormir.

Elle confectionna ensuite dix autres sandwichs pour Aghajaan, Leila et elle-même. Assis en cercle, ils grignotèrent leur en-cas, chacun plongé dans le petit monde de ses pensées, de ses peurs, de ses espoirs. La lampe sur le sol jetait des ombres dansantes et floues sur leurs visages où se lisaient la fatigue et la tension.

— Le froid revient, dit Maman Zinat, en déposant une tranche de tomate sur son pain.

Aghajaan fit un signe du menton à Omid.

— Tu veux un autre sandwich ?

Omid secoua la tête et se blottit encore plus profondément dans le creux du bras de Leila.

— Qu'est-ce que ce maudit Saddam veut de nous ? dit Maman Zinat d'une voix tremblante. Notre terre ?

Notre pétrole ? Sept ans, ce n'est pas assez ? Quand est-ce que ça va finir ?

Elle s'interrompit et saupoudra du sel sur sa tomate d'un geste machinal. Ses yeux remplis de larmes brillaient dans la lumière de la lampe.

— Où est ma Parisa, à présent ? Où est ma Simin ?

Personne ne répondit. Ils étaient tous trop épuisés pour parler de la guerre. Ils voulaient juste fermer les yeux et tout oublier.

Un silence humide tomba peu à peu, ponctué par les voix étouffées des mères qui chuchotaient des berceuses à l'oreille de leurs enfants, leurs murmures tournoyant, dansant, se mêlant à la brume. Peu à peu, famille après famille, la foule s'éclaircit. Tous se glissèrent sous les couvertures, les yeux face à l'immensité du ciel, à ses quelques étoiles clignotantes et aux nuages qui fuyaient au loin avec la grâce de sirènes ensommeillées.

Les enfants comptèrent les étoiles pour s'endormir. Les adultes se tinrent par la main et contemplèrent les nuages qui passaient. Aucun d'eux ne savait si le lendemain, une fois revenu dans la ville, il trouverait sa maison encore debout. Ou si à sa place il découvrirait des décombres pulvérisés, rasés, dans lesquels il ne reconnaîtrait rien.

La nuit respirait autour d'eux sans livrer la moindre réponse.

1983-1988

Centre de détention de Komiteh Moshtarak
Prison d'Evin, Téhéran

Il était assis, les yeux bandés, dans le couloir qui passait devant la porte des toilettes. Il n'était plus qu'une masse informe et sale, sur le sol en béton mouillé. Sa barbe poussait un peu plus chaque jour et de son corps émanait une odeur de décomposition. L'uniforme, qui ressemblait à un pyjama, tombait, trop grand, sur ses os pointus. Il était devenu un homme maigre – de plus en plus maigre – qui portait l'uniforme d'un gros. Le bout des manches lui arrivait jusqu'au milieu des doigts. Les épaules pendaient et le bas du pantalon se prenait sous ses pieds, souillé.

À l'intérieur de l'uniforme de gros, Amir tombait en miettes, petit à petit, comme des écailles de peinture se détachant d'un mur.

C'était difficile de respirer. Il n'y avait pas de fenêtre et l'air était saturé d'humidité. Chaque jour, les gardes amenaient avec eux de nouveaux prisonniers qui avançaient dans le corridor en titubant, éparpillant derrière eux des traces difformes de pas ensanglantés. L'eau épaisse et noire qui se déversait de la rigole s'étranglait dans des morceaux de vêtements déchirés, des cheveux, et des miettes de pain. Le désespoir se mélangeait au sang. Les corps étaient ensuite jetés les uns contre les autres, comme des sacs de farine humides. Des gémissements, des sanglots, le bruit d'un robinet qui fuyait et des halètements s'attardaient dans l'air, suspendus.

Quarante-cinq jours avaient passé.

En quarante-cinq jours, Amir avait appris à connaître l'odeur de la viande qui pourrit. Jour après jour, crasse après crasse, interrogatoire après interrogatoire au cours desquels les mêmes questions, les mêmes accusations, les mêmes menaces étaient réitérées comme un cauchemar sans commencement ni fin, on lui apprenait comment devenir un animal. Un animal misérable, puant et aveugle, sans autre perspective que de regarder les heures passer, d'attendre qu'on le nourrisse et qu'on l'emmène aux toilettes pour qu'il se soulage.

Peu à peu il perdait pied et oubliait le monde extérieur. Il oubliait Maryam et le sommet un peu flou du Damavand qu'on voyait par la fenêtre de leur salon, et les rues affairées de Téhéran au crépuscule. Tout cela lui semblait un rêve, un rêve merveilleux et irremplaçable. Le rire de Maryam s'était lentement mué en un écho vague et nébuleux sur les chemins de son esprit. Son rire, mais aussi sa voix qui déclamait des poèmes, lorsqu'elle était assise sur le tapis, appuyée contre le pied du canapé.

Amir ne parvenait à se rappeler aucun de ces poèmes. Son cerveau avait été lavé par des mains empressées, compétentes, et à la place, il y avait maintenant des cris, des hurlements et des bruits d'os cassés.

Même le visage de Maryam disparaissait lentement de sa mémoire. Dans ses rêves, elle n'avait plus de tête. Elle s'approchait de lui, posait ses mains sur ses joues, mais à partir de ses épaules, il n'y avait plus rien. Que du vide. Elle avait été décapitée. Amir se réveillait au son de ses propres cris étouffés, trempé de sueur froide. Maryam s'évanouissait et seul restait le bruit du robinet qui fuyait, résonnant dans ses oreilles.

Un jeune homme du nom de Behrouz était assis à côté de lui et chantonnait tout bas une chanson traditionnelle. Il avait allongé ses jambes. Sous son pantalon, on apercevait une cicatrice près de sa cheville.

— Qu'est-ce qui est arrivé à ta cheville ? demanda Amir.

Tout ce qu'il connaissait de Behrouz se résumait à sa cicatrice et ses chansons.

Behrouz s'arrêta de chanter.

— Je suis tombé de vélo lorsque j'étais enfant. Après, j'ai sans cesse tripoté la plaie pour être sûr d'avoir une cicatrice.

— Pourquoi est-ce que tu tenais tant à avoir une cicatrice ?

Il y eut un silence, pendant lequel Amir imagina que Behrouz haussait les épaules.

— Pour avoir un souvenir.

Par la fente sous le bandeau, Amir vit les doigts sales de Behrouz descendre et se frayer un chemin jusqu'à sa mémoire.

Blessure. Douleur. Mémoire.

Amir savait que bientôt il serait tellement malade de tous ses souvenirs que faire même le plus petit pas serait une tâche impossible. Les souvenirs, c'était comme du venin, ils s'appropriaient le corps, paralysant un membre après l'autre.

Il y avait un de ses souvenirs qui sentait encore le sang frais et l'haleine acide. C'était lorsqu'on l'avait qualifié d'antirévolutionnaire. Ceux qui l'interrogeaient semblaient éprouver un plaisir particulier à le traiter d'antirévolutionnaire ou d'espion. Ils accompagnaient différentes menaces de différents surnoms, comme si le seul fait de lui coller des étiquettes leur permettait de croire davantage en leur propre existence. Le fait de bander les yeux des prisonniers réduisait les interrogateurs à de simples entités invisibles, ni hommes, ni ombres, de simples voix qui réclamaient des victimes et des proies pour survivre.

Behrouz se remit à chanter. Sa voix se mêla au son d'une toux venu de l'autre côté du couloir. Amir rit nerveusement et appuya ses mains sur ses genoux. Une goutte de sueur lui dégoulina dans le dos.

Puis un jour, alors qu'il pensait qu'ils le laisseraient désormais contempler en paix ses instincts animaux, ils poussèrent la leçon d'humiliation un peu plus loin. Ils décidèrent de l'exhiber, lui, leur œuvre d'art, leur « installation » de souffrance, aux yeux de ceux qui n'étaient pas censés voir.

Ils prirent la décision de le briser.

La porte s'ouvrit en grinçant et au bout du couloir retentit le clip-clap indifférent de pieds chaussés de sandales, de pieds désincarnés. Ils s'arrêtèrent devant Amir.

Amir vit les poils épais et noirs qui ornaient les orteils dépassant des mâchoires des sandales en plastique. Aucun mot ne fut prononcé. Un des pieds désincarnés se leva et atterrit contre la jambe d'Amir.

— Debout, intima la voix qui appartenait aux sandales et aux orteils velus.

On ordonna à Amir d'attraper la tête d'un stylo qu'on présenta devant sa poitrine et il fut emmené à travers des corridors labyrinthiques. Puis il entendit une porte s'ouvrir. Ils entrèrent. L'air n'avait pas la même odeur, il sentait toujours le renfermé mais rien de comparable avec la puanteur d'égout à laquelle il s'était habitué. Il sentit les mains d'un gardien qui s'affairaient derrière ses cheveux sales. Enfin, pour la première fois en quarante-cinq jours, on lui retira son bandeau.

Une ampoule nue suspendue au bout d'un long fil électrique cracha une lumière blanche dans la pièce. Amir se couvrit les yeux et tenta d'étudier, à travers ses doigts sales, les images et les ombres liquides qui l'environnaient. Il était pris d'un léger vertige et il fallut à ses yeux quelques instants pour s'habituer à la lumière. Lentement, les ombres se mirent à prendre forme, comme si elles sortaient d'un nuage de fumée, et tout d'un coup Maryam émergea, aussi pâle que la lune en plein jour, le regardant, bouche bée, de sous son foulard noir.

Amir resta planté sur le sol. Il sentait l'épaisse couche de crasse prendre vie sur son corps, dans sa longue barbe qui le démangeait, sur son uniforme qui ressemblait tant à un pyjama. Il la sentait grouiller sur tout son corps, se l'appropriant, ne lui laissant aucune échappatoire. Il ne voulait en aucune façon que Maryam le voie dans cet état, grignoté peu à peu par sa propre moisissure, sa propre saleté. Il recula de quelques pas, le visage dans les mains, comme s'il avait mal. Dans les yeux de Maryam il aperçut le reflet de l'animal humilié qui se tenait devant elle.

Elle avança d'un pas, les bras grands ouverts, un sourire tremblant sur les lèvres. Elle avait de nouvelles rides aux coins des yeux. *Mais qu'est-ce qu'ils t'ont fait ?* La question indicible tournait et se retournait sans repos dans son regard.

— Où allez-vous comme ça ? hurla le gardien à l'adresse de Maryam.

Il poussa Amir sur une chaise.

— Assieds-toi !

Alors qu'il éructait ces mots, son regard se posa avec une lenteur inattendue sur le ventre proéminent de Maryam. Dans ses yeux dansa la petite lumière curieuse de celui qui n'a jamais vu une femme enceinte. La jeune femme couvrit son ventre de sa main. Le gardien détourna immédiatement le regard. Il alla se mettre dans un coin de la pièce et resta là, ombre imposante de l'autorité.

Autour d'eux, la pièce respirait. L'aiguille de la pendule montra qu'une minute était passée.

Maryam redressa le cou, comme elle le faisait toujours, tel un cygne, comme quand elle avait peur et ne voulait pas le montrer, comme quand elle voulait être forte pour lui. Son visage avait une expression sévère, presque dure, à l'exception de ses yeux noirs, rougis et légèrement gonflés. Amir mourait d'envie de la prendre dans ses bras. Il rêvait de laisser ses mains aller à sa rencontre, sur son corps, dans le calme de cette pièce, dans le crépuscule bleu qui s'infiltrait par la fenêtre. Il contempla les veines bleutées qui saillaient sur la peau de ses mains autrefois immaculées. Il aurait tout donné pour les toucher, ces mains, pour y poser ses lèvres et en chasser, à force de baisers, l'ombre de la douleur. Mais dans cette pièce à peine éclairée, au carrelage blême, aux murs humides, avec son éclairage au néon qui bourdonnait interminablement comme une mouche, les attouchements étaient prohibés. Et lorsque les gestes manquaient, les mots devaient tenter de combler le vide.

— Comment va ma belle *banoo* ? réussit à dire finalement Amir.

Il essaya de sourire, de garder un ton calme, pour elle, pour lui. Mais il était un très mauvais acteur et sa voix se brisa.

Maryam hocha la tête. Elle lui jeta un regard brillant. L'inquiétude affleurait dans ce regard abattu mais fort, inflexible, comme si, malgré toute l'angoisse, elle refusait que cet univers de la prison puisse être la seule option possible pour son mari. *Tu seras libéré,* lui disaient ses yeux.

— Comment va ton dos ? demanda-t-elle.

Amir la considéra. Pendant un instant il ne put rien dire. La question l'avait brusquement catapulté dans leur maison, avec le parfum des roses dans le jardin, et l'ombre du minaret qui tombait sur la fontaine l'après-midi, avec les murs jaunes de leur chambre, et la reproduction d'un dessin de Victor Hugo, et le climatiseur tout neuf qui attendait au bas de l'escalier qu'on le monte dans la chambre. C'est en transportant le climatiseur seul qu'il s'était fait mal au dos, malgré la suggestion de Maryam d'engager quelqu'un pour faire le travail. Il pouvait très bien le faire lui-même. Ça leur économiserait du temps et de l'argent. La douleur avait commencé à se calmer le jour de son arrestation et avait disparu quelques jours plus tard.

Amir sourit. Il avait envie de se blottir dans ses bras, et de pleurer jusqu'à se dissoudre dans son étreinte. Il réalisa qu'il n'avait jamais pu lui dire que la douleur dans son dos avait en effet cessé. Tout avait été interrompu, tranché en deux, d'un coup net, comme s'ils avaient été violemment précipités dans deux fuseaux horaires différents. Le sien s'était transformé, en l'espace d'une nuit, en un cauchemar peuplé de menottes et d'yeux bandés, tandis que celui de Maryam était suspendu aux derniers fils fragiles qui la reliaient encore à des climatiseurs et à la lumière du soleil, dans un monde où la douleur n'était que la conséquence d'avoir porté un poids trop lourd et rien d'autre. C'était une planète d'innocence où l'on pouvait encore débattre de qui allait transporter le climatiseur, un monde où il entendait encore Maryam le gronder pendant qu'elle apposait sur son dos douloureux des serviettes chaudes. De cette réalité, il avait été arraché si brutalement, si violemment, qu'il ne parvenait plus à croire qu'elle avait été, autrefois, simplement sa vie.

Il regarda sa femme. Maryam le fixait droit dans les yeux, comme si elle le défiait, lui, mais aussi le gardien, la prison et Dieu lui-même.

Il ouvrit grands les bras, puis les referma, s'étreignant lui-même. Un faible sourire passa sur les lèvres de Maryam et il comprit. Il retint son souffle, parcouru par un frisson de gratitude. Par sa simple question, elle avait ressuscité son ancien moi, qui s'estompait déjà dans sa mémoire. Elle était venue à lui et avait balayé les quarante-cinq derniers jours de sa vie, le projetant à nouveau dans cette autre existence pleine de trivialité réconfortante, de merveilleux soucis quotidiens, de liberté de faire des choix déraisonnables. Maryam lui avait rappelé qu'il était encore un homme. Que la vie d'avant n'était pas finie. Qu'elle serait là, dans une chambre fraîche et climatisée, à attendre qu'il rentre à la maison. Maryam avait su lui dire que cette souffrance n'était qu'une étape. Que tôt ou tard, elle prendrait fin. Et alors il sut qu'aussi longtemps qu'il aurait Maryam, il survivrait.

— Je vais bien. Ça va. La douleur est partie, dit-il, sentant la force du défi ruisseler de ses doigts à elle dans la table austère et bon marché qui les séparait et se répandre dans ses os à lui. Comment va le bébé ?

— Il pousse, dit-elle. C'est incroyable.

L'idée de l'enfant la fit de nouveau sourire, les fit sourire tous les deux. Ses lèvres s'entrouvrirent par la grâce d'une énergie fragile. Le rouge lui vint aux joues. Les contours de son visage semblaient s'être radoucis. Sa peau était lisse, irréprochable.

Puis son regard glissa involontairement vers le gardien, et l'incandescence radieuse de ses joues mourut immédiatement. Son visage se ferma comme un ciel d'orage.

— Quarante-cinq jours, dit-elle.

Les mots sortirent en trébuchant de sa bouche, à voix basse. Une voix qui bien qu'elle n'enflait pas, devenait de plus en plus lourde, charriant sa souffrance, la libérant.

— Depuis quarante-cinq jours qu'ils te gardent ici, je ne savais même pas où tu étais. Je ne savais même pas si tu étais vivant. Ils ne me disaient rien. Je t'ai cherché partout.

Sa voix flancha. Elle se mordit les lèvres, comme

pour les punir de la trahir par leur tremblement. Son attitude de défi disparaissait, maintenant qu'elle se rappelait sa peur de le perdre. Cette peur était toujours là, vivace, qui la rongeait.

Elle se tenait sur le bord de sa chaise, la respiration hachée, les mains tremblantes, repliées comme des nids tombés sur la table. On aurait dit qu'elle ne savait pas quoi en faire, ou de ses yeux, ou du sanglot coincé dans le fond de sa gorge. Amir essaya de dire quelque chose. En vain. Un sentiment de dévastation le submergeait et lui bloquait la gorge à lui aussi. Il inspira profondément.

— Quand je rêvais, je n'arrivais plus à voir ton visage, lui dit-il en se penchant vers elle le plus près possible.

C'était son tour d'être fort pour elle, pour l'amour d'elle, pour lui. *Ils ne peuvent pas me briser. Ils ne peuvent pas nous briser.*

— Il n'y avait plus qu'un espace vide, comme une sorte de halo. Mais maintenant que tu es là, je sais que je ne serai plus seul.

Maryam eut un merveilleux petit tressaillement et leva son regard vers lui. La lumière dans ses yeux dansait comme des lucioles dans la nuit.

— Tu n'es jamais seul. Je suis toujours avec toi.

— Et le bébé ? Est-ce qu'il bouge ?

Son cœur se gonflait de joie et d'espoir rien qu'à l'idée de son enfant, leur enfant, déjà en route. Il aurait voulu demander à Maryam de se lever pour qu'il puisse admirer à nouveau son ventre, mais il eut peur que le gardien ne tourne les yeux dans leur direction. Il ne voulait pas qu'il la voie, qu'il salisse de son regard impur ce qui n'appartenait qu'à eux.

Le visage de Maryam se fendit d'un sourire. Comme il adorait la voir sourire. Il se languissait de respirer son souffle sur ses lèvres.

— La nuit, il n'arrête pas de donner des coups de pied. Comme s'il dansait, dit-elle.

— Comme sa mère.

— Oui.

— Tu aimes danser.

— Oui.

Dehors, une clé tourna dans la serrure. Maryam et Amir se regardèrent. Leurs yeux tentaient de s'attraper, de se prendre, comme s'ils espéraient emporter un morceau l'un de l'autre jusqu'à cet espace sûr, si intime, dans leurs yeux.

— Sheida, dit Maryam, avec un sentiment d'urgence. Si c'est une fille, tu veux bien que nous l'appelions Sheida ?

Le gardien repoussa Amir. Les dix minutes étaient écoulées.

De retour dans le couloir, Amir sentit ses genoux qui cédaient quasiment sous lui.

Ils étaient quarante dans une minuscule cellule, avec la peinture des murs qui s'écaillait. Les détenus étaient serrés les uns contre les autres, comme des abeilles dans une ruche. Par moments, ils s'enjambaient, à d'autres ils se montaient littéralement dessus. La nuit, lorsque chaque corps cherchait à s'approprier son espace vital pour dormir, la situation empirait. Il y avait des moments de disputes et d'autres où, à force de se contenir, leurs bouches étaient agitées de spasmes nerveux. Finalement, pour mettre un terme aux tensions, ils décidèrent de dessiner des lignes sur le tapis infect afin d'indiquer les limites de chaque corps. Ils dormaient tête-bêche, sans bouger le moindre muscle, blottis les uns contre les autres, comme des enfants qui ont peur de l'orage.

Lorsque Amir ouvrit les yeux, c'était un peu avant l'aube. Toute cette année, il s'était fait un principe de se réveiller chaque matin avant que le cri de l'*azan* ne se déverse dans la cellule, appelant les prisonniers à la prière. Il voulait qu'au moins l'acte de se réveiller soit son propre choix. Il voulait que ses journées commencent uniquement quand il aurait décidé d'ouvrir les yeux.

Dans la nouvelle prison, la prière faisait partie intégrante de leur éducation. On les avait transférés ici pour en faire des hommes très pieux, craignant Dieu. Mais dans cet univers de violence et de folie, Dieu n'était pas celui qu'Amir redoutait le plus.

Behrouz, à présent son camarade de sommeil de droite, ronflait doucement. Amir resta immobile, contemplant sa cicatrice et les ongles de ses orteils qui rebiquaient au bout.

Après quelques minutes, le cri de l'*azan*, qu'Amir trouvait beau autrefois lorsqu'il était un homme libre et qui lui semblait, maintenant qu'il était en cage, étouffant, arracha la cellule à son sommeil profond. Mais les signes du réveil tardaient à venir. Les bruits d'une toux, d'un bâillement, d'un pied qui glissait hors des couvertures rêches provenaient de l'autre

140

bout de la pièce, là où elle se terminait par la porte. Amir se pelotonna et entoura ses genoux de ses bras.

Quarante hommes échevelés roulèrent leurs matelas et les empilèrent contre le mur. Un par un ils furent emmenés aux toilettes, et furent ramenés, traînant les pieds. Un par un ils se mirent en rangs, l'un à côté de l'autre, prêts à s'adresser à Dieu. Baigné dans la parole divine, Amir s'inclina et plia les genoux comme un automate, comme une marionnette désespérée. Les murs renvoyaient des chuchotements épais.

Quand ils eurent fini, ils s'assirent sur les matelas roulés et attendirent le petit déjeuner : une tasse de thé, deux morceaux de sucre, une tranche de pain et de la féta. Aujourd'hui, c'était le vendredi saint et ils eurent droit en plus à une cuillerée de lait en poudre, une autre de confiture, quelques figues et des dattes. Lorsqu'on leur distribuait de la confiture ou des dattes, ils étaient privés de sucre.

Amir était en train de siroter son thé lorsque la lourde porte de la cellule s'ouvrit en grinçant. Un gardien apparut dans l'encadrement, une ombre de moustache sur la lèvre supérieure.

— Amir Ramezanzadeh, appela-t-il, essayant en vain de contrôler le glissando hormonal de sa voix.

Amir entendit son nom sortir de la bouche du garçon, puis se fracasser sur le « za » de « zadeh ». Son cœur se serra. Lorsqu'on appelait votre nom, cela signifiait disparaître de longues heures, puis revenir de la salle des interrogatoires le corps épuisé, brisé. Là-bas, même Dieu n'importait pas autant que le corps, et aucune confession, aucun reniement, aucune excuse n'avait plus la moindre valeur. Ceux qui menaient l'interrogatoire ne s'intéressaient pas aux mots. Dans ces pièces sombres et étouffantes, privées d'air, il n'y avait que le corps qui comptait. Le corps, les côtes cassées et les cris dans les oreilles, interminables, incompréhensibles.

Amir pensait que ces séances de questionnements étaient finies, mais il s'était manifestement trompé. Il marcha jusqu'au gardien qui tenait la porte ouverte dans la faible lumière du couloir. Il ne bougea pas tandis que l'homme couvrait ses yeux du bandeau noir.

De nouveau l'obscurité, la vulnérabilité. De nouveau il réalisa combien sa vie échappait à son contrôle. Désormais il ne vivait plus sa vie. Il vivait celle d'un autre, celle d'un homme aux yeux bandés, qu'on emmenait de sa cellule jusqu'à la salle des interrogatoires, agrippé à un stylo.

Cette fois-ci il fut conduit jusqu'à la « cour », une pièce dont on avait enlevé le toit et qu'on avait laissée avec de méchantes barres de fer à la place, et où, une fois par semaine, les détenus tournaient en rond pendant dix minutes, à la seule fin de se remplir les poumons d'air frais. La prison se trouvait non loin des montagnes. Ces mêmes montagnes dont Amir apercevait autrefois le sommet de la fenêtre de son salon.

— Assieds-toi, ordonna le gardien tout en dénouant le bandeau.

Puis il quitta la cour. Amir s'accroupit sur le sol. Il pleuvait. Le parfum de la pluie mêlé à l'odeur amère de l'asphalte lui rappelait son enfance et son premier jour de classe. Perdu, ses joues mouillées de larmes brûlantes et de gouttes fraîches, il avait couru dans les rues à la recherche de la grosse porte en fer de son école. C'était là un de ses souvenirs d'enfance le plus vif : son premier jour d'école et il n'y était pas.

Quelques minutes s'écoulèrent et pas de traces du gardien. La pluie se mit à tomber plus fort. Amir regarda autour de lui. Plus le temps passait et plus il devenait nerveux. Pourquoi l'avaient-ils amené ici ? Pourquoi était-il seul ? Était-ce le bout de la route ? Vivait-il les derniers instants de sa vie sans le savoir ? Assis sur le sol trempé, dans une pièce sans toit, Amir attendait un adolescent habillé d'un uniforme de gardien et qui tenait sa vie dans ses mains, comme un paquet de cigarettes froissé.

Il inspira profondément, puis il inspira encore. Comme si respirer à fond pouvait le garder en vie.

Enfin, le gardien réapparut, tenant quelque chose enveloppé dans des couvertures. Il s'approcha d'Amir, cherchant à tout prix à ne pas croiser son regard. Il se pencha légèrement et déposa la chose sur ses genoux.

— Voilà ton enfant, dit-il.

Jamais, de toute sa vie, Amir n'avait été aussi conscient des battements de son cœur et du sang qui se précipitait dans ses veines que lorsqu'il écarta la couverture et vit deux grands yeux marron qui le regardaient, ainsi que le duvet doux et brun sur le front de sa fille. Quelques gouttes de pluie tombèrent sur son visage et elle cligna des yeux, ouvrant la bouche. Amir la contempla, sidéré. Il la tenait sans faire le moindre mouvement, comme brusquement paralysé.

Trois minutes plus tard, le gardien revint et lui arracha l'enfant. Et Amir fut reconduit dans sa cellule, tremblant.

Le premier procès d'Amir dura à peine cinq minutes. Deux années avaient passé. Un gardien le conduisit dans une petite pièce où un mollah et un jeune homme l'attendaient. Amir dut dire son nom. Il n'eut pas droit à un avocat. La question n'avait même pas été évoquée. Amir n'avait jamais pensé en demander un, sachant trop bien que ce serait impossible. Il ne pensait même pas qu'il aurait droit à un procès.

Toutes les charges retenues contre lui semblaient être claires et connues du mollah qui en donnait la lecture. Amir ne pouvait rien faire hormis les entendre et accepter la sentence qui lui serait infligée. Le mollah commença à énoncer les charges : « Fondation d'un groupe marxiste, participation à un groupe marxiste, planification d'un coup d'État, projet de renverser le République islamique d'Iran, athéisme… »

Il continua sa lecture. Amir était accusé de tant de crimes qu'il pensa qu'il serait sur la liste des exécutions. Il se sentit oppressé et la tête lui tourna. Ses paumes devinrent moites. Il pensa à Maryam, à Sheida et à la vie qui ne serait jamais. Le mollah s'interrompit enfin. Amir savait que l'athéisme était puni de la peine capitale. C'était la seule chose dont il était certain. Pendant les quelques secondes qu'on lui concéda, il dit : « Je suis musulman. »

Il fallut encore quelques minutes au jeune homme pour lire sa sentence. Amir était condamné à six ans d'emprisonnement. Il considéra le mollah et le jeune homme. Il inspira si profondément que l'air lui irrita la gorge. Il avait survécu. Le soulagement était si puissant qu'il en fut presque terrassé. Il dut se tenir au mur pour ne pas tomber. À présent il avait quelque chose de concret à dire à Maryam. Maintenant ils savaient tous les deux combien de temps ils devraient attendre. Six ans, et ils seraient tous ensemble à nouveau. Six ans, et tout cela serait fini.

Il fut transféré dans une autre cellule. On lui dit que ce serait là qu'il passerait ses six prochaines années.

Amir était debout, les pieds plantés sur les deux rebords de céramique blanche noircie de part et d'autre du trou dans le sol où flottaient des cafards morts. Il tournait le dos à la porte au verrou cassé. Tous les verrous des portes de toilettes étaient cassés. Cela permettait aux gardiens d'entrer si besoin. Un détenu qui s'évanouissait, ou qui craquait, un autre qui essayait de se donner la mort. Les verrous étaient brisés afin qu'aucune entrée par effraction ne soit nécessaire. Ils pouvaient ainsi simplement entrer et mettre un terme à la situation.

Amir se tenait debout, jambes écartées. Il urina. Il était sur le point de partir, le cœur soulevé par l'épaisse odeur de vieille urine, lorsqu'il repéra une petite boîte en bois par terre. C'était inhabituel de voir une boîte ici. Aucun objet venu du monde extérieur ne parvenait jamais à se faufiler dans l'enceinte de la prison, même pas une boîte en bois abandonnée. Amir la ramassa et se mit à l'examiner comme une antiquité précieuse. Il passa ses doigts sur la texture rugueuse et sentit la tête d'un clou qui dépassait. Du bout des doigts, il le tordit. Le clou tenait moins bien qu'il n'y paraissait et il le retira facilement. Il mit le clou dans sa poche et quitta les toilettes.

À chaque séance hebdomadaire de dix-minutes-d'air-frais-des-montagnes, Amir se mit à limer la tête du clou en la frottant sur le sol en ciment. Il se tenait à son projet, inébranlable, comme si, en frottant, et pourvu qu'il persiste, il pourrait faire disparaître toute la prison. Il voyait clairement ce bracelet fait de noyaux de dattes sur le minuscule poignet de sa fille. Ou alors, peut-être faudrait-il attendre un peu. Peut-être Maryam devrait-elle le porter d'abord avant de le transmettre à leur fille lorsqu'elle serait assez grande. Il y avait tant de possibilités. Son cœur bouillonnait d'excitation et son corps se réchauffait un peu tandis que quelques timides rayons d'un soleil d'automne tombaient sur le sommet de sa tête à travers les barres en fer du toit dénudé.

Le vendredi, il fit le tour de la cellule, avec un bocal vide de lait en poudre à la main.

— Ne jetez pas vos noyaux de dattes. Mettez-les là-dedans.

Des mains se tendirent, des doigts lâchèrent des noyaux qui tombèrent en sonnant dans le bocal. Quand ce dernier fut à moitié plein, Amir le remplit d'eau et laissa les noyaux à ramollir.

Les jours passaient. Amir surveillait les noyaux et, peu à peu, tandis qu'il attendait, l'anxiété commença à remplacer ses premiers enthousiasmes. Et s'ils ne lui laissaient pas le temps ? Et s'ils appelaient encore son nom, et que ce n'était pas pour voir sa fille, cette fois ? Et si ceux qui devaient décider de son existence changeaient d'avis avant qu'il n'ait le temps de finir son ouvrage ? Avant qu'il n'ait le temps de laisser à sa fille autre chose que des souvenirs évanescents ?

146

Ses tempes battaient. Pour la énième fois ce jour-là, il alla vérifier la mollesse des noyaux dans le bocal. Il savait que c'était inutile, qu'il faudrait encore quelque temps pour qu'ils soient à point. Mais il ne pouvait s'en empêcher. Il n'arrivait pas à rester tranquille. Il allait et venait dans la cellule comme un animal, ne supportant qu'à peine le clip-clap des sandales qui passaient et repassaient dans le couloir. Chaque fois, il s'imaginait qu'elles venaient pour lui, que son heure était arrivée.

Il décida de ne pas perdre de temps. Pendant qu'il attendait que les noyaux deviennent plus tendres, il se mit à fabriquer un tournevis en fixant le clou sans tête dans le manche à demi fondu de sa brosse à dents. Il prit le clou fermement entre ses doigts. S'il le tenait assez fort, pensa-t-il, sa main s'arrêterait de trembler.

Un autre jour passa, un autre jour d'incertitude, où il rassembla toutes ses forces pour ne pas courir autour de la cellule, un jour où il se tint la tête dans les mains, écoutant sans cesse les bruits derrière la porte, cachant son ouvrage brusquement dans ses poches lorsque le bruit du clip-clap approchait.

Il passa le jour suivant à fabriquer de la ficelle en détricotant des fils de ses propres chaussettes et de celles de Behrouz, qui les lui avait proposées.

— Ma fille est élevée par ses grands-parents, dit Behrouz, une chaussette à la main, avec deux de ses cousins. Ce sont les enfants des sœurs de ma femme, qui sont aussi en prison. Tu crois qu'un jour ils pourront m'amener ma fille pour que je la voie ?

Ses yeux brillaient, remplis d'une sorte de supplication, comme si Amir avait toutes les réponses à ses questions.

— Bien sûr qu'ils pourront, bien sûr, dit Amir, considérant le visage inquiet de Behrouz, pensant à quel point Sheida avait de la chance d'être avec sa vraie mère.

Amir enroula les fils autour d'un tube de dentifrice rempli de pâte durcie qui lui servait de fuseau pour les filer. Il plissait le front, concentré, serrait les lèvres, et son menton faisait un mouvement vers le haut, puis vers le bas, à chaque mouvement de gauche à droite du fuseau. Il essayait de ne pas réfléchir. Il ne devait penser qu'au bracelet. Si seulement il arrivait à le terminer et à le donner à sa fille, il n'aurait plus jamais peur de rien. Il pourrait se détendre, penser que quelque chose venant de lui se trouvait là-bas, quelque chose venu du dedans pour l'autre côté des murs, pour la liberté, pour le lieu où sa fille allait grandir, sachant que son père n'avait jamais renoncé. Que la vie ne renonce jamais.

La nuit tomba. Amir s'endormit, le clou et la ficelle dans sa poche. Les sentir tout près le rassurait. Au moins, la moitié du travail était faite.

La première chose qu'il fit le lendemain, lorsqu'il se réveilla, fut de se frayer un chemin entre les corps endormis jusqu'à son bocal. *Faites qu'ils soient prêts*, murmura-t-il dans un souffle. L'aube ne s'était pas encore levée et la pièce était remplie d'une obscurité suffocante, comme lucide. Il ne distinguait pas bien les noyaux. Tout ce qu'il voyait c'était des petites formes noires dans le pot. Il trempa son doigt dans l'eau fraîche, légèrement gluante, et en prit une. Un soupir s'échappa de ses lèvres entrouvertes. C'était le bon moment.

Peu après la prière du matin, il commença, à l'aide de son tournevis, à forer de tout petits trous dans les flancs épais des noyaux. Pendant qu'il perçait ses trous, il sentait les doigts crispés de la cellule relâcher leur étreinte autour de son cou, il sentait les nerfs sous son front se détendre, les muscles contractés de ses épaules lâcher prise. Chaque fois qu'il tenait un noyau de datte entre ses doigts, la sensation de vertige qui le taraudait diminuait. Avec chaque noyau, il s'éloignait d'un pas du bord du monde, du précipice, là où la terre s'effritait sous ses pieds. Peut-être le temps était-il de son côté. Peut-être n'allait-il pas tout perdre, après tout.

Quand tous les noyaux furent prêts, il se mit à les enfiler sur un fil. Le soir était tombé. L'ampoule nue s'était allumée, baignant la pièce dans une lumière qui, pour la première fois, lui parut douce. Un bourdonnement de conversations l'entourait. Il entendait Behrouz et certains autres détenus jouer à un jeu de poésie dans le coin de la cellule. Ils prenaient la dernière lettre du vers d'un poème, et, à partir de là, inventait un nouveau vers.

Amir saisit un autre noyau et sourit. Chaque noyau dansait une petite danse en glissant sur le fil. Le dernier glissa jusqu'en bas avec un léger tremblement. Amir frissonna d'excitation, tel le coureur de marathon qui voit enfin la ligne d'arrivée pour la première fois.

C'était presque l'heure du dîner lorsqu'il fit un nœud final à chaque bout du fil. Dehors, le vent gémissait en passant à travers les barres nues de la cour. Amir déposa précautionneusement le bracelet de noyaux de dattes sur le tapis. Il y avait insufflé tout son désir de vie et, à présent, il n'avait plus de force. Il entendit qu'on ouvrait les portes des cellules adjacentes. Les gardiens se rapprochaient. Il ramassa en vitesse le bracelet et le cacha dans sa poche.

La porte de la cellule s'ouvrit en grinçant. Un seau de riz passa de main en main jusqu'à Amir. C'était à lui, ce soir, de distribuer les rations du repas.

Amir dut attendre des semaines avant de pouvoir faire passer le bracelet à sa fille, des semaines d'impatience, de solitude et de désespoir. Des semaines pendant lesquelles il emportait partout avec lui l'objet dissimulé dans sa poche, comme un souvenir chéri dont dépendait son être tout entier, un souvenir chéri que les gardiens mettraient certainement en pièces s'ils tombaient dessus.

Enfin, un sinistre après-midi, il eut droit à une visite. Cette fois, la pièce des visites était longue et étroite, avec des panneaux de verre qui marquaient la frontière entre deux mondes.

Maryam était assise devant lui, derrière la vitre, et tenait Sheida sur ses genoux. L'enfant avait grandi. Elle ne ressemblait plus beaucoup à celle qu'Amir avait tenue dans ses bras cette après-midi pluvieuse. Même la couleur de ses yeux avait changé, ils étaient plus sombres, presque noirs. Son regard papillonnait autour de la pièce, puis se posa sur le visage d'Amir quelques instants. Mais dès qu'il commença à se faire à l'idée qu'elle l'avait peut-être reconnu, ses yeux se remirent à papillonner tout autour d'elle, sur les murs vert hôpital et la vitre.

Souriante, Maryam prit Sheida et se dirigea vers la porte qui menait aux prisonniers de l'autre côté des panneaux de verre. Là se tenait le gardien qu'ils avaient vu lors de sa première visite. Le sourire disparut du visage de Maryam et ses pas se firent lourds, comme si elle avait soudain oublié comment marcher. Le gardien la dévisagea d'un regard vide pendant qu'elle lui énumérait le nom et le numéro d'Amir, tout en serrant plus fort le petit corps dans ses bras. Il hocha la tête et se saisit de Sheida. Ses mains paraissaient étrangement vieilles. Maryam fit un signe de la main à sa fille qui disparut derrière la porte dans les bras du gardien.

De l'autre côté de la vitre, Amir attendait, les mains fortes mais mal assurées. La veine gonflée sur son front pulsait violemment. Sheida vint jusqu'à lui, passant la frontière entre la vie et la mort, entre le temps de vivre et le temps du supplice, ses petits pieds gigotant, ses yeux dansant comme des papillons. Amir la serra si fort contre lui qu'elle poussa un cri. Maryam rit et essuya une larme qui roula de sa toute nouvelle ride. Sheida essaya de se mettre debout. Amir jeta un œil autour de lui et cacha le bracelet dans le pull de sa fille.

Le gardien réapparut. Il reprit Sheida, avec le bracelet secret fait de noyaux de dattes bien au chaud contre son cœur, et la ramena là où la vie l'attendait.

Le second procès d'Amir ne dura, lui aussi, que quelques minutes. Trois années avaient passé depuis le premier, pendant lesquelles Behrouz n'avait vu sa fille qu'une fois. Ce jour-là, pour fêter l'évènement, Amir lui avait appris comment fabriquer un bracelet.

Cette fois-ci, lorsque Amir fut appelé, il n'accorda pas beaucoup d'importance au jugement. Il ne s'inquiéta pas qu'un gardien le conduise jusqu'à une petite pièce où, cette fois, un mollah et deux hommes en costumes noirs et aux visages austères l'attendaient. *J'ai déjà été condamné*, se dit-il, *je n'ai plus que trois ans à faire.* Cela, pensait-il, personne, ne pouvait le lui enlever.

— Est-ce que vous priez ?

Le mollah leva ses petits yeux furieux d'un dossier ouvert devant lui. Il avait l'air fatigué et de mauvaise humeur.

— Oui, dit Amir, se disant que ce devait être la bonne réponse.

— Est-ce que votre père prie ?

— Oui.

— Est-ce que vous jeûnez pendant le Ramadan ?

— Oui.

Les questions s'arrêtèrent. Un des hommes en noir écrivit quelque chose. Personne ne dit rien. Ils regardèrent Amir et appelèrent le gardien pour qu'il le reconduise dans sa cellule.

Une semaine plus tard, un peu avant l'aube, Amir fut réveillé par des pas rapides qui résonnaient dans le couloir. Il ouvrit les yeux, écouta les bruits dehors, se demandant ce qui se passait. La porte fut ouverte brutalement et hurla sur ses gonds et Amir fut empoigné avant même d'avoir le temps de se lever complètement. Avec lui furent emmenés quelques autres, dont Behrouz. Ils eurent à peine le temps de se parler, ou même d'échanger un regard. De nouveau un bandeau fut noué sur les yeux de ces hommes choqués, désorientés et encore ensommeillés. On leur passa des menottes. Amir fut bousculé et traîné sans ménagement dans le corridor. On déverrouilla une porte et un air encore nocturne et froid, lui mordit la peau. Des murmures pressés, incompréhensibles résonnaient tout autour. Le cœur d'Amir se mit à battre follement, à battre, à battre, à galoper. Malgré

152

ses yeux bandés, il tournait constamment la tête à droite, à gauche, essayant d'y voir. Il avait la bouche sèche. Impossible de se soustraire à l'obscurité. Il entendit Behrouz crier :

— Qu'est-ce que vous faites ? Où est-ce que vous nous emmenez ?

Personne ne l'écoutait. Sa voix fut noyée par les cris des autres.

Amir fut violemment poussé par-derrière par deux mains. Puis il sentit la texture rêche de la corde autour de son cou. Il voulu crier mais n'y parvint pas. Et ce fut là la dernière chose. Ensuite, le temps s'immobilisa quelques secondes et alors, aussi soudainement qu'une avalanche, ce fut fini.

2008

Téhéran, République islamique d'Iran

Deux jours avant la mort de Maman Zinat, Forugh et elle mangèrent ensemble une grenade. Forugh la prépara et Maman Zinat la regarda faire, assise dans un large fauteuil recouvert d'une housse à fleurs. Ses genoux faisaient deux bosses rondes et douces sous la couverture vert pistache. Derrière elle, il y avait une peinture murale avec des cygnes blancs qui descendaient une rivière bleue, entourés d'arbres verts, et un ciel clair avec des nuages blancs et duveteux.

Forugh tint la grenade par le haut, passa le couteau juste sous sa couronne, puis la coupa en deux. Un jus écarlate se répandit sur le plateau blanc et la grenade émit un léger soupir en s'ouvrant.

La télévision était allumée. Une chaîne par satellite gérée par des expatriés iraniens en Amérique passait une vidéo de musique persane.

— J'aime bien Mansour – Maman Zinat augmenta le volume –, il est poli, lui, pas comme les autres, qui sautent partout sur la scène et qui hurlent. On voit bien qu'il vient d'une bonne famille.

Des arilles translucides, comme des rubis. Les mains de Forugh dansaient maladroitement parmi elles, ses doigts trempés de jus grenat et poisseux. Assise sur les fleurs rouges du tapis tissé à la main, elle leva les yeux et regarda, heureuse, Maman Zinat, sa peau lisse, ses longs cheveux d'argent noués en un chignon compliqué dans sa nuque, le pli de peau rose qui tombait sur ses yeux et qui lui donnait l'air endormie, ses mains, blanches et sèches, repliées sur la couverture, avec pour seul luxe une alliance en or, muette.

Forugh n'avait pas vu sa grand-mère pendant plus de douze ans. C'est pourquoi elle l'observait avec admiration, avec amour, avec un mélange de joie et de curiosité. Elle était stupéfaite de voir comme elle avait peu changé. Les années n'avaient pas prélevé leur dû sur sa peau, sur la jeunesse qui palpitait dans ses yeux, sur la retenue de ses gestes.

Les graines de grenade éclatèrent sous la pression des doigts de Forugh et le jus éclaboussa son chemisier. Elle vit Maman Zinat retirer d'un geste vif la couverture pour éviter les dégâts. Forugh rit.

— J'espère que j'ai hérité de tes gènes, Maman Zinat.

Elle tenta de nettoyer les taches rouges sur son chemisier avec le dos immaculé de sa main.

— Pourquoi ? demanda Maman Zinat, avec le sourire d'une femme qui sait exactement pourquoi sa petite-fille voudrait ses gènes, d'une femme qui se sait encore belle.

— Ta peau a moins de rides que la mienne.

— Tu n'as pas besoin de mes gènes. Tu es belle comme une fleur. Comme ces fleurs sur le jacaranda.

La lumière du matin se diffuse à l'horizon et tombe goutte à goutte dans le patio étroit, se brisant dans l'eau bleue de la fontaine en faïence, se répandant, humide, sous la peau de Forugh. Elle se tient sous le jacaranda, contemplant les hampes roses et violettes. Elle joint les mains et rentre les épaules. Elle baisse la tête et ses larmes tombent sur sa chemise en soie jaune, y laissant des taches salées. Elle s'effondre et s'assied près de la fontaine, là où les poissons rouges virevoltent et s'agitent avant de s'endormir. La moitié de son corps est dans la boue, l'autre moitié sur les pavés qui montent jusqu'aux parterres de fleurs. Elle sanglote.

Elle sent une main sur son épaule et lève ses yeux rougis.

— Maman Zinat adorait cet arbre, dit Khaleh Leila, tendant le bras pour caresser les feuilles.

— J'aurais dû venir plus tôt. Quand je suis arrivée, c'était déjà trop tard.

— Tu étais avec elle pendant ses derniers jours. Je suis sûre qu'elle est morte heureuse. C'est ce qui compte.

La dernière image que Forugh a de Maman Zinat est celle de son corps froid, allongé sur le lit, recouvert d'un drap blanc. Le cœur de la vieille dame s'est arrêté de battre à l'aube. Forugh a soulevé le drap pour la regarder. D'une main, Maman Zinat s'accrochait à sa poitrine, comme si elle voulait en extraire son cœur et le jeter par la fenêtre. L'autre main reposait, immobile, sur son front, sa bouche était tordue par la douleur, son regard fixe, terrorisé, incrédule, comme si elle n'arrivait pas à croire que la mort puisse être si facile.

Forugh n'a décelé aucun bonheur dans le visage de sa grand-mère, ni aucune paix. Elle n'y a vu que de la douleur. La douleur de celle qui s'agrippe à son cœur quand il cesse soudain de battre. La douleur d'avoir à affronter la mort avant le lever du soleil. Seule.

Dante pose les plateaux de dattes et de *halva* sur le sol en béton et appuie sur la sonnette. La brise légère est pleine de l'odeur de poussière et de ciment qui s'élève du chantier au bout de la ruelle. Alors qu'il attend, il observe la porte de la maison adjacente qui s'ouvre. Une femme en tchador noir apparaît dans l'encadrement. Un petit garçon, la bousculant presque, jaillit de la maison. Il tient de l'argent bien serré dans sa main. Il passe devant Dante en courant et se dirige vers la rue. Sa mère lui crie qu'elle va rester là à le surveiller. Dans sa course, il perd une de ses sandales. Pendant une seconde, on dirait qu'il ne comprend pas ce qui vient de se passer, ce qui a bien pu le stopper dans son élan. Il repère la sandale en plastique derrière lui non loin de la rigole. Il glisse son pied dedans et se remet à courir. Puis il s'arrête et se tourne vers sa mère.

— Juste du soda ? C'est ça ?

Elle hoche la tête et il reprend sa course dans la ruelle, jusqu'à la rue.

Le petit garçon et la façon qu'il a de courir rappellent à Dante comment il était quand il était enfant. Il courait de la même façon chaque fois que Maman Zinat ou Khaleh Leila l'envoyaient chercher quelque chose à l'épicerie plus haut dans la rue. Il courait jusqu'à la boutique, achetait ce qu'il devait acheter, et repartait en courant. Il ne marchait jamais. Les petits garçons ne marchent pas. Ils courent sans cesse, comme si les remous du temps les poursuivaient toujours, tourbillonnant, bruissant. Son regard suit le garçonnet jusqu'à ce qu'il entre dans le magasin.

La mère du garçon regarde Dante qui lui fait un signe de la tête et lui dit bonjour.

— Mes condoléances, dit-elle doucement, en resserrant le tchador autour de son visage.

Dante la remercie et elle disparaît furtivement dans la maison. Bien qu'il ne puisse plus la voir, il sait que la mère est toujours là, derrière la porte, à attendre son fils. Qu'elle est la première personne que trouvera le garçon lorsqu'il rentrera chez lui en courant.

Dante se tourne de nouveau vers la porte bleue et appuie une nouvelle fois sur la sonnette. Il n'a pas envie d'être là. Il n'aime pas les enterrements. S'il est ici aujourd'hui, c'est uniquement pour ces deux femmes, avec leurs cheveux gris et leur parfum d'autrefois. Ces deux femmes qui l'ont élevé, se le passant de bras en bras, d'une chaude étreinte à une autre, lui racontant les histoires d'amour de princesses persanes et de leurs pauvres et beaux amants. Ces deux femmes pour qui il versa des larmes amères, lorsque sa mère, libérée de la prison de Khomeyni, vint le chercher pour le ramener à la maison.

À présent, une de ces femmes est morte, mais Dante ne parvient pas à pleurer. Il est en colère contre le magnifique soleil dans le ciel blanc-bleu. Il ne comprend pas pourquoi les tragédies arrivent toujours les jours de grand soleil.

Depuis l'autre côté de la porte bleue lui parvient le bruit de chaussures à talons qui martèlent rapidement les pavés. Dante dresse l'oreille. Ce ne peuvent être les pas de Khaleh Leila. Pas avec ces talons. Pas avec cette rapidité. Ces pas inconnus qui approchent le déconcertent.

Une femme ouvre la porte. Un visage à l'ovale ravissant, des cils audacieusement longs ourlant des yeux bruns, des cheveux longs et bouclés qui lui descendent en cascade sur les épaules. De sa petite main, elle les rejette en arrière et sourit. Quelque chose dans son sourire, dans la coupe de sa robe, dans le flot libre de ses cheveux, la désigne comme étrangère.

Soudain, il se souvient. *Forugh !*

Tout en ramassant rapidement les plateaux de friandises sur le sol, Dante se présente. Il bafouille. Forugh ne paraît pas avoir saisi son nom. Elle semble distraite. Ses yeux tristes sont si incroyablement sensuels que c'en est inquiétant. Elle lui prend un des plateaux des mains mais ne se présente pas.

Dante la suit à l'intérieur, baissant la tête pour passer la porte. La maisonnée est silencieuse. Il se demande où est Khaleh Leila. Il lève les yeux sur la maison, son regard involontairement attiré par la chambre de Maman Zinat. Lorsqu'il voit les fenêtres fermées et les rideaux tirés, il a un violent coup au cœur.

Forugh le précède. Elle porte une robe noire qui lui tombe juste sous les genoux. Sa peau est d'une jolie couleur caramel. Ses cheveux se balancent sur ses épaules tandis qu'elle traverse le patio en propriétaire, confiante, à l'aise. Sa façon de marcher le rend nerveux. C'est comme si elle allait le déposséder de quelque chose, mais de quoi, il serait bien en mal de le dire. Les talons de ses chaussures martèlent le sol comme les battements d'un cœur.

Dans la maison, à laquelle ses vieux murs et sa porte basse et bleue donnent l'air déplacée parmi les immeubles nouvellement construits qui l'entourent,

Leila et Maman Zinat ont vécu ensemble, année après année, affrontant le divorce de Leila et la mort d'Agha-jaan, parmi les ombres et les murmures. Elles ont été les dernières gardiennes du passé. Cette maison était leur territoire, un vestige de leur jeunesse. Personne n'a jamais réussi à les en faire partir. Aucune pro-messe de confort dans un petit appartement, aucune offre d'argent pour un voyage, à la Mecque peut-être, ou en Allemagne pour rendre visite à Forugh et sa mère, n'a su les convaincre. Tant que la maison était debout et qu'elles vivaient dedans, elles restaient maî-tresses de leur destin.

Le jour de l'arrivée de Forugh, Leila, un foulard en soie jaune vif à la main, demanda à Forugh de lui bander les yeux. Maman Zinat riait doucement, une lueur amusée dans le regard.

Une fois les yeux bandés, Leila alla d'une pièce à l'autre, d'un pas confiant, ses doigts frôlant la surface inégale des murs, comme une aveugle qui lirait. Elle s'arrêta exactement devant chaque pièce et raconta son histoire. Ici, quelqu'un était né. Ici, quelqu'un était mort. Ici, quelqu'un avait passé sa nuit de noces.

Ici, dit-elle à Forugh, montrant une porte et tour-nant la tête vers elle, ta mère est née.

Elle ne voyait pas le visage de Forugh. Elle ne pouvait qu'entendre son souffle qui s'accélérait. Au bout d'une heure, elle retira le bandeau en souriant, triomphante. Maman Zinat applaudit. Forugh rit, les prenant peut-être toutes deux pour des folles. C'était il y a seulement quelques jours, avant que les batte-ments du cœur de Maman Zinat ne disparaissent aussi légèrement qu'un caillou jeté dans la fontaine.

Leila laisse échapper un soupir. Elle a tellement vieilli, et si vite. Elle est assise sur le sol, avachie, tournant le dos à la fenêtre. Elle a fermé ses yeux irrités qui la brûlent. Une telle langueur, un tel sentiment d'abattement la submergent, qu'elle peut à peine bouger. Il lui semble qu'elle a entendu la porte s'ouvrir, mais elle n'en est pas sûre. Serait-ce déjà Omid et Sara ? Elle les a appelés ce matin à leur hôtel de Shiraz pour leur apprendre la nouvelle. Elle n'a jamais entendu Omid sangloter si fort depuis qu'il était enfant. Comment Sara a-t-elle réagi ? Leila ne lui a pas parlé. Parisa, qui était avec eux, était si choquée qu'elle ne pouvait pas dire un mot. *Adieu les vacances en famille.* Leila ferme les yeux très fort. *Les pauvres petits.* Ils lui ont dit qu'ils prendraient le premier avion pour Téhéran. Elle leur a parlé de Forugh, de son retour. Ils n'ont pas semblé l'entendre. Leurs oreilles étaient déjà pleines du bruit de la mort.

Leila change de position. Elle aimerait savoir si quelqu'un est déjà arrivé. Mais elle ne se sent pas le courage d'appeler Forugh pour le lui demander. À la place, elle se courbe un peu plus et écoute les oiseaux qui gazouillent dehors.

Forugh n'a pas fait attention lorsque Dante s'est présenté. Il lui a semblé trop jeune, trop nerveux, trop impatient, et elle s'est immédiatement désintéressée de lui. Elle l'a pris pour une sorte d'intendant venu afin d'aider pour la cérémonie de l'après-midi. À présent, elle l'observe avec une certaine appréhension se mouvoir dans la maison, grand et maigre, avec l'aisance et la certitude de quelqu'un qui en connaît chaque recoin. Sans la consulter, il descend au sous-sol et remonte le samovar en argent, les tasses en verre au liséré d'or, le thé parfumé de Lahijan, les plateaux et le sucre en morceaux à la cuisine. Il se déplace rapidement, entre et sort de la cuisine, de la chambre d'amis, du sous-sol. Il ne ressemble pas à un intendant mais à un homme qui revient dans la maison de son enfance. Son intimité avec le lieu la perturbe. Il s'y déplace comme si c'était sa maison d'enfance à lui, comme si c'était lui qui y écoutait, la nuit, les deux femmes raconter les histoires de princesses persanes et de leurs beaux et pauvres amants, comme si c'était lui qui avait été élevé au milieu de leurs souffles et parmi leurs souvenirs.

Dante monte les escaliers en portant une table. Les muscles minces de ses bras et de sa poitrine se gonflent sous son poids. Sa chevelure noire danse sur son front tandis qu'il monte une marche après l'autre.

Forugh ne sait pas où se mettre, ni quoi faire. Elle aimerait aider, elle aimerait avoir l'air de contrôler la situation, lui demander à nouveau qui il est. Manifestement il n'est pas un intendant. Mais elle est gênée d'admettre qu'elle ne l'a pas écouté. Elle le suit dans la maison, tripotant ici et là des choses dont elle ne sait presque rien. Des choses qu'elle n'a pas vues depuis des années. Et que lui paraît si bien connaître. Le fait qu'il semble tant appartenir à la maison l'intimide et la met en rage. Elle se sent de trop, inutile, envieuse. Elle accourt pour l'aider avec la table, mais il décline son offre poliment. Il sourit. Elle trouve son sourire condescendant.

Il me traite comme une invitée, pense Forugh. Elle monte jusqu'à la chambre de Khaleh Leila, essayant de dompter la rapidité et la colère de ses talons qui martèlent le tapis de l'escalier. Elle ne sait pas pourquoi elle s'y rend. Elle a l'impression d'être une enfant sur le point de se plaindre à sa mère du garçon qui ne veut pas la laisser jouer avec lui. Elle se sent vaguement honteuse.

Khaleh Leila est allongée par terre, sa tête sur un grand coussin blanc, les paupières dissimulées sous une couche de peaux de concombre. Forugh sait qu'elle a pleuré toute la matinée.

— Le type est ici.

Forugh est essoufflée, elle a couru trop vite dans l'escalier.

Khaleh Leila retire les peaux vertes de ses yeux. C'est une femme décharnée aux longs yeux noirs et à la bouche mince et sévère. Sa chevelure épaisse ressemble à celle de Forugh. Elle fait plus vieille que son âge.

— Il m'avait bien semblé entendre la porte.

Sa voix est faible, hésitante. Sans lever la tête, elle cherche à tâtons une petite assiette où un petit concombre gît, nu et vulnérable. Elle prend des peaux fraîches et les pose à la place des vieilles sur ses yeux.

— Il est le fils de Marzieh. Tu te souviens de Marzieh ?

Forugh a soudain la vision d'un petit garçon qui court après un ballon dans le patio. Un garçon aux yeux gris et aux joues rondes. C'était lorsque Forugh et sa mère venaient en visite. Bien qu'ils aient eu à peu près le même âge, le garçon paraissait bien plus jeune que Forugh. À l'époque, elle n'avait pas envie de le connaître.

— Comment se fait-il qu'il s'appelle Dante ?

— Pour la même raison que toi tu t'appelles Forugh. Son père était un grand admirateur du poète italien. Tout comme ta mère qui adorait Forugh et sa poésie et t'a donné son nom.

— Et ils ont laissé ses parents l'appeler Dante ?

— Bien sûr que non. Le nom sur son certificat de naissance est Hossein.

La brise soulève les rideaux et les laisse retomber.

— Dis-lui d'aller chercher les choses pour le thé. Il sait où elles sont.

— Il a déjà tout apporté.

Khaleh Leila soulève doucement sa tête couverte de concombre et sourit. Il y a une certaine intimité dans ce sourire. Forugh se demande si Maman Zinat a jamais souri comme ça en pensant à Dante. Elle ferme la porte avec humeur en faisant bien attention de ne pas la faire claquer.

Ils sont l'un en face de l'autre et tiennent les coins de la nappe blanche, l'agitant et la faisant claquer. Le tissu se gonfle, puis s'aplatit, comme une vague mourante chargée de sable.

— Quand es-tu arrivée ? demande Dante qui observe Forugh plisser les yeux, vérifier les deux coins de la nappe et tirer légèrement sur un côté.

Sa précision le fait sourire. Elle voit son sourire mais ne le lui rend pas.

— Mardi.

— Quelques jours plus tôt et tu aurais été là pour la nouvelle année.

— Oui.

— Et tes cousins ? Est-ce que tu sais quand ils arrivent ?

— Ce soir, probablement.

Dante prend le samovar sur le sol et le pose sur la table.

Son regard tombe sur ses mains délicates qui lissent les plis de la nappe, balayant le tissu de petits mouvements secs, comme si elle voulait essuyer une tache invisible. Ses gestes ont une qualité européenne. Un sentiment d'énervement monte en lui et Dante décide de plonger au cœur de ce qui leur fait mal à tous les deux.

— La dernière fois que j'ai vu Maman Zinat, c'était il y a une semaine.

Des tasses en verre et leurs soucoupes s'entre-choquent tandis que Forugh les dispose sur les plateaux d'argent.

— Elles étaient venues dîner chez nous. Elle riait à quelque chose qu'avait fait Khaleh Leila. C'est la dernière chose d'elle que je me rappelle. Sa façon de rire.

Dante s'interrompt. Il prend une grande inspiration et tente d'avaler le nœud qui s'est formé, de façon inattendue, dans sa gorge.

— Elle avait l'air d'aller très bien. Je ne comprends pas ce qui ce qui a pu se passer.

Des bruits vagues, le grincement d'une porte, un tapis que l'on bat, des coups de marteau lointains leur parviennent, portés par la brise qui entre par la fenêtre.

— C'était une crise cardiaque, dit Forugh.

Elle lève les yeux et le regarde, ses mains tenant les tasses à liséré d'or à présent immobiles.

— Tôt le matin. Le médecin dit que ça a été foudroyant.

Dante détourne les yeux et les laisse errer par la fenêtre sur les fleurs qui prennent le soleil dans la chaleur de la fin de matinée. Il voudrait être ailleurs, au sommet des montagnes au-dessus de Darband peut-être, contemplant la ville, au loin, inaccessible. Il reste là, à écouter Forugh qui verse les morceaux de sucre dans le sucrier, traversé par un chagrin bizarre qui lui ôte toute sensation. Il aimerait que Forugh lui sourie.

Pendant des années, après que Forugh avait quitté l'Iran pour l'Allemagne avec sa mère et Naser, le second mari de sa mère, Dante avait lu ses lettres tout haut à Maman Zinat. Des lettres qui se contentaient de donner des nouvelles, mais qui pourtant résonnaient tristement. Des lettres écrites d'une écriture claire, soignée, qui ne changeait pas, n'évoluait pas au fil des années, qui ne s'améliorait ni se détériorait. Une écriture qui témoignait du temps arrêté dans ce recoin caché de l'esprit, là où s'attardent les souvenirs.

Parfois, blotti au cœur d'une lettre, se trouvait le dessin d'une rivière et de ses deux cygnes. Il ressemblait à la peinture murale dans la chambre jaune, et pourtant il était différent. C'était plutôt un dessin représentant ce que Forugh se rappelait de la fresque. D'autres fois, il y avait des photos de Forugh, traversant la vie en autant d'images arrêtées : des anniversaires, des remises de diplômes, le nouvel an. Dante en vint à connaître Forugh à travers l'illusion immobile de son sourire, dans un environnement aussi étranger et intimidant que tout ce que Forugh révélait d'elle-même dans son visage à l'ovale si parfait et dans ses yeux bruns.

Alors qu'il se tient devant elle, Dante réalise que cette partie de sa vie, la partie reliée comme par un cordon ombilical à cette maison et aux femmes qui y vivaient, a été vécue dans l'ombre à la fois tutélaire et menaçante des images, des mots et des souvenirs de cette femme. Cette femme avec ses yeux de lune noires. Et voilà qu'elle ne lui accorde même pas un regard. Il aimerait pouvoir lui parler des lettres, des dessins.

— Mettons les fruits ici, dit-elle, ou plutôt ordonne-t-elle.

Elle marche vers la porte en longues foulées élégantes.

— Tout est dans le frigo, là-haut, crie-t-il après elle, c'est généralement là qu'elles rangent les fruits.

Forugh se retourne, son regard froid comme de la glace pilée. Il a l'impression soudain d'être un enfant devant elle, comme si elle pouvait le balayer d'un regard, d'un chuchotement, d'un sourire.

— Je sais, dit-elle, j'ai habité ici pendant des années, tu sais.

— Je le sais bien, dit Dante, très surpris.

Il a soudain la bouche sèche.

— Je t'ai juste dit où étaient les fruits.

— Très bien. On va les chercher, alors ?

Elle semble impatiente de fuir son regard.

— D'accord, allons-y.

Il la suit des yeux tandis qu'elle disparaît dans le couloir. Il ne s'attendait pas à autant d'hostilité. Il se redresse et fait un geste de la main comme s'il voulait dissiper quelque chose dans l'air. Il ne veut rien avoir à faire avec ce qui le ronge. Pas ici et pas aujourd'hui. Il caresse du doigt le bord d'une des soucoupes qui ont été disposées avec soin sur le plateau et attend un moment avant de la suivre à la cuisine.

Leila déambule d'un pas traînant dans le corridor, descend les marches vers la cuisine, passe devant le mur que Maman Zinat voulait toujours abattre et qu'elle n'a jamais touché, et s'arrête devant la toute petite fenêtre qui donne sur la fontaine bleue et ses reflets de lumière.

Elle les voit s'affairer, se tournant le dos. Forugh est en train de laver les petits concombres dans l'évier, Dante fait rouler des grappes de raisin dorées d'un sac dans une bassine d'eau. Les voici, ses enfants, les enfants qu'elle n'a jamais eus, réunis dans la même lumière. Les enfants qui autrefois ont manqué de pères et de mères et qui furent à elle et à Maman Zinat. Puis les mères sont venues et les ont repris. Soudain ils retrouvaient leurs mères et tout s'effondrait. Ils retrouvaient leurs mères et la solitude s'installait pendant que l'écho de leurs rires s'en allait par la porte bleue. Son cœur se serre à la pensée d'Omid et de Sara. Elle est si impatiente de les voir. *Pourquoi sont-ils si longs à venir ?*

Leila n'a jamais eu d'enfants à elle. Après cet après-midi avec Ahmad, après-midi qui se transforma en souvenir sans laisser de traces, elle n'en désira plus. Par la suite, pendant son mariage de trois ans, elle refusa d'avoir des enfants avec son mari. C'est peut-être cela qui brisa leur couple. Ça lui était égal. À ce stade, cela n'avait plus d'importance.

Qu'est-ce que la vie, pense-t-elle, *sinon une chanson, une berceuse, qui parle d'éternelle séparation ?*

C'est Dante qui la voit le premier. Il vient vers elle les bras grands ouverts et elle s'abandonne à son étreinte. *Comme il a grandi,* pense-t-elle, comme chaque fois qu'il l'embrasse et que les larmes coulent sur ses joues. Il dépose un baiser sur son front. Elle reste blottie serrée dans ses bras jusqu'à ce qu'elle retrouve son calme. Puis elle se dégage et les regarde.

— *Elahi bemiram khasteh shodid.* J'espère mourir avant de vous voir fatigués.

Ils sourient et leurs yeux sont tristes.

— *Khodah nakone !* Dieu nous en garde !

Leila ouvre le réfrigérateur et en sort un pichet en cristal.

— Venez prendre un peu de sorbet à la cerise.

Pour soulager vos corps de la fatigue.

Leila prend le pichet et verse le liquide couleur rubis dans trois verres. Dante s'avance, ses mains dégoulinantes d'eau. Elle lui tend un verre. Leurs yeux se rencontrent. Le pépiement joyeux des moineaux entre par la fenêtre. Leurs yeux se perdent.

Leila tire une chaise jusqu'à la table et pose le plateau de dattes devant elle. Elle fredonne une chanson triste tout en ouvrant une datte avec le pouce. Elle en retire le noyau et, à sa place, glisse dans le ventre doux du fruit un cerneau de noix. Puis elle referme la datte et la pose sur le plateau. Peu à peu un sentiment de paix envahit la cuisine, comme dans une mosquée, lorsque tout le monde s'en est allé après les prières.

Forugh et Dante travaillent ensemble. Lorsque l'un lave, l'autre sèche. Lorsque l'un nettoie, l'autre frotte et astique. Lorsque la main de l'un court sur la table, l'autre observe. Quand l'un respire, l'autre écoute.

— Qu'est-ce que Maman Zinat aimait les dattes ! dit Leila d'une voix lointaine et mélancolique. Elle les achetait par boîtes entières. Et avec son diabète, en plus ! Elle avait vraiment le bec sucré. Un jour elle a acheté quinze melons d'un coup. Le vendeur de fruits passait par là. Dès qu'elle l'a entendu crier, elle m'a demandé de l'appeler. C'était après qu'elle s'était cassé le genou. Elle en a acheté quinze. Je lui disais, mais nous ne sommes que deux, comment allons-nous manger tous ces melons ? Elle ne voulait pas m'écouter. La maison s'est retrouvée pleine de melons, il y en avait partout, dans le frigo, sur le frigo, derrière, dessous. Lorsqu'elle a vu qu'ils ne seraient bientôt plus bons, elle s'est mise à en manger deux par jour. Elle les a tous finis en une semaine.

Leila a un petit rire. Forugh s'approche et lui prend la main. Dante arrête de s'affairer et se tient devant elles.

— Et toi, Khaleh Leila, combien de melons as-tu mangés ? demande-t-il, avec un sourire, taquin.

Elle lance le noyau de datte sur le côté, les yeux brillants.

— Oh, peut-être un ou deux.

Forugh sourit et caresse les cheveux poivre et sel de Khaleh Leila.

— Je cachais toujours les friandises pour ne pas qu'elle les trouve, continue Leila, mais elle les dénichait quand même. Il n'y avait pas un seul coin de la maison qui était sûr.

— Une ou deux fois, elle m'a demandé de lui acheter des dattes, dit Dante. Elle me disait de les cacher dans mon sac pour ne pas que tu les voies, puis elle les emportait directement dans sa chambre.

— Oh, et tu as fait ça ! Tu n'as pas honte !

— Qu'est-ce que tu voulais que je fasse ? Maman Zinat obtenait toujours ce qu'elle voulait. Je ne savais pas dire non.

Ils rient tous les deux. Forugh cesse de caresser les cheveux de Khaleh Leila. Leila sent le poids et la tension de la main immobile sur sa tête.

— Notre Forugh a mangé quelques melons elle-même. Tu aimes encore les melons, comme autrefois ?

— Oui, bien sûr – Forugh émet un rire bref, forcé – je pourrais en avaler quinze tout de suite.

Khaleh Leila tapote la main de Forugh.

— Quand vous aurez fini, vous deux, vous devriez chercher dans l'album une jolie photo de Maman Zinat pour mettre sur la table de l'entrée.

— Je peux le faire moi-même, dit Forugh, sans regarder Dante. Où sont les albums ?

— Il n'y en a qu'un. Il est dans la penderie de ma chambre. Tu y trouveras aussi un cadre vide, je pense.

— Vas-y, dit Dante, je terminerai ici.

Forugh sort de la cuisine. Leila lève les yeux sur Dante qui se détourne.

Forugh est assise dans le fauteuil de Maman Zinat, l'album ouvert sur les genoux. Elle passe les photos en revue avec soin, une par une, ses doigts rampant sur le papier cristal chiffonné et jauni qui protège les clichés. Elle n'arrive toujours pas à croire que Maman Zinat n'est plus là. Son absence est irréelle, impossible, absurde. Du bout des doigts elle suit les contours de son visage, ses yeux à demi fermés sur une photo, sa bouche qui sourit sur une autre, sa main qui tient une assiette de raisin. Les yeux de Forugh s'embrument. Les feuilles de papier cristal bruissent tandis qu'elle force les pages qui se sont collées avec le temps.

Elle se rappelle surtout Maman Zinat chez elle, assise devant la peinture murale, propre, impeccable, radieuse. Lorsqu'elle était enfant, Forugh peignait toujours les cheveux de Maman Zinat après qu'elle était sortie de la douche, un sillage de vapeur derrière elle. Elles s'asseyaient par terre dans sa chambre avec la fenêtre ouverte, faisant face aux géraniums de la cour. Maman Zinat était installée avec une jambe croisée et l'autre étendue devant elle. Forugh s'asseyait derrière elle, jetant un regard aux jambes nues de sa grand-mère, aux genoux potelés. On disait à Forugh qu'elle avait hérité des genoux de Maman Zinat, de leur rondeur, de leur douceur. Forugh observait ses propres genoux et demandait à Maman Zinat si c'était vrai qu'elles avaient les mêmes genoux.

Maman Zinat changeait de position et s'installait confortablement sur la serviette blanche. Elle en avait une autre autour de ses épaules robustes, qui cachait à peine ses seins généreux.

— Bien sûr, disait-elle, les genoux et bien d'autres choses encore.

L'eau de ses longs cheveux mouillés dégoulinait sur ses épaules, les gouttes glissant jusqu'à ses reins. Forugh passait le peigne dans l'épaisseur de sa chevelure jusqu'en bas, et l'eau éclaboussait son visage.

À présent la brise soulève quelques mèches de ses cheveux et les laisse retomber sur sa joue. Elle les repousse et regarde le patio par la fenêtre. Il est bien plus petit que dans son souvenir. Les murs sont plus bas, même surmontés de la grille. Elle se souvient comment, les nuits d'été, ils dormaient tous dans la cour pour échapper à la chaleur : Forugh, sa mère Simin, Khaleh Parisa, Sara, Omid, Maman Zinat, et Khaleh Leila. Seul Aghajaan passait la nuit à l'intérieur. Il n'aimait pas dormir à la belle étoile. Elle se demande comment ils faisaient pour tenir tous là-dedans. Où dormaient-ils ?

Lorsqu'elle avait dit à sa mère comme elle avait

trouvé le patio petit, sa mère avait répondu en riant :
Et le jardin, alors ?

Sur le côté gauche du patio, il n'y a que l'arbre à kakis, vieux et maussade, avec ses branches nues. Ce n'est pas celui dont elle se souvient, asymétrique, avec ses feuilles et ses fruits. Mais il est vrai que ce n'est pas la saison. Elle aurait dû venir plus tôt. Dans le même parterre, se trouve un framboisier. Dans son souvenir, le buisson ressemble davantage à un arbre, avec Omid grimpé dedans, perché sur une branche, qui cueille des fruits. Sa chemise blanche est tachée de violet, de framboise. Tout cela n'a pas pu arriver, les framboises ne poussent pas sur les arbres.

Elle se rappelle aussi une balançoire qui pendait ici, abandonnée, au-dessus de petits rochers. Une fois, Simin avait laissé Naser, un ami de son père qui, quelques années plus tard, devint le beau-père de Forugh, la pousser sur cette balançoire. Elle pensait sans doute que ça ferait plaisir à Forugh, ou peut-être pensait-elle que ça rapprocherait Forugh et Naser.

Forugh se souvient d'être montée très haut avec la balançoire. Naser n'arrêtait pas de la pousser, de plus en plus haut. Forugh avait très peur, si peur qu'elle n'osait même pas fermer les yeux. Sa mère était dans la maison. Elle était allongée, sa main sur ses yeux. Forugh était trop terrifiée et trop timide pour l'appeler. Au lieu de cela, elle se mordit la langue, puis les lèvres, puis l'intérieur des joues. Tout avait un goût de sang.

Elle se rappelle la colère blanche qu'elle avait éprouvée à l'égard de sa mère pour avoir laissé Naser la pousser si haut. Elle était terrifiée et avait envie de pleurer. Sa mère avait sans doute pensé que Forugh adorerait faire de la balançoire, qu'elle adorerait voler si loin. Mais tout ce que Forugh avait ressenti était la peur et l'absence d'un adulte qu'elle puisse appeler à son secours.

Les pas de Dante à la porte interrompent le train de ses pensées. Il porte une énorme coupe de fruits. Les yeux de Forugh quittent soudain la cour et reviennent à l'album.

— Tu as trouvé la bonne photo ? demande-t-il en posant la coupe sur la table.

Forugh hésite.

— Pas encore.

Du coin de l'œil, elle voit Dante, debout près de la table qui la regarde. Elle éprouve un certain plaisir à être regardée par lui et sent la chaleur lui monter aux joues. Elle lève le menton sans lever les yeux.

— Il y a une photo de Maman Zinat que j'aime beaucoup, dit-il.

Forugh laisse passer un instant avant de demander :

— Laquelle ?

— C'est une où elle se tient là-bas dans la cour, devant le kaki. C'est l'automne et l'arbre est couvert de fruits, pas comme maintenant. Elle ne regarde pas l'appareil et rit.

— Est-ce qu'elle est ici ?

— Non, dit-il en souriant, je la garde sur moi.

Dante glisse la main dans sa poche arrière pour en extraire un portefeuille. Après avoir fouillé dedans quelques secondes, il en sort un cliché.

— Voilà.

Il s'approche, la main tendue, tenant la photo. Forugh ne le regarde pas dans les yeux, des yeux doux. Elle ne veut pas remarquer son sourire triste qui la remplit d'un sentiment de culpabilité qu'elle ne veut pas reconnaître. Elle lui prend la photo des mains, mi-curieuse, mi-fâchée de ne pas être celle qui transporte dans son propre portefeuille une photo de Maman Zinat. Elle est belle, en effet. C'est peut-être la plus belle image de Maman Zinat qu'elle ait jamais vue. Maman Zinat comme elle la revoit, comme elle a envie de se la rappeler, avec sa voix forte et claire et son rire silencieux et son malaise devant l'appareil photo.

Ils contemplent la photo en silence. Forugh pose sa main sur l'album pour ne pas qu'elle tremble. La feuille de papier cristal est froide contre sa peau.

— Khaleh Leila a lavé le corps, dit-elle sans lever ses yeux du cliché. Elle n'a voulu laisser entrer personne dans la salle de bains, ni moi, ni la dame qui était venue pour le faire. Nous avons attendu derrière la porte au cas où elle aurait eu besoin de nous. Mais non. Elle a appelé seulement quand elle a eu fini. Elle avait passé à Maman Zinat une robe blanche et un foulard. La dame a dû reprendre le linceul.

Dante s'appuie légèrement au fauteuil.

— Maman Zinat avait toujours dit qu'elle ne voulait pas être enveloppée dans un linceul.

— Elle avait peur des linceuls.

— Et d'être abandonnée.

Et elle était toujours inquiète. Elle s'inquiétait quand j'étais fatiguée. Elle s'inquiétait quand j'étais triste.

Elle s'inquiétait quand je refusais de manger. Elle s'inquiétait quand je ne voulais pas dormir.

Elle s'inquiétait quand je ne voulais pas partir avec ma mère.

Elle s'inquiétait quand je suis partie avec ma mère.

Un grosse masse de nuages blancs passe devant le soleil, laissant un instant une ombre sur la fontaine et la moitié du kaki. Puis elle se déplace et le soleil retrouve son empire.

— Parle-moi de la dernière fois où tu l'as vue, dit Forugh. Est-ce qu'elle riait ?

— Oui, elle riait.

Il a l'air surpris par sa franchise. Elle ne la comprend pas elle-même et n'a pas envie d'y réfléchir. Elle veut juste l'entendre. Elle veut qu'il lui parle de Maman Zinat.

— Elle se moquait de Khaleh Leila.

— Qu'est-ce que Khaleh Leila avait fait pour la faire rire ?

— Elle se disputait avec ma mère au sujet d'une recette et Maman Zinat riait juste de voir Khaleh Leila s'énerver et devenir toute rouge.

Dante s'assied sur le tapis près d'elle, ses bras entourant ses genoux, les yeux animés d'une petite lumière. De le sentir si près d'elle, là, à ses pieds, le corps de Forugh se raidit.

— Elle était heureuse que tu viennes, dit-il, elle en parlait constamment.

— J'ai été partie très longtemps, dit Forugh.

Elle repense aux larges avenues berlinoises, aux immeubles pittoresques de Kreuzberg, si frappants, si spectaculaires sur le ciel qui s'assombrissait en début d'après-midi, et au premier jour d'école, lorsque les enfants qui l'encerclaient, leurs yeux bleus palpitant de curiosité, lui avaient demandé son nom, et elle, ne comprenant pas, effrayée presque jusqu'au vertige, avait répondu, je ne sais pas.

— C'est vrai, que tu as été partie longtemps, marmonne-t-il, pensif. Maman Zinat parlait de toutes les choses qu'elle voulait faire avec toi, tous les plats qu'elle voulait te préparer. Je ne l'avais pas vue aussi surexcitée depuis longtemps.

Forugh déplace l'album sur ses genoux et rejette ses longues mèches de cheveux par-dessus son épaule.

— Le lendemain de mon arrivée, elle m'a emmenée au marché et m'a demandé quels fruits me faisaient envie. Elle a acheté le marché entier ! À croire qu'elle pensait que je n'avais jamais mangé de fruits.

Dante rapproche ses jambes de son torse. La peau de ses avant-bras est lisse, dorée.

— Elle savait combien tu aimais les grenades. Elle en gardait pour toi dans son freezer.

Elle rit.

— C'est la première chose qu'elle m'a offerte. Le jour même de mon arrivée.

Les pétales de géraniums volettent dans la brise, comme des papillons. Un corbeau survole le patio, lançant son cri. Forugh rend la photo à Dante.

— Tu peux utiliser celle-là, si tu veux, lui dit-il.

— Je crois que je vais en choisir une autre.

Forugh tourne la page, soudain nerveuse, comme menacée.

— Celle-ci est trop petite.

Il se passe quelques instants. Dante se lève et sort sans dire un mot.

Ce fut Leila qui trouva le corps couché à plat ventre sur le sol. Son dernier souffle évaporé à travers les nœuds roses et verts du tapis.

Leila serra convulsivement son ventre et se mit à hurler dans le patio. Elle hurla à la mort et trébucha dans les géraniums. Bientôt les voisins apparurent sur les terrasses, sur les toits, sur les balcons qui menaient d'une maison à l'autre. Des enfants, le visage ensommeillé, passèrent par-dessus les murs. Des maris envoyèrent d'abord leur femme en reconnaissance, puis vinrent à leur tour, car Leila n'arrivait pas à s'arrêter de hurler de douleur. Forugh resta à la fenêtre, pâle comme un rayon de lune, respirant avec difficulté. Quelques-unes des femmes prirent Leila par les épaules, demandant qu'on apporte de l'eau et du sucre. Une des femmes retira sa bague en or et la laissa tomber au fond d'un verre d'eau. Elle remua le contenu avec une cuillère et encouragea Leila à le boire, l'anneau d'or reposant au fond comme un trésor perdu.

Dans leurs bras, Leila se laissa enfin aller et s'effondra. Elles l'allongèrent contre le mur sur un banc en bois, lui tenant la tête et lui massant les épaules. Elle avala quelques gorgées d'eau sucrée. Ses lèvres tremblaient. Il ne lui restait plus rien dans la gorge pour crier. Elle ferma les yeux, la première lumière du matin brillant doucement dans ses larmes.

Plus tard, quand tout le monde fut parti, elle s'enferma dans la chambre qui sentait déjà si fort l'odeur atroce de la solitude et fit ce qu'elle n'avait pas fait depuis des années, depuis ce jour avec Ahmad : elle pleura.

De longs rideaux noirs, élégants. Dante les apporte, drapés sur ses bras tendus pour ne pas les froisser. Khaleh Leila a passé au moins une heure à les repasser. Forugh insère une photo dans le cadre. Elle ferme les fixations derrière, retourne le cadre et l'inspecte. Elle voit Dante qui entre mais elle ne lui demande pas son avis. Il ne sait pas quel cliché elle a choisi. Il dépose les rideaux par terre.

— Qu'est-ce que c'est que ça ? demande Forugh en se levant, tenant le cadre contre sa poitrine.

— Des rideaux.

— Des rideaux ?

Elle avance d'un pas.

— Mais ils sont noirs.

— Khaleh Leila veut remplacer les rideaux blancs par ceux-là.

Dante desserre les embrasses et la dentelle blanche se déploie devant la fenêtre. Blancheur impeccable des rideaux de Maman Zinat. Tout comme elle. Dante se rappelle l'odeur de Maman Zinat, cette odeur de propre. Elle est toujours là dans sa chambre. Chaque fois qu'il passe, il la sent qui s'attarde, sans corps, comme un esprit qui ne parvient pas à partir.

— Tu te souviens de l'odeur de Maman Zinat ? dit-il, plein d'une nostalgie qu'il ne peut contenir, elle sentait toujours si bon le propre.

Forugh le regarde. Les rayons du soleil, tamisés par la dentelle, inondent ses yeux. Ses yeux bruns qui deviennent dorés dans la lumière. Elle lève les sourcils, écarquille les yeux dans lesquels passe, à peine, un sourire moqueur, comme pour dire qu'il est impossible qu'il sache ce que Maman Zinat sentait.

Elle se moque de moi, pense Dante, submergé par l'épuisement et l'agacement. Il sent une marée de colère monter en lui. C'en est assez. Il ne veut plus rien avoir à faire avec son désir compliqué d'appartenir à ce pays. Il veut qu'on le laisse tranquille, il veut la laisser tranquille. Il se sent soudain fatigué.

— C'est vrai qu'elle sentait toujours bon le propre, dit Forugh.

Puis elle passe la main sur les rideaux noirs, et change de sujet :

— Je ne suis pas sûre que des rideaux noirs soient une bonne idée. Ils vont assombrir la chambre.

De l'autre main, elle serre le cadre sur sa poitrine. Dante se demande si c'est pour ne pas qu'il le voie. Ce geste, le sentiment de propriété qu'il exprime, ce sourire, ce refus d'accepter ses attentions le hérissent.

— Je sais que Maman Zinat n'aurait pas voulu ces rideaux, déclare Forugh.

— Oui, mais si ce sont ceux-là que Khaleh Leila veut, je les accrocherai quand même, répond Dante avec humeur, laissant libre cours à sa colère.

Il sait que ses mots vont lui sembler provocants, qu'ils vont la blesser. Il sent en lui l'écho lointain d'un sentiment de honte. Il continue pourtant. Il est fatigué de devoir compatir à sa douleur tandis qu'elle le repousse cavalièrement. Il est fatigué d'être rejeté. Comme si c'était lui qui était responsable de son absence à elle, du fait qu'elle n'était pas là. *Elle ne peut pas revenir après tant d'année et exiger de s'approprier le présent, de le faire sien. La vie, ce n'est pas avoir oublié comment écrire et s'en contenter.*

— Ils ne vont pas assombrir la chambre, ils sont en dentelle, après tout, continue-t-il, en se tenant sur la pointe des pieds pour faire glisser le rideau sur la tringle.

Il se moque que son ton paraisse condescendant. Elle est adulte, elle peut le supporter.

— De toute façon, les rideaux noirs conviennent mieux aux enterrements. Maman Zinat aurait aimé que les choses soient faites comme il faut. Tu le sais très bien.

Forugh recule d'un pas. Dante croit l'avoir entendue inspirer brusquement, surprise, le souffle coupé, mais il refuse de la regarder. Le souvenir de son sourire railleur, de sa nervosité hostile, lui reste sur le cœur.

Après quelques minutes, Forugh se rapproche, attrape les côtés du rideau blanc tandis qu'il le décroche, et le pose sur le sol. La lumière du soleil darde ses rayons par la fenêtre et Dante se déplace pour décrocher le deuxième rideau. Le tissu bruisse dans les mains de Forugh lorsqu'elle le plie. Elle le pose sur la table et lui prend l'autre des mains.

Après avoir empilé les rideaux pliés sur la table, elle joint les mains momentanément, comme si elle ne savait pas quoi faire ensuite. Dante se dirige d'un pas nonchalant vers les tentures noires abandonnées par terre, comme les formes d'une femme indolente dans son lit. Vidé de sa colère, il se sent encore plus épuisé. Il aimerait pouvoir s'allonger sur les rideaux et dormir. *Qui suis-je pour dire ce qui appartient à qui ?* pense-t-il.

Forugh l'aide, lui tenant le rideau noir pendant qu'il passe la tringle dans la partie supérieure. Il lui coule un regard. Elle penche la tête au-dessus du tissu. Il ne voit rien d'autre que la tristesse qui perle à la courbe de ses cils. Il place avec soin la tringle sur les fixations en métal couleur bronze et se dit qu'il aimerait pouvoir s'arrêter, trouver une prise un instant dans le maelstrom d'émotions qu'il ressent pour cette belle, fière et impérieuse femme, dont les mains glissent le long des côtés du rideau avant de lâcher prise.

À travers la dentelle noire, les hampes roses et violettes du jacaranda sont visibles, comme autant de suçons, de morsures.

Les invités sont arrivés. Il n'y a que des femmes. Les quelques hommes qui sont venus sont repartis après la demi-heure de circonstance. Car ici, ce n'est pas un lieu pour les hommes. Cette maison est le royaume des femmes. Depuis la mort d'Aghajaan, elles ont régné ici sans que rien ni personne ne se mette en travers de leur chemin. Les années passant, des femmes du voisinage ont commencé à venir se réfugier ici, des femmes qui n'avaient nulle part où aller. Elles se retrouvaient toutes dans cette maison : des jeunes épouses qui fuyaient leurs maris, des filles qui se sauvaient de chez elle, des mères qui ne savaient pas où laisser leurs enfants. La maison était leur refuge, un endroit où personne ne viendrait les chercher.

Des femmes aux grands yeux souriants d'où ruissellent des larmes enlèvent leurs tchadors noirs, découvrant leurs chevelures grises, leurs courbes généreuses et leurs mains usées. Elles s'asseyent sur des coussins de velours rouge à même le sol, autour de Khaleh Leila. Leurs plaintes résonnent dans toute la maison. Dante dépose des assiettes de *halva* et de dattes sur le tapis devant leurs jambes croisées. Forugh disparaît dans la pièce jaune pour s'occuper du thé mais là, un désastre l'attend. Elle trouve le samovar électrique haletant et soufflant, occupé à cracher de puissants jets de vapeur. Elle a oublié de baisser le bouton du thermostat. Elle se précipite à travers la pièce et soulève le couvercle d'acier. Une violente attaque de vapeur la mord au poignet. Elle retire sa main brusquement, envoyant valser le couvercle sur la table avec un bruit assourdissant. Sa peau tendre est devenue d'un rose douloureux. Elle souffle sur la brûlure. Toute l'eau du samovar s'est évaporée, ne laissant que des jaillissements colériques et des bourrasques de fumée.

Elle se rend dans la cuisine et ouvre le robinet. Elle laisse l'eau froide ruisseler sur son poignet tandis que les larmes menacent de couler. Elle prend ensuite un broc en plastique sur l'étagère et observe l'eau tandis qu'elle tombe dedans et le remplit. Une bouffée d'anxiété monte en elle. Il faut deux brocs pleins pour remplir à nouveau le samovar.

De retour dans la pièce jaune, elle dispose à nouveau les tasses sur le plateau d'argent. La brûlure rose sur son poignet a viré écarlate et ses mains tremblent. Derrière la porte étroite avec ses vitraux qui mène à la pièce des invités, se profilent des ombres déformées. Forugh écoute le bourdonnement étouffé des pleurs. Elle identifie les sanglots de Khaleh Leila. Avec le temps, elle a appris à y reconnaître la terrible musique de l'étouffement, comme si des mains puissantes serraient constamment son cou, la forçant à ravaler ses larmes.

Forugh revoit le rire silencieux de Maman Zinat et comment, à cette occasion, ses épaules en étaient toutes secouées. Elle pense à sa propre mère allongée au même moment dans un lit d'hôpital, attendant qu'on lui enlève ses calculs rénaux, seule, sans sa fille. *Et à présent sans sa mère.* Simin avait sangloté si fort dans l'appareil lorsque Leila lui avait appris la mort de Maman Zinat, qu'on aurait dit que le téléphone allait lui exploser dans les oreilles. Sur le lit d'hôpital Simin ne pouvait pas bouger, mais sa voix était aussi forte que jamais, aussi forte que la voix maternelle. À la pensée de sa mère, Forugh est saisie d'un sentiment d'infini chagrin et de solitude.

La porte s'ouvre et Marzieh, la mère de Dante, entre. Elle a de grands yeux souriants, tout embués de larmes. Elle se mouche avec un kleenex rose et adresse un sourire tragique à Forugh. Elle ressemble à quelqu'un qui ne s'arrête jamais de sourire, même lorsque la mort se manifeste. De la regarder, Forugh sent sa poitrine qui se serre. Son regard se promène sur le visage de Marzieh, sautant ici et là. Dans les cils mouillés collés ensemble, dans les sourcils chiffonnés, dans la bouche aux contours doux, la mâchoire carrée et solide, les yeux verts et tendres, Forugh se surprend à chercher le reflet de Dante. Elle ne se comprend pas elle-même. Elle ne peut s'en empêcher. Elle scrute le visage de la mère et y cherche celui du fils. Et alors qu'elle s'y attendait le moins, elle sent quelque part, au fond d'elle, par la magie de l'image de Dante qui prend forme dans son esprit, et au plus intime de son corps, des petites vagues hésitantes de désir.

Le samovar se remet bientôt à cracher des jets de vapeur blanche. Cette fois-ci, Forugh baisse la température. Elle verse un peu de thé de la bouilloire dans les tasses, en glisse une sous le tuyau de l'appareil et ouvre le robinet. De l'eau bouillante gicle, créant une écume rouge et or.

— Ici, c'est comme une seconde maison pour Dante, dit Marzieh, montrant la pièce d'un mouvement de sa main.

Un mouvement qui englobe tout, la porte avec son

vitrail, l'étagère et le miroir au cadre de porcelaine, la peinture murale, le samovar, le tapis sous leurs pieds.

— Il a vécu ici lorsque j'étais en prison comme ta tante Parisa. Quand Parisa a été libérée, elle m'a dit d'envoyer Dante ici. Elle savait que je n'avais personne à qui le confier. À l'époque, ton grand-père était encore en vie. Ils l'ont accueilli comme s'il était leur propre petit-fils. Comme ils l'ont fait pour toi et tes cousins.

Les larmes montent aux yeux de Marzieh. Sa voix tremble. Le kleenex rose exécute un ballet autour de son visage.

— Jamais je n'oublierai toute cette bonté.

Forugh la regarde, songeuse.

— J'avais oublié que Dante avait vécu ici.

À présent elle se souvient du petit garçon, du couple âgé qui l'avait amené à la maison. Simin l'avait évoqué quelquefois. Comment a-t-elle pu oublier ?

Marzieh hoche la tête et se mouche.

— C'était quelques mois après que tu étais partie. Je l'avais d'abord confié à mes parents, mais ils n'ont pas pu s'occuper de lui. Ma mère avait un cancer. Et mes beaux-parents avaient désavoué mon mari à cause de ses activités politiques. Ils ne voulaient plus rien à voir à faire avec lui. Leila et tes grands-parents m'ont sauvé la vie. Ils ont accepté Dante comme leur propre fils. Il a vécu ici pendant deux ans.

Soudain elle montre le samovar et s'écrie :

— Attention !

Forugh se retourne. L'eau bouillante est en train de déborder de la tasse et de se répandre sur le plateau. Elle ferme vite le robinet.

Dante se dirige vers la porte au vitrail. Pendant que toutes attendaient que le thé soit servi, il a déjà proposé les dattes et le *halva* deux fois. Finalement sa mère l'a envoyé prêter main-forte à Forugh.

— Elle n'est pas habituée à ce genre d'appareil, chuchote Marzieh dans l'oreille de son fils, elle était en train de renverser le thé partout sur la table. Va lui donner un coup de main.

Il trouve Forugh occupée à essuyer les tasses avec un torchon. Il ferme la porte et se tient devant.

— Tu as besoin d'aide ? demande-t-il.

Il fait en sorte que sa voix reste égale, distante. Il est déterminé à ne plus lui céder. Elle lève son regard vers lui. Pendant un instant, fugitivement, ses yeux à elle s'adoucissent. Elle a soudain l'air vulnérable, il se dit que s'il la touchait elle pourrait se briser. Il a terriblement envie d'enlacer son corps minuscule, de prendre ses mains fragiles dans les siennes, de la soustraire au monde. Il est sur le point d'ébaucher un geste, de lui tendre la main. C'est alors qu'il voit une petite flamme dans ses yeux, juste avant qu'elle ne les détourne brusquement. Une nuance de dureté. C'est arrivé si vite que Dante n'est pas sûr que ce ne soit pas juste son imagination. Sa main se rétracte immédiatement.

— Non, ça va, merci, dit-elle.

— C'est juste que tout le monde attend le thé depuis un bon moment déjà. J'ai proposé les dattes et le *halva* deux fois. Il est temps qu'on apporte le thé.

Forugh serre les lèvres. Sa mâchoire contractée est légèrement proéminente. Il voit bien qu'il la met en colère. Sa colère, soudain, lui fait peur. Sa lèvre inférieure fait une moue. Sa courbe lisse et charnelle le perturbe. Il essaie de ne pas regarder sa bouche, ni les yeux immenses qui lui jettent des éclairs. Il s'adosse au mur et croise ses bras sur son cœur qui bat la chamade.

Quelque chose dans l'expression de Forugh lui donne la chair de poule. Ce quelque chose le renvoie à une nuit, il y a longtemps, lorsqu'il a compris ce que signifiait vivre avec une mère seule. C'était une semaine avant Norouz. La ville tout entière était en effervescence avec les derniers préparatifs pour la nouvelle année. Des poissons rouges nageaient gracieusement dans leur bocal, il y avait des graines de lentilles et de blé germées disposées dans des assiettes en céramique colorée, entourées de rubans roses et rouges, le parfum des jacinthes dans des vases en cristal ovales, des mères qui faisaient du shopping de dernière minute, traînant des enfants fatigués. Partout, des lumières. De rue en rue, de boutique en boutique, tout scintillait, les lumières clignotantes enlaçaient la nuit comme une rosée multicolore.

Marzieh venait tout juste d'acheter une voiture, une vieille Peykan couleur crème. Une année encore était sur le point de s'achever et le père de Dante était toujours en prison. La nuit était froide, le ciel clair. Dante était assis à la table du dîner et faisait ses devoirs lorsque sa mère entra dans la pièce et jeta un journal sur la table.

— Allons voir les lumières, dit-elle, appuyant sa petite main sur la table.

— Mais j'ai du travail pour l'école.

— Allez, ça ne prendra pas beaucoup de temps. On fera juste un petit tour dans le quartier.

190

— Je dois d'abord finir mes devoirs. J'en ai encore beaucoup à faire.

Dante avait vu un soupçon de colère exploser dans les yeux de sa mère, une colère sombre, pleine d'un désespoir nomade, qui s'en allait parfois mais revenait toujours, plus noir et plus destructeur qu'avant.

— Mais qu'est-ce que tu as fait toute la journée ? Ce n'est plus le moment de faire tes devoirs ! C'est le moment de passer du temps avec ta mère !

Dante laissa tomber son regard sur le cahier ouvert. Il sentait la solitude de sa mère qui lui enserrait la gorge de ses mains griffues.

— Mais on passe en voiture devant les lumières tous les jours, protesta-t-il d'une voix basse et incertaine.

Il leva les yeux. Maman Zinat et Khaleh Leila lui manquaient et il pleurait encore toutes les nuits dans son sommeil.

Marzieh s'était tue. Un nerf tressautait sous la peau près de son œil. Ses yeux verts brillaient dans la lumière jaune de la pièce. Il y avait une avalanche dans ces yeux, prête à déferler sur eux et les enterrer tous les deux. Son silence blessé avait refroidi l'air.

— Je ne te demanderai plus jamais rien.

Elle avait tourné les talons et s'était précipitée hors de la pièce, laissant derrière elle une bouffée d'un parfum triste.

Dante était resté assis un moment. Un puissant sentiment de culpabilité battait de ses ailes immenses, au fond de lui. Il s'était levé lentement, avait refermé ses livres et les avait empilés sur le coin de la table. Dehors, il voyait l'ombre de sa mère dans la voiture, ses mains agrippées au volant. Il était sorti, avait ouvert la portière et était monté. Sa mère refusait de le regarder. Elle fixait un point mystérieux, droit devant elle, parmi les ombres et le vent. Le silence était total. Après quelques minutes elle avait mis le contact et le voyage silencieux à travers les lumières de Norouz avait commencé.

— Nous n'avons peut-être rien qui soit à nous, dans cette ville – la voix de Marzieh brisa le silence humide, étouffant –, mais nous pouvons au moins regarder ses lumières.

Des minuscules loupiotes passèrent au large, flottantes. Le chauffage bourdonnait plaintivement. Dante regardait sa mère mais pas ses yeux. Il redoutait ce qu'ils pourraient révéler de son terrible besoin d'aide. À la place il observait sa bouche, et la transpiration qui perlait sur sa lèvre supérieure au milieu de toutes ces lumières joyeuses. Tout autour d'eux, la solitude éclatante rugissait en silence.

Et tandis qu'il considère Forugh aujourd'hui, c'est ce même regard qu'il voit, un regard à la fois fier et brisé.

La porte s'ouvre et Dante voit sa mère passer la tête dans l'ouverture.

— Forugh *jaan*, nous attendons toujours le thé. Est-ce que ça va prendre encore longtemps ? Veux-tu que je m'en occupe ?

Forugh ouvre la bouche. Elle est sur le point de dire quelque chose. Mais elle se ravise et s'enferme dans un mutisme tendu et hostile. Dante remarque que son menton tremble. Elle continue de fixer le plateau sans bouger un muscle, sans prononcer le moindre mot. Sa poitrine se soulève rapidement, comme un volcan au bord de l'éruption. Elle avance la main vers la tasse de thé qu'elle vient de remplir. Dante et sa mère l'observent refermer ses doigts sur la tasse et la prendre. Elle ne regarde ni l'un ni l'autre. Elle lève le bras et lance la tasse sur la peinture murale, la brisant en mille morceaux.

Les gouttes de thé rouge éclaboussent le lac bleu. On dirait que les cygnes saignent.

Les yeux fous, la bouche tordue comme si elle cherchait de l'air, Forugh pousse une sorte de cri, un glapissement, une plainte, un sanglot étouffé. Difficile à dire. Puis elle s'enfuit de la pièce en courant.

Dante court après elle.

De grands pots en verre de cornichons à l'ail baignant dans le vinaigre, des choux-fleurs, blancs et brillants, dans l'eau salée, des bouteilles de jus de citron marron avec de longs goulots, des olives marinées dans des noix pilées et du jus de grenade. Tandis que Forugh descend les grandes marches jusqu'au sous-sol, l'odeur du vinaigre lui pique les narines. Une petite ampoule nue au-dessus de l'escalier crache une lumière brumeuse et jaune. L'air dans le sous-sol est frais, acide et humide. Tous les tonneaux et les bocaux sont rangés soigneusement, soit le long du mur gris, soit sur deux étagères. Depuis son retour, Forugh n'est pas encore descendue ici. Autrefois, pourtant, c'était sa tanière. C'est ici qu'elle venait réfléchir ou jouer, ou se cacher chaque fois qu'un étranger venait à la maison, un voisin, un ami, l'électricien.

Elle se promène, nonchalante, à travers le long sous-sol étroit, respirant le parfum de vinaigre de son enfance. Elle passe devant les bouteilles et les bocaux en verre, les boîtes en plastique, les sacs de riz, les sacs en plastique rose contenant des pommes de terre et des oignons, les pots de confitures, les casseroles et les poêles inutilisées qui s'empilent dans l'obscurité, là où la lumière ne filtre plus. Et tandis qu'elle se déplace dans ce lieu, un vieux sentiment de paix et de protection s'empare d'elle à nouveau. Elle s'assied sur un rebord carrelé et entoure ses genoux de ses bras. Le mur est frais contre ses épaules. Elle reste assise dans le noir, comme une femme solitaire qui contemple dans ses souvenirs, le mur gris-blanc de son enfance.

Elle se rappelle le jour où elle a vu sa mère pour la première fois. Elle avait cinq ans. Omid et Sara étaient déjà partis. Elle savait qu'un jour ce serait son tour. Bientôt le jour viendrait où elle aussi devrait s'en aller.

Forugh n'avait pas voulu passer la nuit avec sa mère. Elle s'accrochait aux jupes de Maman Zinat et de Khaleh Leila. Elle hurlait. Elle braillait. Elle donnait des coups de pied. Elle avait peur de la femme qu'on lui demandait d'appeler Maman. Une pauvre femme au visage émacié, aux yeux liquides et brûlant de reproche, de souffrance indicible, avec un bruit de fêlure étrange dans la voix, comme le craquement d'un feu qui s'éteint.

Après avoir passé des heures en vain à persuader Forugh, à grand renfort de sourires et de caresses, de venir dans ses bras, finalement Simin avait pincé l'enfant à la cuisse, le visage déformé par la douleur, la rage et le désespoir. Viens dans mes bras, avait-elle exigé. Puis elle avait supplié. Forugh vagissait de plus belle. Simin l'avait de nouveau pincée, ses propres larmes ruisselant de concert avec celles de sa fille.

Cette nuit-là, Simin avait dormi sans sa fille. Forugh

avait passé sa dernière nuit pelotonnée dans la chaleur protectrice des corps de Maman Zinat et de Khaleh Leila.

Au matin, Aghajaan avait eu une longue conversation avec Forugh lui expliquant pourquoi elle devait aimer sa mère et être heureuse puisque dorénavant sa mère serait toujours avec elle, et que Maman Zinat serait là aussi ainsi que Khaleh Leila et Omid et Sara, et que Forugh ne serait jamais seule car il y avait tant de personnes qui l'aimaient. Forugh comprit qu'elle n'avait pas le choix. Elle resta silencieuse, prise dans l'étreinte inconnue, étrange, de sa mère qui la tenait doucement sur ses genoux en essayant de ne pas trop s'accrocher à elle, de ne pas lui faire peur. Elle expliqua à Forugh qu'elle était revenue, qu'elles allaient beaucoup s'amuser ensemble, qu'elles iraient au parc et qu'elles mangeraient de la glace.

— Ça te plairait ? lui demanda sa mère, sa voix toute petite, comme celle d'un enfant. On pourra choisir du chocolat ou de la fraise ou n'importe quel autre parfum qui te fera plaisir.

Lorsqu'elles passèrent devant les fleurs roses et violettes du jacaranda et qu'elles franchirent la porte bleue, Forugh se retourna et regarda ses deux femmes adorées. Ces dernières levèrent les bras lentement et lui firent signe.

Forugh prend un des petits pots de confitures et l'ouvre. Des fleurs d'oranger enrobées d'un sucre couleur safran. Elle y trempe le doigt. La confiture est collante et molle.

La chaleur des mains de sa mère lui manque.

Elle se souvient comme sa mère la prenait contre

elle et lui chantait des berceuses toutes les nuits, même après qu'elle avait commencé l'école. Comme elle coupait pour elle des morceaux de fruits et lui lavait les cheveux sans jamais laisser le shampoing lui piquer les yeux. Comme elle lui avait appris à nager dans la petite piscine près de leur maison et comment, quand la piscine était fermée, elles s'allongeaient sur le ventre par terre et s'entraînaient à faire les mouvements, en riant comme des folles. Elle se souvient comme sa mère croisait et décroisait les doigts lorsqu'elle évoqua la mort de son père.

Elle lui manque. Le bruit de ses pas dans la maison lui manque.

La porte en haut de l'escalier s'ouvre doucement en grinçant. Forugh lève la tête et écoute. Elle entend des pas hésitants qui s'évanouissent l'un après l'autre dans leur propre écho. Elle songe à se lever, mais n'en fait rien. Elle repose la confiture sur l'étagère, s'adosse au mur et ferme les yeux. Elle respire profondément, sent l'air frais sur sa peau, la chair de poule sur ses jambes.

Et là, entourée par tous ses souvenirs d'amour, par toutes ses peurs, Forugh se prend à espérer, des profondeurs les plus intimes de son cœur, que ce soient les pas de Dante qui approchent. Son cœur tambourine dans sa poitrine.

Dante trouve Forugh pelotonnée contre le mur dans la pénombre translucide. L'air frais est saturé d'humidité. Il passe la main sur la poussière qui recouvre les bouteilles de vinaigre et les pots de confitures. Il connaît chaque bouteille, chaque pot. Il a contribué à en remplir beaucoup. Le soir, lorsqu'il rendait visite aux deux femmes qui passaient leur temps à faire des conserves, comme si on attendait d'elles qu'elles nourrissent tout le quartier, Maman Zinat avait pour habitude de l'envoyer au sous-sol chercher un pot de marmelade pendant qu'elle coupait en tranches le pain encore chaud. Les trois s'asseyaient alors sur le banc en bois dans le patio, près de la fontaine. Il y avait du beurre, de la confiture et du thé dans les tasses au liséré d'or. L'odeur de la terre mouillée montait des parterres de fleurs que Khaleh Leila venait d'arroser.

Forugh regarde Dante. Le silence descend sur eux et les enserre. Mais c'est un silence différent, frais, léger comme une plume et qui sent le vinaigre, l'attente et le désir. Un silence bien présent.

— Je me souviens m'être caché ici une fois – il montre les casseroles et les poêles –, il y avait une grande armoire là, autrefois. Je me suis caché dedans.

Forugh sourit.

— Une fois seulement ? Moi je m'y cachais tout le temps.

Deux plis parfaits se creusent près de sa bouche lorsqu'elle sourit, des plis qui restent longtemps après qu'elle s'est arrêtée de sourire. Le velours de ses yeux brille encore plus fort dans la transparence de la pénombre.

— Et pourquoi est-ce que tu t'es caché ici ? demande-t-elle.

— Ma mère était sortie de prison et venait pour me reprendre.

Forugh le contemple avec ferveur.

— Et tu ne voulais pas repartir avec elle ?

La voix qui sort de sa gorge n'est qu'un murmure confus, embrouillé. Dante sourit tristement.

— Je ne la connaissais pas. Elle était comme une étrangère pour moi.

— Et ton père ? Où était-il ?

— Il a été libéré bien après.

Forugh soutient son regard et le fixe de ses yeux brûlants et pénétrants.

— C'est un sentiment étrange lorsqu'on vous dit qu'une personne est votre mère et que tout ce que vous ressentez c'est de la peur, parce que cette personne n'est qu'une étrangère. Ce n'est que bien plus tard que vous réalisez que vous n'avez qu'elle.

La pièce respire autour d'eux, sur eux, en eux. Son souffle abolit la distance.

— On m'a dit que ta mère est à l'hôpital, dit Dante – sa langue est sèche dans sa bouche –, je suis vraiment désolé de l'apprendre.

— Il a fallu lui retirer un calcul rénal. Il semblerait que ce soit une affaire assez douloureuse – un sourire triste tremble sur ses lèvres – mais ça va aller. Elle sortira bientôt. Elle est heureuse de savoir que j'étais ici et que j'ai pu voir Maman Zinat avant qu'il ne soit trop tard. Dès qu'elle ira mieux elle viendra aussi.

— Ça a dû être très difficile pour toi.

Il s'en veut pour la manière dont il lui a parlé plus tôt.

Forugh se lève et se dirige vers lui.

— Je vais te montrer quelque chose.

Elle attrape sa main moite. Sa main à elle est petite et délicate dans la sienne, fragile comme de la dentelle. Arrivée près du plus gros bocal d'ail au vinaigre, elle s'agenouille sans lâcher sa main, et, de l'autre main, fouille derrière. Elle cherche à tâtons dans la pénombre et la poussière. Enfin, elle en retire quelque chose. C'est une petite boîte, plate avec un couvercle transparent, recouverte d'une épaisse couche de crasse. Elle se redresse, lâche sa main, et ouvre le couvercle en souriant, triomphante. À l'intérieur, une minuscule libellule est épinglée sur une feuille de papier jauni.

— J'ai dû la cacher ici parce que sinon, Khaleh Leila ne m'aurait jamais permis de la garder. Tu sais comment elle est quand il s'agit d'insectes. Elle l'aurait prise pour un cafard ou quelque chose comme ça.

Dante rit. Il rit parce qu'il sait très bien comment est Khaleh Leila quand il s'agit d'insectes. Il rit à cause de la nuance intime dans la voix de Forugh. Il rit parce qu'elle lui sourit.

Il effleure le dos de la libellule du bout du doigt. Elle est toute desséchée, comme un morceau de bois. Forugh referme le couvercle. Dante lui prend la boîte des mains et la remet, bien cachée, derrière le bocal.

— Maman Zinat me manque, chuchote Forugh.

Les larmes rôdent sous ses longs cils. Elle appuie son corps fragile contre le sien.

— À moi aussi.

Dante enfouit sa tête dans l'épaisseur de sa chevelure et l'enlace.

La lumière du jour est en train de mourir doucement lorsque Leila sort dans le patio. Elle ouvre le robinet et tire le tuyau d'arrosage vers les parterres de fleurs. Elle regarde la terre boire.

La maison est plongée dans le silence. Marzieh est la dernière invitée à partir. Elle raconte à Leila ce qui s'est passé dans la pièce jaune, les éclats de verre, les cygnes qui saignent, les yeux fous de Forugh, et Dante qui lui a couru après.

Leila ne dit rien et raccompagne Marzieh à la porte. Elle n'appelle pas les enfants. Elle ne les cherche pas. Soudain, elle ressent le besoin de les protéger du monde extérieur, comme s'ils incarnaient un désir secret et précieux. Elle les laisse soigner ensemble leurs blessures.

Elle observe un vol d'hirondelles qui monte dans le ciel orange et jaune. Puis elle revient dans la maison et enlève ses chaussons. Elle s'assied sur un des coussins en velours rouge installés le long du mur et attend les enfants, ses enfants, ceux de Maman Zinat.

Deux ombres apparaissent dans l'encadrement de la porte. Ils lui sourient, timides, comme prêts à accepter leur châtiment. Forugh et Dante s'avancent, leurs joues rouges et fraîches. Ils s'asseyent. Assise entre les deux, Leila se sent prise par le parfum de ces mystérieuses ondes d'amour et de souffrance, de ce qui se brise et fleurit, de ce qui est passé et de ce qui est à venir.

— Les hirondelles ont commencé à partir, dit-elle.

Forugh et Dante s'allongent et posent leur tête sur les genoux de Leila, de chaque côté. Elle tend la main vers leurs cheveux, leur jeunesse, et les caresse. Ils s'abandonnent, comme des arbres assoiffés s'abandonnent à l'eau. La voix de Leila s'échappe doucement de sa gorge et se répand dans la chambre. Elle leur raconte l'histoire des princesses persanes et de leurs amants si beaux et si pauvres.

Le crépuscule tombe sur les branches du jacaranda.

1983-2009

Téhéran-Turin

1988, Téhéran

Lorsqu'elle décrocha le téléphone et entendit sa voix, son cœur se fracassa. Il ne se présenta pas, se contentant de dire d'où il appelait. Mais elle le sut avant qu'il ne prononce le moindre mot. Dans la dureté de sa voix, il y avait des cris lointains, étouffés. Il lui dit de se présenter à la prison pour récupérer les affaires de son mari. Elle raccrocha en silence puis pleura si fort que les vitres en tremblèrent.

Elle n'avait pas vu son mari depuis des mois. Toutes les visites, soudain, avaient été annulées. Personne ne savait rien et tous redoutaient le pire. Plus tard, elle entendit parler de familles qui étaient venues visiter quelqu'un en prison et à qui on avait rendu des affaires. On leur avait dit que la personne n'était plus là.

Désormais, il n'existait plus nulle part.

Il y avait une feuille de papier sur le bureau. Tout d'abord la feuille était silencieuse. Plus tard, elle parlait. De la mort, bien qu'en silence.

On leur disait d'écrire pendant que leurs mains tremblaient :

Mon mari, désormais, n'existe plus nulle part.
Ma femme, désormais, n'existe plus nulle part.
Mon fils, ma fille, n'existe plus nulle part.

Voilà comment la mort était annoncée à une famille. Sur une feuille de papier accompagnée d'un sac à moitié rempli avec les restes d'une vie. Contre signature.

On lui dit qu'elle avait de la chance. Tout le monde ne recevait pas un coup de téléphone. Elle avait de la chance qu'on lui ait dit qu'il était mort, d'avoir été prévenue.

Elle ne se sentait pas chanceuse. Elle se sentait vide, comme un gouffre.

Ce jour-là, elle garda la mort pour elle. Elle s'assit parmi ses affaires étalées sur le lit. Elle ne pouvait pas bouger. C'était comme si son corps s'était endormi, était devenu insensible. La nuit, elle s'allongea sur ses vêtements. Elle respira l'odeur de sa chemise et se mit à sangloter, la respira et les maudit, la respira encore et hurla son nom et le maudit lui aussi. Elle était en colère contre lui, tellement en colère, que s'il avait été devant elle, elle l'aurait attaqué à mains nues.

Au milieu de la nuit des pleurs lui parvinrent de la chambre d'à côté. Ce fut comme un signal. Elle ouvrit les yeux. La chemise sous sa peau était mouillée de larmes, comme si son visage s'était réduit et avait fondu dans le tissu. Elle se redressa en s'aidant de ses mains et se traîna vers l'autre pièce, là où son enfant sanglotait désespérément. Elle la prit dans ses bras, murmurant « chhhh ! » dans un souffle, la tapotant doucement dans le dos. En réalité, c'était elle-même qu'elle essayait de calmer, elle-même qu'elle tentait de secouer. La légèreté du corps de sa fille l'intimida, tout comme sa vulnérabilité et ses gémissements inconsolables.

Immédiatement, elle décida qu'elle ne parlerait jamais à son enfant de la mort de son père, ni de la façon dont il était mort. Même si ce devait être la dernière chose qu'elle ferait, elle ne laisserait jamais sa fille connaître cette souffrance. Peu lui importaient les mensonges qu'il lui faudrait dire, les secrets qu'il lui faudrait taire. Tout ce qu'elle savait, c'était qu'il fallait tenir l'Histoire à distance, protéger son enfant derrière des murs de fer où le sang ne pourrait pas s'infiltrer. Elle allongea le petit corps de sa fille sur ses jambes et le berça doucement jusqu'à ce qu'elles s'endorment toutes les deux.

Ce fut sans doute la dévastation dans ses yeux qui jeta à tous un sortilège. Personne n'osa la contredire, ni tenter de lui faire changer d'avis, à l'exception de sa mère à lui. Avec elle, ce ne fut pas facile. Elle refusait ce silence farouchement, disait que c'était monstrueux. Elle insistait. Selon elle l'enfant devait savoir. *En faisant cela, tu les laisses le tuer une deuxième fois.* Son âme ne serait jamais en paix, la mit-elle en garde. Son corps en frémirait dans sa tombe.

— Tu lui dois cela, disait sa mère, tu le dois à sa mémoire.

Elle aurait dû faire preuve de plus de tact, mais à l'époque, le tact n'était pas son point fort. Son point fort était la colère.

— Je ne lui dois rien du tout ! cria-t-elle, tremblant de rage. C'est lui qui me doit tout ! Il me doit le bonheur qu'il m'avait promis. Il m'a fait croire à ce bonheur et il a échoué. Il m'a laissée tomber. Il a laissé tomber sa fille. Je ne le laisserai pas me la prendre. Il a tout détruit !

Sa mère pleurait. Elle avait perdu un fils, son seul fils.

Elle aurait dû se montrer moins cruelle.

La mère de son mari ne cessa jamais sa demande, espérant que ses lèvres scellées s'ouvrent un jour. Lorsque sa belle-mère mourut, elle écrivit une confession à sa fille et la cacha dans le linceul de la morte. La lettre fut inhumée avec la vieille femme.

Turin, 2009

Il n'y a presque personne à l'aéroport. La file au guichet de sécurité est courte et avance rapidement. Maryam est sur le point de se retourner pour regarder au-delà de la vitre quand l'employé de la sécurité place devant elle un bac bleu. Elle y dépose son sac, sa veste, sa carte d'embarquement et lève les yeux sur lui. Il a un front proéminent et des yeux comme des lentilles.

— *Le scarpe*, dit-il, montrant ses chaussures.

Même les chaussures ! Elle se penche, son visage déjà écarlate de gêne, maladroite. Elle défait ses lacets et pose ses pieds désormais vulnérables très précautionneusement sur le sol, comme si elle avançait sur un champ de mines. Elle passe à travers le détecteur de métaux. Le sol est froid et brillant. Le détecteur sonne frénétiquement. Elle écarte les bras afin qu'une fille rousse la fouille. N'ayant rien découvert, à l'aide d'un autre détecteur à main, de dangereux ou de suspect, cette dernière la laisse finalement partir.

Maryam se retourne, et promène son regard sur la foule de l'autre côté de la frontière de verre. Elle aperçoit Sheida qui lève le bras. Sheida a l'air si jeune dans cette robe blanche, avec son visage délicat et toute cette fragilité, comme une petite chanson. Maryam ravale le nœud de cris et de larmes dans sa gorge et lui fait un signe à son tour. Il lui semble avoir vu des larmes briller, mais Sheida est loin et Maryam n'est pas sûre si ce sont des larmes ou simplement les reflets des lumières qui dansent dans les yeux de sa fille.

Elle s'éloigne du détecteur de métaux et de ses cris d'alarme stridents et répétés. Elle s'éloigne du mur en verre, de sa fille de l'autre côté. Elle passe nonchalamment devant une série de boutiques de vêtements, de souvenirs et de magasins duty-free, dans lesquels les vendeurs traînent oisivement, ne sachant que faire dans cet aéroport à moitié vide. Elle arrive à la bonne porte, pousse un profond soupir et se laisse tomber dans un des sièges jaunes. Elle est fatiguée et son dos lui fait mal. Elle jette toutes ses affaires sur le siège d'à côté et joint les mains, comme une femme qui attendrait une bénédiction, prise dans un halo triste.

Lorsqu'elle était enfant, Sheida pleurait dès que Maryam n'était plus dans son champ de vision. À présent Sheida ne pleure que rarement, et même pas quand elles se quittent, bientôt séparées par des continents. Maryam aurait aimé que Sheida pleure. Elle aurait aimé être sûre d'avoir bien vu des larmes. Ces larmes l'auraient réconfortée. Elle n'a rien d'autre auquel se raccrocher. Et pourtant, la vision de ces larmes est plus évanescente que les larmes elles-mêmes.

Elle sort un mouchoir en papier de son sac afin d'éponger la transpiration sur sa lèvre supérieure. Quelque chose dans leur relation ne la convainc plus. Il lui semble que la distance s'y est installée, que leur intimité a été remplacée par une sorte d'affection amicale. Elle a le sentiment que Sheida ne lui dit pas tout. Elle a tendance à éluder les questions et les inquiétudes avec un rire, comme un arbre se secoue et se débarrasse de ses feuilles mortes. Mais à quoi Maryam s'attendait-elle ? Elle ne pouvait pas, alors que Sheida vit à présent dans un autre pays, espérer la même proximité que celle qu'elles avaient en Iran. Ce serait de la naïveté de sa part, cela reviendrait à prendre ses désirs pour la réalité. Sheida est une adulte. Après tout, c'est Maryam elle-même qui l'a emmenée en Italie.

Cela n'avait pas été facile. Maryam attendait un visa depuis des années. Il leur avait été refusé une fois déjà parce que la sœur de Maryam, qui vivait en Italie et s'occupait des démarches, avait des difficultés avec sa banque. Maryam ne s'était pas laissé décourager. Elle s'était obstinée, faisant pression sur sa sœur à chaque instant, mettant de l'argent de côté, jusqu'à ce que leur visa leur parvienne enfin. Sheida allait sur ses dix-sept ans.

Pendant toutes ces années d'attente, Maryam avait fermement cru que si elles passaient cette frontière, elles seraient en sécurité. Elle avait cru qu'emmener sa fille si loin serait l'étape suprême pour la protéger du passé, de la mort et du sang. Si loin de l'Iran, elles pourraient vivre en paix, le bonheur de Sheida serait garanti, et tout, d'une manière ou d'une autre, serait plus facile.

Mais Maryam souffrait de sa propre impulsivité. Ses désirs s'embrouillaient toujours. Ses décisions se retournaient contre elle. Un jour, alors que Sheida avait quinze ans, Maryam menaça de tuer sa fille si jamais elle la quittait. C'était avant de partir d'Iran, avant d'avoir déposé sa fille dans un autre pays. Elle ne pensait pas que la mort de son mari les chasserait, la chasserait, elle, aussi loin. Bientôt, elle comprit que les souvenirs étaient plus lourds que son désir de partir et d'aller de l'avant. Une partie d'elle-même se trouvait encore là, dans ce cimetière, à pourrir aux côtés du corps sans vie d'Amir. Chaque nuit, dans son petit appartement de Turin, en face de la place et de sa magnifique fresque du dix-huitième siècle représentant Marie et l'Enfant Jésus, Maryam voyait en rêve le cimetière où elle ne s'était jamais rendue. Et cette vision la hantait chaque nuit. Elle n'avait jamais eu de tels cauchemars, même pas au début. Maryam souffrait d'être loin de cette prison, loin de ce cimetière. Elle avait besoin d'être près de lui. Elle ne pouvait pas le laisser seul dans cette terre hostile, il fallait qu'elle revienne à ses côtés.

Mais est-ce que cela ne signifiait pas qu'elle le préférait à son enfant ? Être veuve, ou être mère ? Ces questions la torturaient nuit après nuit. Et pourtant, elle n'avait pas la réponse. Du jour où elle avait appris la mort d'Amir, Maryam était devenue méconnaissable. Elle s'était transformée en une caricature de la femme qu'elle avait été. Quelque chose en elle s'était volatilisé et elle se retrouva enchaînée à cette terre et à ce cimetière pour toujours. Quels que soient les efforts qu'elle faisait pour tenir debout, déterminée à ne pas tomber, quelle que soit la lutte qu'elle livrait pour être la mère forte dont sa fille avait besoin, elle trébuchait encore et encore. Et elle était fatiguée. Le monde avait eu raison d'elle depuis longtemps. Depuis, elle ne faisait rien d'autre que se débattre, elle n'avait plus la force de lutter. La seule façon pour elle de survivre était d'être près de lui, de leur passé. Sans eux, elle allait s'écrouler. Elle n'avait pas le choix, il lui fallait sauver son monde à elle.

Quatre ans après leur installation en Italie, lorsque Maryam fut assurée que le travail de Sheida à la librairie était stable et qu'elle pourrait pourvoir à ses propres besoins, elle décida de retourner en Iran. Sheida resta en Italie. Elle disait qu'elle ne voulait pas repartir. Maryam laissa donc sa fille dans cette ville énigmatique et froide, au pied des Alpes, pensant, espérant que le ciment entre elle ne se dissoudrait jamais. Aujourd'hui elle constate que Sheida est distraite. Elle a l'impression qu'elle a grandi derrière son dos, et que le ciment s'est peu à peu effrité. Mais ce n'est pas la faute de Sheida. Elle n'a fait que ce que sa mère avait prévu pour elle. Elle a obéi à ses désirs. C'est Maryam qui est partie.

Elle cesse de joindre les mains et se lève. Aux toilettes, elle se les lave avec précision, tout comme sa mère le faisait. Elle les savonne deux fois, frottant dans les coins. Elle laisse l'eau couler trois fois sur chaque main. Puis c'est au tour de l'autre. C'est comme si elle faisait des ablutions.

Une voix anonyme annonce que l'embarquement a commencé. Maryam rassemble vite ses affaires, se sèche les mains en passant et sort en courant des toilettes.

Sheida s'attarde derrière la vitre et regarde le détecteur de métaux. Maryam est partie mais elle n'a pas été capable de se détacher du lieu, de s'en aller. Son corps lui fait l'effet d'une entité séparée, frappée d'immobilité, comme lorsqu'elle perdait toute sensation dans les jambes à force d'être assise en tailleur sur le sol chez sa grand-mère, à compter les poissons dans les motifs bleu et argent du tapis. Son corps refuse de bouger. Elle ne sait pas quoi en faire.

C'est une après-midi chaude et nuageuse. Le parking devant l'aéroport est noyé dans une épaisse couche d'humidité. Elle enveloppe Sheida dès qu'elle sort du terminal climatisé, s'enroulant autour de ses bras, de ses jambes, de sa robe blanche, montant autour de ses épaules et de son cou, l'emmitouflant comme une serviette lourde et mouillée.

Le bus qui la ramène à Turin est à moitié plein de voyageurs aux visages défaits et poussiéreux. Sheida se laisse tomber sur un siège, tout au fond, près de la fenêtre. Le conducteur ferme la porte qui, en coulissant, souffle et chasse l'air. Le bus s'éloigne lentement.

Aujourd'hui, Sheida ne travaille pas. Habituellement, ces jours-là, elle organise toutes sortes de choses, depuis des tâches ménagères jusqu'à voir des amis, mais aujourd'hui elle n'a envie de rien faire. Le départ de sa mère lui a laissé un sentiment de vide. Elle aimerait trouver un moyen d'échapper à cette journée, un moyen d'éviter de la vivre. *Comme ce serait agréable si on pouvait appuyer sur un bouton « Avance rapide » et sauter une journée*, pense-t-elle. Elle aimerait rentrer à la maison, mettre sa tête sous un oreiller et se réveiller quand la journée serait finie.

Le temps que Maryam arrive à l'aéroport animé de Téhéran, la nuit sera tombée. La pensée de l'aéroport, à présent une image érodée, rend Sheida nerveuse. Elle n'est pas retournée en Iran depuis des années. Sans vraiment savoir pourquoi, elle a cessé de s'y rendre. Sa vie l'occupe.

La route coupe des plaines vertes qui s'étendent

jusqu'au pied des Alpes, se confondant avec le ciel mouillé et chagrin. Les nuages gris restent suspendus au-dessus des plaines, si bas qu'elle a l'impression qu'elle pourrait presque lever la main et séparer leurs épaisses touffes cotonneuses.

La vision de sa mère agenouillée, en train de défaire ses lacets, surgit dans son esprit. Elle a l'air si petite, on dirait presque une enfant. Et c'est bien cela qu'elle devient, chaque fois qu'elle lui rend visite, une enfant. Exactement comme pendant ces quatre premières années quand elles habitaient ensemble, en Italie. C'est comme si sa force l'avait abandonnée. Elle avait perdu son ancienne vitalité, son autorité d'autrefois, et attendait toujours que Sheida décide de tout, où aller, quoi faire, quoi manger. Elle s'était métamorphosée en une autre personne, presque infantile. Malgré toutes ces années Sheida ne s'est toujours pas habituée à cette version peu séduisante de sa mère.

Le bus se fraye un chemin dans la ville en forme d'échiquier. Les bâtiments baroques rose pâle et jaunes se dressent contre les nuages bas. Elle descend près du Pô, dont les méandres traversent le centre de Turin, barrant le chemin aux collines. Debout au milieu du pont, Sheida regarde le fleuve passer paresseusement sous ses pieds. Sur la rampe on a arrangé des violettes pourpres et roses dans des pots en terre placés dans une structure verte. Elle inspire profondément, remplissant ses poumons avec la moiteur et l'odeur de l'eau verte et des feuilles d'été humides sur les branches des vieux arbres plantés le long des quais.

Revenue chez elle, la première chose que fait Sheida est d'allumer la radio. La musique coule à flots dans le minuscule salon, avec ses murs crème, ses rideaux blancs et les affiches de films qu'elle n'a pas encadrées. Elle enlève ses chaussures, jette son sac sur le canapé et ouvre la fenêtre. Dans l'évier se trouve une tasse de thé à moitié pleine, avec, sur le bord, la marque des lèvres de sa mère. Son parfum flotte encore, chaud, dans le vide de la pièce.

La voisine dans l'immeuble d'en face crie impitoyablement sur ses enfants. Ses hurlements enflent dans le patio et explosent dans la pièce. Sheida augmente le son de la radio pour noyer les cris perçants, hystériques.

Maryam ne lui criait jamais dessus. Maryam n'élevait même jamais la voix.

Elle écoute la chanson. Au milieu de la pièce, avec son corps imperturbable au-dehors mais qui lui fait mal à l'intérieur, elle commence à danser. Elle bouge, d'un côté, puis de l'autre, doucement, sûrement, comme si elle cherchait son équilibre. Le rythme de la chanson s'accélère et Sheida bouge plus vite. Elle saute, bondit, et tape des pieds sur le tapis. Elle ouvre grands les bras dans l'espace où pulsent la musique et les cris, et où s'attarde le parfum de jasmin de sa mère. Ses seins lourds tressautent, entraînant sa robe. Elle danse sans se soucier de rien, lançant ses bras et ses jambes de tous côtés, comme une femme qui se débat pour s'extraire d'une camisole de force. Ses joues se mettent à brûler avec l'afflux de sang et les larmes qui roulent dessus sans bruit. Plus elle saute haut, plus vite ruissellent les larmes. Ses sanglots dégringolent dans la chanson, s'y mêlent, défaisant les mots jusqu'à en faire une bouillie de sons, de gargouillis incompréhensibles.

Sa mère n'est pas heureuse. Elle ne l'a jamais été.

Le choix du silence n'a pas fonctionné. Il n'a fait que rendre les choses encore plus insupportables. On ne leur a rien laissé qu'une poignée de paroles jamais prononcées, aussi insidieuses que le poison, qui s'infiltrent partout, progressant un peu plus chaque jour, gâchant les derniers vestiges de cette intimité honnête qui a été la leur. Et de cela, elles sont toutes deux responsables. Ensemble, elles ont détruit tout ce qu'elles avaient de plus beau.

Sheida chancelle et se jette sur le canapé, essuyant ses larmes. Les cris de l'autre côté de la cour se sont tus. Sans doute la préparation du dîner. Lentement, elle se lève et baisse la radio. Elle se mouche et regarde par la fenêtre. Sur le balcon des voisins, les fleurs violettes palpitent dans la brise. Un chat avance précautionneusement le long du rebord de la fenêtre et saute sur la terrasse d'un autre voisin. Sheida se détourne et se dirige vers le téléphone. Son cœur bat plus vite à la perspective d'entendre la voix de Valerio. Elle ne l'a pas vu depuis la visite de Maryam. Elle ne se sentait pas prête à le présenter à sa mère, redoutant toutes ses questions inquiètes, agaçantes. *Peut-être la prochaine fois,* lui a-t-elle dit.

Tenant le téléphone contre son oreille, elle se pelotonne sur le canapé et remonte ses genoux contre sa poitrine, les enlace, comme si elle voulait rassembler tous les morceaux d'elle-même éparpillés sur le sol, suspendus dans l'air de la pièce et accrochés aux coins de la fenêtre. Les rassembler et les assembler en une forme reconnaissable avant de se tenir devant lui.

Valerio répond. Au son de sa voix, elle ferme les yeux et laisse échapper un soupir de soulagement.

Un étourneau vient se percher sur la rambarde devant la fenêtre. Sous le ciel humide, le géranium a l'air à bout de souffle. Le crépuscule est long à venir. Assise derrière son ordinateur Sheida sirote le thé glacé qu'elle s'est préparé avec des feuilles séchées que Maryam lui a envoyées d'Iran il y a quelques mois. Sheida aime le parfum des boîtes en carton qui arrivent de là-bas. Elles sentent la poussière et les souvenirs. Voilà l'odeur de l'Iran, a-t-elle dit une fois à Valerio. Elle avait reniflé le thé, la paire de gants verts que sa tante lui avait tricotée, le paquet de baies de Berberis et le petit mot de Maryam lui recommandant de les laver plusieurs fois avant de les utiliser, mot que Sheida n'a jamais pu jeter.

Son ordinateur émet un ronronnement ensommeillé sous ses doigts. Elle déroule la page, parcourant les nouvelles dans un journal persan en ligne. Depuis le soulèvement contre les élections truquées de juin et la répression du gouvernement qui a suivi, la plupart des informations en provenance d'Iran traitent des manifestations, des arrestations de masse, des attaques sur les dortoirs universitaires, des tirs dans les rues, de la torture dans les prisons, des détenus dont personne n'a de nouvelles depuis des mois et des manifestants disparus qui n'ont pas été retrouvés. Il y a aussi des vidéos qui ont été téléchargées par les insurgés sur place. Sheida les a toutes visionnées sans exception, toutes celles qui montrent des manifestants courant dans les rues, certains en direction des policiers de la sécurité antiémeutes avec leurs gilets pare-balles et leurs matraques, et certains à l'opposé, tout en jetant des pierres et en scandant des slogans contre le régime. Les images sur l'écran remplissent Sheida d'angoisse chaque fois qu'elle les regarde, comme si elle avait manqué quelque chose, ou qu'elle était laissée pour compte, exclue. Elle envie cette foule de jeunes et son explosion d'énergie, et souffre de la façon dont tout cela se passe sans elle, souffre que sa place dans le courant de l'Histoire reste inoccupée. Dans le même temps, elle redoute les visages ensanglantés, les blessures par balle et les policiers de la sécurité à moto qui donnent de la matraque.

Elle clique sur une vidéo où l'on entend des gens qui scandent des slogans depuis des toits d'immeubles la nuit. *Allaho Akbar* entend-elle de toutes les directions, *Allaho Akbar*. Les immeubles et les toits d'où les hommes et les femmes invisibles lancent leur mélopée sont plongés dans l'obscurité. Tout ce qu'elle voit, ce sont les petites lumières qui chatoient derrière des fenêtres fermées. Mais les cris et la force furieuse qui résonnent en eux deviennent de plus en plus forts, comme s'ils essayaient d'atteindre les nuages et de les déchirer. Sheida regarde la vidéo, son cœur battant si violemment que ses yeux commencent à lui faire mal. La nuit descend sur les immeubles, recouvrant les ombres des corps qui psalmodient, entrant dans l'œil minuscule de la caméra. Elle est abasourdie par l'extase, l'harmonie pure qui s'en dégagent. Des hommes et des femmes, jeunes et vieux, faibles et forts, scandant des slogans pour protester contre le mal qui leur est fait. Des slogans au nom du peu de justice dont ils se souviennent et qu'ils sont capables d'appréhender. Derrière son ordinateur, Sheida chuchote leurs paroles, leurs slogans, leurs cris de résistance. L'appel à leur Dieu. L'appel à leur Dieu contre le dictateur. Sa mère lui a raconté que monter sur les toits et scander *Allaho Akbar* était quelque chose qu'ils faisaient pendant la Révolution trente ans plus tôt. C'était une manière de protestation. Ce n'était pas dangereux, c'était symbolique, c'était quelque chose que tout le monde pouvait faire. Et maintenant voilà que ça revient. *Quand tout échoue, crie Allaho Akbar,* avait ajouté sa mère en secouant la tête, triste et résignée.

Sheida n'est pas triste, elle exulte. Mais elle se sent petite, si inexcusablement petite, face à la magnificence de ces mélopées follement impressionnantes, et pourtant désespérées. Elle perçoit ces paroles qui l'enveloppent et sent leur obscurité qui pénètre sa peau, les belles voix inflexibles qui enflent dans ses veines, dans ses poumons. Elle voit presque le Dieu de ces hommes et de ces femmes, peut presque toucher du doigt leurs voix lorsqu'elles L'invoquent, tandis qu'ils se redressent, criant toujours plus fort *Allaho Akbar*, se dépouillant de leur peur dans la nuit bleue. Elle a l'impression qu'ils sont en train de devenir une part irrévocable de son souffle, de sa cadence. Leurs voix qui l'appellent, elle. Elle se voit presque debout sur un toit d'immeuble, le poing levé.

Lorsque la vidéo se termine, Sheida laisse échapper un soupir. Elle sent un léger vertige et se laisse aller sur la chaise. Elle prend une autre gorgée de son thé glacé. Les glaçons s'entrechoquent et viennent contre ses lèvres. Elle clique à nouveau sur la page d'accueil, cherchant de nouvelles vidéos à regarder, quand elle remarque un titre, au bas de la page. C'est la deuxième fois ces dernières semaines qu'elle voit un article qui traite des emprisonnements et des exécutions d'après la Révolution. Elle ne sait pas s'il s'agit d'une coïncidence ou si, avec tous ces hommes et ces femmes dans les prisons de Téhéran et d'autres villes vingt ans plus tard, c'est le passé qui refait surface, comme une prémonition.

Pourtant, il y a autre chose qui attire Sheida vers ces articles et leurs récits de prison, de violence et de mort. Ils lui rappellent des histoires similaires racontées par sa grand-mère les quelques fois où Sheida et Maryam lui ont rendu visite à Hamedan. Les récits que Sheida a entendus sortaient au compte-gouttes de la bouche de sa grand-mère lorsqu'elle ne savait pas que Sheida écoutait aux portes, lorsque Maryam et Grand-Mère se trouvaient seules dans une pièce. Sheida observait par la serrure son aïeule se transformer en une autre personne. Sa voix habituellement forte retombait en un chuchotement. Elle tamponnait ses yeux larmoyants qui se détournaient de ceux de Maryam, assise en face d'elle, fermée comme une pierre. Le silence de Maryam et son regard fixe et vide mettaient Sheida mal à l'aise. C'était comme si sa mère cachait quelque chose dans ce silence, le défendant de ses yeux absents. À cette époque, Sheida voulait plus que tout échapper à ce silence. Il était étouffant. Pourtant, le chagrin qui rugissait dans le visage de sa grand-mère la tenait captive derrière la porte, les oreilles accordées à sa voix chuchotée.

Pourquoi Grand-Maman est-elle si triste ? se demandait Sheida. Elle essayait d'écouter mieux, de comprendre des mots dont elle avait le sentiment qu'il ne fallait pas qu'elle les entende et dans lesquels elle subodorait le mal et la douleur. Elle les cueillait, ces mots, comme une abeille qui volette autour de fleurs interdites, butinant leur nectar. Elle voulait en entendre le plus possible, voulait comprendre de qui parlaient ces histoires. C'était difficile, car sa grand-mère ne mentionnait aucun nom et sa voix semblait sans cesse sur le point de mourir. Sheida savait qu'elle ne pouvait rien demander à sa mère, ou bien celle-ci saurait que son enfant écoutait aux portes. Plus tard, lorsqu'elle posa des questions à sa grand-mère, un air de désespoir vint sur son visage, si atrocement triste, si ravagé, que Sheida prit peur. *Je ne peux rien dire*, répéta sa grand-mère. *Je ne peux rien dire.* Et ce fut sur ces seuls mots qu'elle quitta la chambre de l'aïeule.

Une fois seulement, Sheida réussit à extorquer à Maryam une réponse au sujet de la tristesse de sa grand-mère. Maryam la contempla un instant. Son regard sembla la traverser, comme si elle ne la voyait pas vraiment. *C'est à cause de ton Baba, Sheida, Grand-Maman est triste pour son fils,* concéda-t-elle après un moment.

— Mais quel est le rapport entre Baba et la prison ? demanda Sheida.

Ce faisant, elle sentit la chaleur qui lui montait aux joues, car elle sut qu'elle trahissait le fait qu'elle écoutait aux portes.

Maryam lui jeta un regard courroucé, un regard que Sheida n'oublierait jamais.

— Toute cette histoire est une prison. Nous sommes tous dans une grande prison.

La douleur de Grand-Maman était si immense, pense Sheida aujourd'hui tout en lisant :

Environ 4 000 à 5 000 jeunes hommes et femmes furent exécutés en juillet et août 1988, l'année où la guerre Iran-Iraq tirait à sa fin. Le gouvernement forma un comité de trois personnes, qui fut par la suite connu sous le nom de « Comité de la Mort », pour surveiller les purges dans chaque prison. Chaque comité comprenait un procureur, un juge et un représentant du ministère de l'Information. Le Comité interrogea tous les prisonniers politiques et ordonna l'exécution de ceux considérés comme « non repentants ».

Les prisonniers furent chargés par groupes dans des chariots élévateurs et pendus à des grues et des poutres, toutes les demi-heures. Les autres passèrent devant des pelotons d'exécution. À minuit, les corps furent emportés et ensevelis dans des charniers au cimetière de Khavaran, qui était autrefois le cimetière des minorités religieuses. Les corps furent enterrés dans des fosses parallèles et régulières et la terre fut tassée, rendant l'identification des tombes impossible. Toute forme de pierre tombale fut systématiquement détruite...

Sheida regarde fixement les mots, la sueur se formant dans son cou et sous ses aisselles. Le mot « charnier » résonne dans son esprit. Elle voit les corps, l'un après l'autre, sanglants, rendus informes, les uns sur les autres. Le premier article qu'elle avait lu sur les exécutions ne fournissait pas autant de détails. Elle ignorait qu'il y avait eu autant de victimes, ne connaissait pas l'existence des charniers. Au même moment un souvenir passe tout à coup devant ses yeux. Un souvenir dont elle ne savait pas qu'il était en elle. À l'instant où ce souvenir se réveille, un élancement la traverse. Elle revoit sa mère crier, hurler dans la nuit, et quelqu'un apparaître derrière elle et fermer la porte. C'est un souvenir vague, comme un rêve qu'on ne se rappelle pas très bien. Elle entend encore les hurlements, les sanglots. Était-ce sa mère ? Est-ce que cela aurait pu être Grand-Maman ?

Elle pose le verre de thé. Ses mouvements sont mesurés, comme si elle craignait de faire tomber quelque chose. Elle ouvre et ferme le poing, se lèche les lèvres. Sa gorge est sèche et irritée. De l'appartement voisin, on entend le bourdonnement étouffé d'une télévision. Les yeux de Sheida reviennent sur l'écran et, malgré ses efforts pour se calmer, elle laisse son regard courir le long des colonnes de noms de victimes qui apparaissent dans l'article, avec l'âge de chacune inscrit à côté. Certaines ont moins de dix-huit ans.

La liste se poursuit, comme sur le mur d'un mémorial. Elle déroule la page, les yeux embués, chaque nom devenant la vision entraperçue et chancelante d'un cauchemar. Il y a tant de victimes, si jeunes. L'article a soudain jeté Sheida dans le torrent tumultueux du passé de son pays. Elle ne savait pas qu'il existait un tel torrent, d'une telle puissance. Quelque part, dans ce pays, les os d'un jeune homme ont été écrasés sous des milliers d'autres. Quelque part, dans ce pays, des milliers de cadavres ont été déversés dans la gueule affamée de la terre, comme des montagnes de déchets. *La terre maudite*, c'est en ces mots que l'article parle de la région de ces charniers.

Sheida s'appuie au dossier de sa chaise, épuisée, déroulant toujours la page, incapable d'arracher ses yeux de la liste des morts. C'est à ce moment que la vision d'un nom arrête presque son cœur dans sa poitrine. L'espace d'un instant, toutes les choses autour d'elle semblent s'immobiliser, retenant leur souffle. Le bourdonnement de l'ordinateur, le visage pâle de la lune, les particules de lumière jaune qui filtrent dans la pièce depuis la cour. Elle fixe le nom, sa main gauche appuyée sur sa gorge où une pulsation palpite et tressaille. Là, devant elle, au beau milieu de la page, se trouve le nom de son père :

Amir Ramezanzadeh, 27 ans.

Il est clairement écrit, aussi clairement qu'un cri perçant qui retentit dans des rues désertes. Sheida sent son corps qui se fige. Ses mains sont moites. Ses membres flanchent. *Il doit y avoir une erreur,* marmonne-t-elle pour elle-même, les yeux collés à l'écran. Venu de l'extérieur, le râle d'une voiture qui se gare dans la cour emplit la pièce.

Valerio ouvre la porte et entre dans l'appartement, plongé dans une pénombre bleue. Il sent le souffle du silence autour de lui, chaud, et menaçant. Il appelle Sheida. Pas de réponse. Il reste à la porte et écoute le silence si pur, si assourdissant, qu'il n'ose s'avancer plus avant. L'air chaud entre dans ses yeux et le remplit d'un mauvais pressentiment.

Il trouve Sheida par terre dans le salon, adossée au pied du canapé. Elle se tient la tête dans les mains, ses cheveux en désordre tombant sur ses épaules.

— Qu'est-ce qui se passe ?

Il allume la lumière et se précipite vers elle. Il a l'impression de poser le pied dans quelque chose qui va l'avaler vivant, sans prévenir. Comme des sables mouvants.

Sheida lève ses yeux rougis et les plisse dans la lumière vive. Elle lui tend les bras. Il se baisse et prend ses mains froides. Elle enfouit sa tête dans la douceur de son épaule et l'y laisse.

Après quelques minutes, lentement, elle commence à parler. Elle lui raconte l'article. Puis elle se lève et lui montre le nom de son père sur l'écran de l'ordinateur. Elle se met à gesticuler comme une folle, comme si elle ne contrôlait plus ses mains. À l'écouter, Valerio se sent comme bombardé par une rafale de pensées décousues. Il observe son visage défait et son ventre se serre d'impuissance. Il la fait asseoir sur le canapé, s'assied à côté d'elle et lui caresse la main en silence.

Pendant un long moment Sheida ne dit rien. Son visage est pâle, ses lèvres serrées. Elle paraît toute petite, ratatinée.

— Et s'il s'agissait juste d'une erreur ? dit Valerio.

Elle ne le regarde pas. Elle secoue la tête. Son visage s'est durci.

— Je ne sais pas, marmonne-t-elle.

— Tu devrais en parler à ta mère. C'est peut-être une erreur.

Sheida ne répond pas. Son regard fixe s'est perdu quelque part sous les rideaux. Elle lâche sa main et joint les siennes. Valerio la regarde et ne peut s'empêcher de remarquer une expression étrange sur son visage. Une expression qu'il n'a pas identifiée tout d'abord mais dont il comprend qu'elle a été là dès le début. L'expression d'une femme qui se débat avec quelque chose à l'intérieur d'elle-même. Quelque chose de beaucoup plus grand qu'elle, plus grand que tout ce qu'il a jamais connu.

Quelques minutes passent. Le bourdonnement vespéral des rues s'infiltre dans la pièce. Du corridor leur parvient le brouhaha des voisins qui descendent l'escalier en jacassant.

— Sheida, est-ce que tu es sûre que ton père est mort d'un cancer ?

Valerio ne sait pas pourquoi il pose la question et pourquoi, lorsqu'il le fait, son cœur s'arrête une seconde dans sa poitrine. Peut-être a-t-il peur de ce qu'elle pourrait répondre. Sheida a toujours très peu parlé de son père, et ces quelques rares fois Valerio a eu l'impression qu'elle tournait précautionneusement autour d'une blessure ouverte qu'elle n'avait pas envie d'explorer trop longtemps. Il y avait toujours une tension dans ses yeux, dans sa voix, qui laissait penser qu'elle n'était à l'aise ni avec le sujet de son père, ni avec celui de sa mort.

Sheida ne dit rien. Elle ne le regarde pas. Un infime tressautement se manifeste au coin de ses yeux. Elle détend ses doigts et les referme à nouveau.

— C'est ce que ma mère m'avait dit, dit-elle enfin.

Un calme inattendu dans sa voix décontenance Valerio. Sa panique d'il y a quelques instants, son extrême vigilance semblent avoir disparu. On dirait que son corps s'est détendu. Il la regarde intensément. Il aimerait pouvoir lire dans ses pensées. Mais il n'insiste pas. Il y a quelque chose dans son expression qui ne l'autorise pas à poser plus de questions. Il ne parvient pas à dire autre chose que : « Alors, ce doit être vrai. »

Sheida passe ses mains sur son visage. Elle lève les yeux et le regarde.

— Je n'aurais pas dû te le dire.

— Pourquoi ? – Valerio prend son visage dans ses mains. – Tu peux tout me dire. Tu le sais.

Elle lui sourit faiblement.

— Cela fait si longtemps, dit-elle, tu m'as manqué.

À l'entendre, on dirait qu'elle voudrait passer à autre chose, dépasser ce moment, cette tension qui pollue l'atmosphère. Il n'arrive pas à comprendre comment elle fait pour éluder les choses si facilement, si vite. *Est-ce qu'elle n'a pas confiance en moi ? De quoi a-t-elle peur ?*

Sheida l'enlace et l'attire à elle et Valerio sait qu'elle ne lui dira rien de plus. Il renonce et répond à son étreinte.

Tandis qu'il l'enveloppe, le corps de Sheida s'abandonne dans ses bras. Elle flotte.

Quelque part un sanglot éclate. Une voix se brise.

Les doigts de Sheida s'enfoncent dans sa nuque avec une force incroyable. Elle le reçoit avec tout ce qu'elle a à offrir, avec le poids de l'Histoire accumulé en elle. Les mains de Valerio trouvent le creux de ses reins. Il entend un gémissement, un sanglot étouffé, puis un soupir s'échapper de ses lèvres.

Pendant toute la nuit, Sheida suit des yeux les fissures sur le plafond veiné de la chambre. Elle ne parvient pas à les fermer. C'est comme si ses paupières s'étaient desséchées dans son crâne. Elle ne s'est jamais rendue sur la tombe de son père. Maryam était toujours contre cette idée. Elle disait qu'elle ne voulait pas qu'on lui rappelle qu'il était mort et que c'était mieux de se souvenir de lui comme il était avant. Sheida ne contredisait pas sa mère. Elle acceptait ces décisions comme des faits établis. Son appréhension du cimetière était contagieuse. Et Sheida était contente qu'on lui épargne la tristesse de devoir y aller. Mais ne pas se rendre au cimetière veut-il forcément dire que votre père a été exécuté ?

Dans le lit, elle ne tient pas en place et gigote nerveusement. Son prénom, son nom, son âge, tout correspond parfaitement à la vérité. Des larmes reviennent dans ses yeux. Elle suffoque sous un flot d'incertitude, une avalanche. Elle va et vient dans sa tête, cherchant à atteindre les lieux les plus impossibles. Il n'y a rien à quoi elle puisse se raccrocher. Elle tâtonne dans le vide.

Il ne lui reste qu'un seul vrai souvenir de son père, lorsqu'elle était enfant. Elle se rappelle avoir été passée par-dessus une vitre jusqu'aux mains levées d'un homme qui devait être lui. Elle se souvient des yeux noirs, de la peau râpeuse, mal rasée, et de la moustache sombre. Elle se souvient aussi de son odeur : celle de quelqu'un qui ne respire pas l'air frais. Où était sa mère ? s'était-elle demandé. Qui allait la sauver de cet homme, cet étranger ? Il l'avait tenue en l'air et embrassée sur la joue tandis qu'elle pleurait. Il était chaud. Il avait ri. Et son rire était triste.

Sa mère ne demandait jamais à Sheida si elle se rappelait quoi que ce soit de son père. Enfant, Sheida attendait en silence un signe de sa mère qui l'autoriserait à laisser libre cours à son terrifiant besoin de savoir, son besoin de parler de son père. Mais aucun signe ne venait. Elle souffrait de ne pas se souvenir, souffrait à cause du vide. Et sa mère ne lui demanda jamais la cause de cette souffrance. Elle n'en sut jamais rien. Et puis il y avait ces moments où sa mère était assise, silencieuse, la tête contre le mur, perdue dans ses pensées. Sheida n'avait jamais pu supporter ces longues et mystérieuses périodes de silence que traversait Maryam. Elle était jalouse de ce silence, jalouse des pensées qui se formaient dans la tête de sa mère, loin d'elle. Elles venaient d'un monde où elle n'avait pas sa place. Elles étaient une part de sa mère qu'elle ne possédait pas, qu'elle savait qu'elle ne posséderait jamais. Et c'était ainsi qu'elle se retrouvait encerclée par des souvenirs brisés et muets, comme par des barbelés.

Le pire, c'était quand Sheida s'aventurait à poser des questions sur son père. Quelques mots suffisaient pour que Maryam passe le reste de la journée au lit, plongée dans l'obscurité totale, toutes fenêtres et volets fermés, gémissant à cause des douleurs d'une prétendue migraine. Sheida entrait dans la chambre où l'odeur de la solitude et du désespoir flottait dans l'air, comme une poussière épaisse. Elle maintenait la tête de sa mère au-dessus de la cuvette des toilettes pendant que sa mère se soulageait. Elle lui donnait des antalgiques, la mettait au lit, s'assurait que tous les rideaux étaient tirés. L'air était saturé par la paralysie, par l'effondrement intérieur, comme une bille de verre livrée aux coups d'un marteau. Le plus souvent, Sheida n'avait envie que d'une chose, sortir le plus vite possible de la chambre. La lourdeur de l'atmosphère était insupportable, la douleur, implacable. C'est à cette époque que Sheida comprit que quels que soit la façon et le nombre de fois qu'elle poserait des questions sur son père, sa mère ne lui en parlerait jamais. Elle coupait toujours la parole à sa fille, changeait invariablement de sujet. Sheida n'eut d'autre choix que de se résigner peu à peu à ne jamais savoir.

Sheida se lève du lit et se dirige à pas feutrés vers le bureau près de la fenêtre. Elle ouvre un des tiroirs. Dans le fin rai de lumière qui filtre de la rue, elle fouille parmi des papiers, des documents, des cartes postales. À demi épuisée, à moitié folle, elle plonge ses mains parmi des morceaux de papier et des bouts de sa vie. Elle allume la lampe sur la table.

Valerio se réveille et la rejoint près de la fenêtre. Dehors, le vent s'est levé à nouveau. Il siffle parmi les arbres, entre les immeubles et les nuages.

— Je cherche la photo de mon père, murmure-t-elle. Ma mère m'a dit que c'était la dernière de lui. Il faut que je la retrouve.

Ils dénichent la photo. Celle d'un jeune homme à la chevelure épaisse et noire, aux yeux sombres et brillants, avec une moustache. Sheida la retourne. Il n'y a rien d'écrit derrière.

Le café est prêt. Valerio éteint le gaz et prend deux tasses blanches dans le placard. Il sert le café tout en observant Sheida du coin de l'œil. Elle a enlacé ses genoux, ses pieds sur le bord de la chaise. Elle ne le voit pas. Son regard s'échappe et tournoie, titubant vers des contrées lointaines, vers le ciel bleu où le soleil est bas.

Que va faire Sheida ? se demande Valerio, posant la tasse de café devant elle sur la table. Une impression affreuse bouillonne en lui. Il sent le besoin impérieux de frapper quelque chose. Le mur, un arbre, n'importe quoi. *Et si c'était vrai ?* Un père exécuté et jeté dans un charnier. Le poids de l'Histoire derrière tout cela est tel que Valerio se sent faible, soudain. Il n'a jamais rien connu de semblable et aucune personne de sa connaissance non plus. Pour lui, les charniers appartiennent au passé, aux livres sur la guerre d'Espagne et aux films sur le fascisme. Mais pas au présent, pas à cette vie, pas à Sheida. L'Histoire n'est pas censée entrer comme ça chez les gens.

Le père de Sheida avait trois ans de moins que Valerio aujourd'hui. Il trouve cette idée ahurissante et n'arrive pas à la chasser de son esprit. Son père a-t-il su que la mort était proche lorsqu'il avait vingt-sept ans ? Ou peut-être était-il si optimiste qu'il ne pensait pas que s'opposer à un gouvernement vous amenait nécessairement à être jeté dans un charnier. L'ignominie de ces charniers ! L'humiliation ! Le déshonneur !

Il jette un regard à Sheida. Elle est épuisée, pâle. La vapeur du café monte et s'évanouit quelque part entre le bord blanc de la tasse et ses mains, agrippées autour de ses jambes. Elle regarde le café et relâche son étreinte. Elle étire ses jambes. Valerio l'enlace, espérant ainsi transmettre un peu de chaleur à son corps. Le froid des mains de Sheida le pique à l'intérieur, comme la lame glacée d'une épée, et il lutte contre cette sensation étrange de ne pas être à la hauteur qui naît en lui. Il a l'impression d'être soudain devenu un simple spectateur, sans plus de rôle à jouer. Sheida possède un monde à elle auquel il n'appartient pas et dans lequel il ne peut s'introduire, même s'il essaie, même par la ruse. Il est jaloux de la mère, du pays, et du père inconnu qui ont pris sa place, jaloux et intimidé par la densité de l'Histoire qui existe dans la vie de Sheida.

Il propose une promenade, de prendre l'air. Sheida n'a pas besoin d'une promenade.

— Il faut que je parle à ma mère, dit-elle.

— Tu crois que c'est une bonne idée ?

Elle le regarde.

— Tant d'années ont passé, déjà. Si je ne le fais pas maintenant...

Elle ne finit pas sa phrase et agite la main. Valerio la voit se retourner, aller dans l'autre pièce et prendre le téléphone.

En entendant la voix chaude de Maryam, Sheida se met à trembler. Elle s'imagine près d'elle. Le parfum de sa mère lui emplit presque les narines. Elle ouvre la bouche, sur le point de dire quelque chose, et la referme immédiatement, essayant de calmer les battements de son cœur. Mais, à l'autre bout de la ligne, le radar très sensible de sa mère a détecté quelque chose au moment même où elle a entendu la fermeture dans la voix de Sheida. Elle la bombarde de questions. Est-ce qu'elle va bien ? A-t-elle eu un accident ? Quelque chose s'est-il passé au travail ? Est-elle malade ? Il y a de l'angoisse dans la voix de Maryam, l'angoisse impuissante d'une mère dont l'enfant est trop loin pour qu'elle puisse faire quoi que ce soit si, par malheur, quelque chose de grave arrivait.

Une fois encore, Sheida est tentée de taire les mots qu'elle a sur la langue, de ne rien dire, de continuer à vivre, comme autrefois, et de protéger sa mère en restant encore une fois dans les non-dits. Elle ferme les yeux et ouvre de nouveau la bouche.

Il ne peut pas y avoir mille versions de la vérité.

— Est-ce que Baba est allé en prison après la Révolution ? demande-t-elle.

En même temps qu'elle pose cette question, elle sent l'angoisse et un autre sentiment, presque comme de la repentance, qui grandissent en elle tel un vaisseau noir et qui prennent le large.

Il y a un long silence. Des vibrations parcourent les fils du téléphone.

— Alors, est-ce qu'il est allé en prison ? répète Sheida en avalant sa salive avec difficulté.

Elle réalise qu'elle n'a jamais vraiment cru à l'histoire de son père mourant d'un cancer. Dans les yeux remplis de larmes de sa grand-mère et dans le visage de marbre de sa mère se lisait quelque chose qui allait au-delà de la simple mort d'un fils et d'un mari. Quelque chose d'inquiétant. Quelque chose de si grand qu'il étouffait tout le reste et ne laissait que de l'ombre.

À l'autre bout de la ligne, à des milliers de kilomètres de là, Maryam est silencieuse. Puis elle parle :

— Pourquoi ?

— J'ai lu quelque chose et j'ai besoin de savoir si c'est vrai.

La voix de Sheida tremble.

— Qu'est-ce que tu as lu ? De quoi parles-tu ?

La fille devine la panique de la mère. Elle en a été témoin tant de fois.

— C'est un article. Où il est question des exécutions de 1988. Il y a une longue liste de noms. – La voix de Sheida est atrocement aiguë, presque comme un cri. – Alors, est-ce qu'il a été emprisonné ou non ? Maman, tu dois me dire la vérité. Est-ce qu'il l'a été ? – Sheida fait une pause. – Tu n'as pas le droit de me mentir.

Un autre long silence. Puis, la voix de Maryam lui parvient à nouveau, toute petite.

— Pardon ? Je ne t'entends pas.

— Oui, chuchote-t-elle. – Elle se racle la gorge. –
Oui, il l'a été, répète-t-elle.

Sheida sent les larmes lui monter aux yeux. Elle
ne s'attendait pas à ce que sa mère admette tout si
facilement, si vite. Sa gorge fait un bruit de crécelle,
comme s'il y avait trop d'air dans ses poumons. Elle
se laisse tomber lourdement dans le canapé, laissant
échapper le téléphone.

*Le moment est-il enfin arrivé ? Tout va-t-il s'effon-
drer, déborder ?*

Il se passe quelques instants avant que Sheida soit
capable de rassembler ses idées et de parler à nouveau.

— Pourquoi ne m'as-tu jamais rien dit ?

— Il n'y avait rien à dire. – Sa mère s'exprime
d'une voix grave et lasse qui semble sortir d'un vieux
poste de radio cassé. – Ton père est mort avant que tu
puisses le connaître, et c'est ce que tu as toujours su.

— Tu m'as dit qu'il était mort d'un cancer. Tu
m'as laissée croire qu'il avait été malade.

À l'autre bout, le silence va et vient, flottant comme
un bouchon sur l'eau, mélangé à la respiration lourde
de sa mère.

— Mon père a été exécuté, dit Sheida – elle a
l'impression que ses bras et ses jambes sont en train
de disparaître tout à fait – et tu ne me l'as jamais dit.
Ils l'ont tué. Son nom figure sur la liste. J'ai vu son
nom sur la liste. La vérité est accessible à tous, c'est
publique à présent, Maman.

Elle entend sa mère pousser un long soupir, un
soupir aussi lourd qu'un vieux secret.

— Je sais, dit-elle, je sais.

Téhéran, 1988

On lui avait donné le mauvais sac, la mauvaise chemise, la mauvaise brosse à dents, le mauvais pyjama.

Elle le savait parce que c'était elle qui les lui avait
apportés. Elle le savait parce que c'était elle qui les
avait emballés elle-même, inscrivant avec soin son
nom et son numéro d'identification carcéral sur le
papier d'emballage, laborieusement, comme si elle
écrivait sous la dictée d'un autre.

Elle le savait parce que lorsqu'elle ouvrit le sac, elle
se sentit soudain aussi vide qu'une tombe. Un trou
s'était formé en elle. Voilà ce que pouvait vous faire la
mort dans un sac qui n'était pas le bon sac. Elle pouvait vous creuser un trou gros comme le poing dans la
poitrine. Un trou qui vous laisserait anesthésiée, figée
de douleur pour le restant de vos jours.

Tandis qu'elle touchait les affaires du mort, elle
tremblait d'un sentiment bien plus écrasant, bien plus
atroce.

Ce n'était pas le bon mort. Ce n'étaient pas les
bonnes affaires.

Quelqu'un d'autre devait avoir les siennes. Une

autre épouse, au même moment, était en train de toucher la chemise de *son* mari à elle.

Elle tressaillit, remit tout pêle-mêle dans le sac noir et tira le zip brutalement.

Dehors, les feuilles des arbres s'étalaient sur les branches, apathiques, sous les rayons brûlants du soleil. Le ciel était clair, vide, anonyme.

Serrant le sac, elle courut. Elle descendit la rue animée où personne ne savait rien, ne voyait rien, n'entendait ses cris.

Elle passa en courant comme une ombre qui ne posséderait rien d'autre qu'un sac avec les affaires d'un mort à l'intérieur.

De l'autre main elle agrippait son foulard noir pour l'empêcher de glisser et de révéler sa chevelure prématurément grise. Elle courut le long des eaux noires qui coulaient dans les larges caniveaux, devant les kiosques à journaux, devant un aveugle qui vendait des cigarettes de contrebande, devant les murs sales d'écoles, d'appartements, devant les murs crasseux de supermarchés et de banques, devant une vieille femme qui portait de lourds sacs en plastique, le bord de son tchador coincé entre ses dents, devant une longue file d'ouvriers qui prenaient leur pause de midi sur un chantier.

Tout en courant, elle sentait une douleur vive dans sa poitrine, comme un poing glacé qui l'écrasait. Sa bouche se convulsa. Elle saisit le tissu rugueux de son manteau et le serra contre elle.

Elle haletait. Elle avait la bouche sèche, le visage cramoisi. Ses lèvres étaient comme enflées. Des gouttes de sueur lui dégoulinaient dans le dos. Elle avait l'impression que des milliers d'aiguilles transperçaient ses pieds simultanément. Mais elle ne pouvait pas s'arrêter. Son souffle lui brûlait la gorge. Elle laissa sa main courir sur les slogans irréguliers écrits sur les murs. Ses doigts griffaient la peau épaisse de la ville. Ses genoux lâchèrent, elle trébucha.

Le sac qu'elle tenait à la main roula par terre, soulevant un triste nuage de poussière.

Téhéran, 2009

Une bouffée de farsi, comme une douce musique, pénètre dans l'avion. Des mères à la taille épaisse ordonnent à leurs enfants de se tenir tranquilles. Des pères avec des lunettes et rasés de près tassent des bagages à main dans les compartiments, tout en demandant aux petits voyageurs remuants s'ils ont besoin de quelque chose qui se trouverait dans les sacs. Des rires tournoient très haut et vont s'accrocher aux écrans miniatures au-dessus des sièges. Sheida ferme les yeux. Son corps se débarrasse peu à peu de la tension des quelques jours qui viennent de s'écouler. Elle pense à Valerio, à la trêve lourde qui est tombée sur l'appartement depuis sa conversation avec Maryam et sa décision de retourner en Iran. Valerio était devenu étrangement calme, comme ployant sous le poids d'émotions dont il ne savait que faire et dont il aurait souhaité parler, espérant peut-être qu'elle lui demande ce qu'il pensait ou bien qu'elle se confie à lui. Mais elle n'y arrivait pas. Ce qui se passait autour d'elle ne l'intéressait plus. Son chagrin et sa colère avaient allumé en elle un sentiment de détachement du monde. Elle se sentait étrangère à l'air même qu'elle respirait. Elle savait que Valerio souffrait de voir ses tentatives pour la ramener vers son univers, un monde de lutte diurne et de repos nocturne, se cogner au mur brumeux de son indifférence. Elle voyait bien qu'il attendait davantage d'elle, qu'il aurait souhaité qu'elle l'implique plus qu'elle ne le faisait. Mais elle avait l'impression de ne rien avoir à lui donner, pas en ce moment, pas encore.

Lentement, tandis que ses pensées vagabondent loin d'elle, elle sent quelque chose qui se relâche à l'intérieur. Une douce torpeur se répand dans ses bras. Le brouhaha confus des passagers et le sifflement de l'avion qui fend l'air lui caressent les oreilles.

Lorsque la voix grésillante du capitaine leur annonce qu'ils approchent de Téhéran, elle a l'impression de n'avoir dormi que quelques minutes. Une légère agitation s'empare de l'avion. Des voiles et des manteaux sont sortis des compartiments à bagages. Les femmes ont besoin de se préparer avant l'arrivée. Des foulards valsent dans les airs, se posant comme un soupir sur des chevelures pour cacher des mèches à peine décolorées, mettant les yeux et la courbe des sourcils en valeur. Les cous semblent soudain plus courts, les épaules plus larges. Les enfants rient devant l'apparence nouvelle de leurs mères. Les maris observent la scène. Les mères sourient et leurs mains s'affairent autour des foulards. Les premiers instants, tout a l'air d'un jeu, léger et drôle.

Sheida regarde par le hublot le vaste océan de lumières qui s'étend dans le lointain. Téhéran est à présent sous ses pieds, aussi loin que l'œil peut voir.

L'anxiété provoque en elle une nausée qui monte dans son corps, crampe après crampe. Elle se sent malade d'excitation et d'angoisse. Voilà qu'elle approche de chez elle, de sa ville, de sa rue, de sa maison.

L'avion se pose en douceur et quelques-uns applaudissent. Après de longues minutes ils commencent à sortir de l'appareil. Lorsque Sheida passe le seuil de l'avion et pose le pied sur l'escalier mobile, ses narines se remplissent de l'odeur âcre du smog. Elle descend les marches, hésitante, s'accrochant aux rampes sur lesquelles se reflète le crépuscule orange et bleu.

Un homme en gilet jaune et avec une barbe de trois jours dirige les passagers vers un bus.

— *Befarmaid Khanoum*, le bus attend, dit-il à Sheida qui regarde autour d'elle comme quelqu'un qui ne sait pas où il est.

Elle se tourne vers lui, rayonnante. Il la dévisage, perplexe, et ne dit rien.

La zone de retrait des bagages résonne du bruit des arrivées. Une multitude de femmes, mal à l'aise dans leur nouvelle tenue ; des hommes qui redoutent d'être retenus au contrôle des passeports ; des enfants, qui s'accrochent comme des clés esseulées au grand porte-clés familial ; des bagagistes avec leur uniforme jaune, le front luisant de sueur, qui arpentent le sol brillant, s'interpellant en criant par-dessus le vacarme assourdissant et indistinct.

Au contrôle, un homme portant une chemise bleu marine boutonnée jusqu'à sa pomme d'Adam proéminente examine le passeport de Sheida minutieusement.

— D'où venez-vous ? demande-t-il d'une voix plate.

— D'Italie.

— Depuis combien de temps êtes-vous partie ?

— Huit ans.

— La raison de votre visite ?

La raison de sa visite. Elle sent toute la merveilleuse fébrilité d'il y a quelques minutes quitter son corps. Pourquoi est-elle ici ? Pourquoi est-elle revenue ? Parce que son père a été exécuté. Parce que sa mère lui a menti toute sa vie. Parce qu'elle ne sait pas quoi ressentir, ni quoi penser ou quoi faire. Parce que l'Histoire l'a finalement rattrapée.

— Pour voir ma mère, dit-elle.

Dehors, des files de taxis blancs et jaunes sont garées devant les portes de sortie. Lorsque les portes de verre s'ouvrent, crachant des voyageurs nerveux et des bagagistes ratatinés, les chauffeurs se précipitent. L'un d'eux se saisit de la valise de Sheida. Il a un tout petit point de barbe sous sa lèvre inférieure. Les bagues en argent sur ses doigts luisent à la lumière fluorescente du parking. Elle le suit dans la chaleur bleue du soir. Il s'enquiert de l'adresse.

Tandis qu'ils avancent laborieusement à travers le vacarme et le smog, au-delà des blocs de béton qui se révèlent être de hauts immeubles avec des petites fenêtres, elle aperçoit brièvement le sommet du mont Damavand. À la vue de sa triste beauté enneigée, sa gorge se serre. Elle pose la main sur la vitre, comme si elle voulait saisir son image et l'imprimer sur sa paume. La main sur le verre, le souffle arrêté, elle s'accroche à cette vision comme au vers retrouvé d'un poème.

Un flot de véhicules agités et indisciplinés passe devant eux, laissant derrière lui un nuage de fumée persistant. Des femmes traversent la rue en courant, les extrémités de leurs longs tchadors balayant le sol, frôlant les pneus des voitures, captant les gaz d'échappement qu'ils ramènent le long de leurs corps et diffusent dans l'air. Chaque fois que Sheida voit passer un tchador noir, son cœur s'arrête à la pensée qu'un de ses bouts pourrait se prendre sous les pneus.

Une mobylette passe devant eux avec deux policiers. Un homme laisse tomber son portefeuille. Une hirondelle se perche sur la branche d'un mûrier. Le rire d'un enfant entre dans la voiture. Au bout de la rue, Sheida aperçoit une jeep de la police et trois Gardes de la Révolution debout à côté. Tandis que le taxi dépasse et laisse derrière lui le véhicule vert et gris, la peur qu'il a provoquée en elle persiste. Elle a l'impression que la ville s'est transformée en une zone militaire, pleine d'yeux toujours aux aguets qui surveillent, et de fusils et de matraques prêts à bondir.

Peu à peu, les rues autour d'elle retrouvent une couleur familière. Le café au coin de la rue est toujours là, avec ses larges portes en bois et ses stores sur les fenêtres. La quincaillerie à côté ferme pour la nuit. Un vieil homme descend les rideaux de fer. Il appuie son pied sur un des rideaux, l'autre pied en l'air. Une femme se tient devant une boutique de vêtements. Elle contemple les robes dans la vitrine présentées sur des mannequins mutilés, décapités, leurs seins coupés comme des excroissances indésirables.

Enfin ils parviennent à la porte bleue de l'appartement de Maryam. Sheida sort de la voiture et tire derrière elle sa petite valise à roulettes sur le trottoir. Elle inspire profondément et appuie sur la sonnette.

— Qui est-ce ?

La voix de Sheida tremble.

— C'est moi, Maman, c'est Sheida.

Un silence, puis un cri.

— Sheida !

Puis le bourdonnement continu de la porte qu'on déverrouille, encore et encore.

Sheida pousse la porte. On entend les pas précipités de Maryam qui dévale l'escalier. L'une monte en courant avec sa valise, l'autre descend pieds nus, les cheveux découverts. Elles s'étreignent comme si elles s'agrippaient l'une à l'autre pour lutter contre un vent violent. Maryam, incrédule, touche le visage de son enfant et prend ses mains entre ses doigts tremblants.

— Mais qu'est-ce que tu fais ici ? crie-t-elle en riant. Mon Dieu, qu'est-ce que tu fais ici ?

Sheida pleure. Elle ne pensait pas qu'elle pleurerait, mais elle sanglote si fort qu'elle est incapable de parler. Maryam essuie ses larmes avec son pouce.

— *Azizam, azizam*, répète-t-elle.

Elles montent, enlacées. Dans l'appartement rien n'a changé : le canapé marron, les photos de Sheida enfant sur le mur, les rideaux fins, le miroir de mariage de Maryam, en porcelaine rouge et blanche avec son bord ébréché. Sheida s'attendait à tout cela. Elle savait que rien ne serait changé dans le monde inébranlable de sa mère. Elle savait que Maryam voudrait que sa fille trouve les choses exactement comme elle les avait laissées si un jour elle décidait de revenir.

Maryam lui montre les plantes sur le balcon. Le philodendron a poussé. Ses feuilles tombent gracieusement de la table sur le sol. Lorsque Sheida était petite, Maryam lui avait appris comment nettoyer ses feuilles en forme de cœur. Elle les prenait une par une et les débarrassait de la poussière avec un coton humide. De la même manière que Maryam lorsqu'elle se nettoyait le visage en rentrant du travail. Elle versait de l'eau chaude dans une coupelle, s'asseyait par terre, appuyée sur un coussin, et trempait le coton dans la soucoupe. Des traînées d'eau ruisselaient sur son visage. Sheida la regardait faire tandis que le coton, petit à petit, devenait noir.

Ce furent là les plus beaux moments de leur vie ensemble, lorsque sa mère était à la maison, qu'elle s'asseyait à côté d'elle, et qu'elle l'aidait à faire ses devoirs. Un silence paisible flottait autour d'elles, on n'entendait que le ronflement de la chaudière où sa mère laissait leur nourriture au chaud jusqu'à l'heure du dîner. Ensuite elles mangeaient, regardaient leur série préférée, chacune avec une tasse de thé et l'édredon fait à la main par Grand-Mère sur leurs jambes. Sheida revoit sur le visage de sa mère l'expression, fatiguée mais sereine, qui semblait effacer ses rides, tandis qu'elle câlinait sa fille et contemplait son visage, lui disant que ses yeux étaient les plus beaux yeux qu'elle avait jamais vus, qu'en eux dansait une flamme comme s'ils hébergeaient des dragons qui crachaient du feu, et qu'elle avait non pas une, mais deux rangées de cils sur chaque paupière. Sheida pouffait de rire, heureuse et fière.

À présent qu'elle se tient dans cet appartement

où elle a passé à la fois les moments les plus tristes et les plus joyeux de sa vie, Sheida a l'impression de n'en être jamais partie. Elle est toujours la petite fille dont la mère, malgré toutes ses défaillances, tous ses défauts, incarne le seul centre solide qu'elle a jamais connu.

Il y a des jonquilles dans un vase en céramique bleue sur la table. On les vend aux coins des rues, aux feux rouges, par gros bouquets enveloppés dans du vieux papier journal. Des hommes aux visages noirs et poussiéreux les proposent, frappant aux vitres des voitures d'un doigt recourbé, slalomant entre les véhicules. Ils vérifient rarement les pièces qu'on leur donne en échange des petites fleurs d'or.

La mère et l'enfant s'observent par-dessus les jonquilles, leurs pensées vagabondant ailleurs. Le regard de chaque femme se faufile entre les pétales délicats et frôle le regard de l'autre, chargé d'un parfum jaune.

Maryam parle et parle encore du temps qu'il fait, de la circulation de Téhéran, de la fille d'une amie qui a été reçue à l'université, d'une autre qui a eu un enfant. Elle papillonne d'un sujet à l'autre, espérant ainsi éloigner les pensées de Sheida du passé, de la mort, du bûcher funéraire aveuglant, du présent. Elle redoute le silence et les pensées de Sheida. Lorsqu'elle sent que l'attention de sa fille se relâche, elle change vite de sujet. Ses mots sont légers comme la pluie.

Maryam a voulu tenir Sheida éloignée du passé et n'a pas réussi. À présent sa fille est là et Maryam ne peut pas faire comme si elle ignorait pourquoi. Mais elle ne veut pas poser de questions, ne veut rien amorcer. Elle veut continuer de tenir la mort à distance le plus longtemps possible. Il existe tant de sujets de conversation et pourtant, elles n'ont rien à se dire.

Sheida écoute. On dirait qu'elle attend patiemment le bon moment pour larguer sa bombe, pour tout brûler, tout ravager sans regarder en arrière, prête à se venger du temps, de sa mère, de sa patrie. Maryam boit une gorgée d'eau. Elle voit le feu qui embrase les yeux de sa fille et détourne le regard.

— Tu ne crois pas qu'il faudrait parler de ce qui m'amène ici ? dit Sheida.

Les jonquilles se tiennent immobiles dans le vase. Il y a une goutte d'eau sur la nappe. Elle reflète la lumière de la lampe au-dessus de leurs têtes.

Maryam lève les yeux. Elle n'arrive pas à parler. Elle a presque peur de sa propre enfant. Elle réalise qu'elle a vieilli, que Sheida a grandi, et que plus rien n'est comme avant.

— Dis-moi.

— Tu m'as caché la mort de Baba. Tu en as fait un secret.

Maryam ne répond pas. Elle ne regarde pas Sheida. Son regard est rivé quelque part devant elle, sur un point inconnu. Son cœur hurle de douleur. Ses yeux restent secs. Elle n'a plus une seule larme à offrir au monde.

Voici précisément les mots que son enfant n'aurait jamais dû prononcer. Voici les mots que Maryam a consacré sa vie à éviter. Et voilà qu'ils fendent l'air comme des faucons à la recherche de leur proie. Elle n'aura rien réussi à arrêter. Elle aura passé son temps à souffrir, la tête solidement coincée entre les genoux puissants de l'Histoire, écrasée. Il y a des éclaboussures de sang et de cervelle partout. Elle a perdu.

La bataille est terminée.

— Est-ce que tu avais un jour l'intention de me le dire ?

— Je n'ai jamais pensé que tout cela ressurgirait comme ça.

— J'avais le droit de savoir ce qui lui était arrivé.

— Tu n'aurais rien pu faire. Cela n'aurait fait que détruire ta vie.

Sheida pose sa serviette. Le rouge lui est monté aux joues.

— Je n'aurais rien pu faire ? Là n'est pas la question ! Tu m'as privée de mon passé. Tu m'as privée de mon père !

Son verre tremble lorsque Maryam le porte à ses lèvres pour prendre vite, maladroitement, une autre gorgée d'eau. Quelque chose en elle roule, tombe et s'effondre violemment. Elle se sent profondément meurtrie, là où les choses sont invisibles pour les yeux.

— Je voulais juste que tu aies une vie normale. Je voulais que tu… que nous puissions vivre comme tout le monde. Je voulais te protéger – elle s'interrompt un instant –, j'avais peur.

Le silence s'abat sur la pièce telle une malédiction. Maryam appuie ses mains sur la table pour les empêcher de trembler. Elle ferme les yeux. *Elle a déposé son fardeau, en entier, jusqu'à la dernière parcelle, elle a tout dévoilé. Elle est nue, attendant que le fouet s'abatte sur elle, vaincue.*

— Ton père a été exécuté.

Elle ouvre les yeux et regarde sa fille.

— Ils sont venus chez nous et l'ont arrêté, quelques mois à peine après que j'ai su que j'étais enceinte de toi. Ils lui ont mis un bandeau sur les yeux et l'ont poussé dans une voiture. J'ai su que c'était fini. Ce jour-là, j'ai su que je l'avais perdu. Que je ne le reverrais plus jamais dans notre maison. Il m'a laissée toute seule, sans rien, nulle part, pour le remplacer. C'est ça que tu aurais voulu savoir ? C'est ça le mensonge ?

Elle tremble. Comme si on avait tiré le sol de dessous ses pieds.

— Je ne pouvais même pas le pleurer. Ils m'ont fait venir, m'ont donné ses affaires et m'ont dit qu'il était décédé. C'est tout. Ils m'ont dit que je n'avais pas le droit de l'enterrer. Voilà ce qu'il m'a fait. J'étais seule. Et je suis seule depuis ce jour. Tu ne comprends donc pas ? J'étais totalement paralysée.

Sa voix se brise.

Sheida fixe sa mère, muette, abasourdie. C'est comme si son père venait tout juste de mourir, comme si des décennies n'étaient pas passées. Maryam est toujours là, dans cette vieille maison, en train de regarder son mari à qui on bande les yeux et qu'on emmène. Elle ne l'a jamais quitté, ne s'est jamais éloignée de ce moment. Elle s'est enterrée vivante au milieu de toutes les choses qui ont échoué, qui n'ont été qu'un anéantissement.

— Je n'arrive pas à bouger – le blanc des yeux de Maryam bouillonne, rouge. Je reste là à attendre. Je ne sais même pas ce que j'attends. C'est tout ce que je parviens à faire. J'ai perdu un mari. Je ne supporterais pas l'idée de perdre ma fille. Et si en grandissant elle voulait suivre sa trace ? Regarde ce qui se passe actuellement. Vingt ans se sont écoulés et rien n'a changé. Ils ont recommencé à mettre nos enfants en prison, à les tuer dans la rue. Tu ne l'as pas vu ? Je ne pourrais jamais accepter que ça t'arrive. Je ne pourrais jamais les laisser t'arracher à moi !

Sheida continue de contempler les larmes qui ruissellent sur les joues de sa mère, son visage contracté de douleur, de souvenirs comme des cicatrices boursouflées. Sheida est terrifiée par ces larmes. Par ces mots. Ils broient quelque chose en elle, comme on broie une boîte de soda vide. Elle voudrait se venger. Elle n'avait pas envisagé ce tsunami qui brise le corps de sa mère en deux. Elle ne pensait pas voir sa mère ainsi en miettes, en lambeaux, déchiquetée.

Elle voudrait dire quelque chose mais n'y arrive pas. Elle voudrait enfoncer ses ongles dans ses cuisses et arracher sa propre chair.

Dehors, on entend le fracas presque métallique de gens qui courent, qui se bousculent, qui crient. Des sirènes de police se mêlent à un cri de femme solitaire. Un hélicoptère passe et repasse en rugissant dans le ciel silencieux.

Téhéran, 1983

D'après lui, elle les laissait semer la peur en elle.

— Si nous les laissons nous effrayer, alors nous n'aurons plus rien.

Debout près de la fenêtre, elle l'écoutait. Elle observait la propriétaire sur la véranda qui triait le riz et en retirait les cailloux, son tchador à fleurs glissant sur ses cheveux. D'une main, la femme le rabattit vers l'avant.

— Ils arrêtent tout le monde, dit-elle sans se retourner. Pourquoi feraient-ils une exception pour toi ?

— Ils ne peuvent pas tous nous arrêter. Nous sommes trop nombreux.

Il était assis en tailleur par terre. À côté de lui, une pile de tracts contre le gouvernement qu'il glissait chez les gens la nuit. De là où elle se tenait, elle ne pouvait pas lire ce qui était écrit dessus, mais elle savait que ce n'était pas pour cette révolution-là qu'il s'était battu. Il tenait un mégot de cigarette entre ses doigts. Le cendrier en porcelaine qu'ils avaient acheté à Ispahan était près de son genou. La cendre de la cigarette était si longue qu'elle s'incurvait vers l'intérieur. Elle avait peur qu'elle s'éparpille sur le tapis.

Il vit l'inquiétude dans ses yeux. Il déposa la cigarette dans le cendrier. Mais de sa peur, il ne dit rien.

Elle posa une main sur son ventre rond. Elle était sur le point de parler de la peur lorsqu'elle sentit un minuscule mouvement à l'intérieur. Elle sourit et se tourna vers lui.

— Elle bouge.

Il se mit debout d'un bond et accourut vers elle. Sa main sur son ventre était chaude. Elle sentit les larmes lui venir dans les yeux.

— Je ne veux pas être toute seule quand elle arrivera. Il faut que tu sois là. Il faut que tu sois partout.

Elle savait qu'il n'était pas content quand elle parlait comme ça. Mais elle ne pouvait s'en empêcher. Elle sentait les épines de la peur lui pousser dans la gorge. Il embrassa son ventre et ses mains et son cou.

— Je ne m'en vais nulle part. Je serai là.

La sonnette retentit alors qu'ils étaient en train de faire des piles de tracts. Maryam regarda dehors. Le ciel, ce jour-là, était d'un bleu différent, avec le soleil qui se reculait dans le fond, comme s'il ne les regardait plus.

Il disait : *Lorsque la peur l'emportera, il ne nous restera plus rien.*

Il avait tort.

À elle, il ne resta rien d'autre que la peur.

Téhéran, 2009

Une petite brise se faufile, derrière la fenêtre, entre les feuilles du mûrier. Des nuages blancs flottent dans le ciel bleu comme un rêve souriant. Maryam se réveille. Sheida dort dans le lit à côté d'elle. Sa bouche est entrouverte, ses yeux bien fermés. À regarder sa fille, qui est ici avec elle, enfin, Maryam sent une bouffée d'émotion l'envahir, de joie pure. Elle se sent aussi étrangement reposée. Pas une seule fois elle ne s'est réveillée pendant la nuit. Elle ne se souvient pas de la dernière fois où elle a dormi si profondément. Il y a deux plis sur la peau, à la base du cou de Sheida, comme un collier. Maryam aimerait les suivre du bout de son doigt. *Est-ce un nouveau départ ? Est-ce aujourd'hui le premier jour d'une nouvelle vie ?*

Elle se lève et jette un regard à son reflet dans la glace. Ses yeux gonflés la brûlent. Elle s'étudie dans le miroir mais ne voit pas bien ses yeux à cause des plis de ses paupières. Elle passe son majeur sur une de ses paupières tombantes et la tire vers le haut. Des scènes de la soirée de la veille lui reviennent. Elle pensait que la colère s'était apaisée, et la douleur aussi. Mais rien

251

n'avait changé, semble-t-il. Elles ne faisaient qu'attendre le bon moment pour exploser. Et elle n'avait pas été capable de se maîtriser, de retenir les souvenirs, elle ne pouvait plus continuer à saigner, comme ça, de l'intérieur. La mort d'Amir est le plus grand fardeau que Maryam ait jamais eu à porter. Sa mort et le secret, et les mensonges qu'elle a racontés à Sheida, ces histoires de tumeurs et d'hôpitaux. Comme elle avait honte à l'époque, comme elle se dégoûtait elle-même de voir comme ces mensonges sortaient de sa bouche. Si souvent elle s'est demandé si ce qu'elle faisait était juste. Elle n'avait pas la réponse et, les années passant, il lui sembla qu'elle n'avait pas d'autre choix. Le secret avait fini par s'enrouler autour d'elle, si serré, si implacable, qu'il ne lui permettait plus d'émettre le moindre son. La seule chose à laquelle Maryam put penser, le premier jour et durant toutes les semaines et les mois et les années qui suivirent, ce fut à survivre et à aller de l'avant.

Elle se rappelle le jour où elle était revenue habiter dans la maison de ses parents. Elle avait perdu cinq kilos en une semaine et n'était plus que l'ombre d'elle-même. *Si tu ne veux pas penser à toi, au moins pense à ta fille*, lui avait dit sa mère tout en faisant les bagages de Maryam pendant que cette dernière l'observait, assise dans un coin. Tout, dans l'appartement, empestait l'absence d'Amir, et Maryam n'avait la force de vivre ni avec, ni sans. Sa mère avait emballé toutes les affaires d'Amir dans un carton, avait fermé ce dernier hermétiquement avec des couches et des couches de ruban adhésif, et l'avait expédié à sa mère à Hamedan. Puis elle avait mis Sheida dans la poussette et pris Maryam par la main.

C'était étrange de revenir s'installer dans cette vieille maison avec son jacaranda, dont les effluves sucrés, poudrés, réveillaient Maryam chaque nuit, et la faisaient suffoquer. Le parfum des fleurs ne l'avait jamais dérangée lorsqu'elle était enfant. À présent, il lui encombrait les poumons, lui serrant la gorge, comme s'il voulait l'étouffer. *Mais tu aimais tant cette odeur*, disait sa mère d'une voix plaintive. En effet, elle savait que c'était vrai. Mais plus maintenant. *Qu'est-ce qui m'arrive ?* se demandait Maryam.

Sheida, elle, adorait l'arbre. Elle passait des heures et des heures sous ses feuilles, dans son ombre, à jouer avec ses poupées ou à aider sa grand-mère à trier le riz. Au fur et à mesure que passaient les semaines et les mois, Sheida semblait de moins en moins disposée à rester avec sa mère dans la chambre et préférait être avec sa grand-mère dans le jardin. Elle ne se lovait plus comme un escargot sur le lit de Maryam, les coudes enfoncés dans le matelas, tournant les pages d'un livre d'images, disant tout haut le nom de chaque personnage, le criant presque, afin d'essayer de réveiller sa mère, plongée dans un de ces assoupissements qui devenaient chaque jour un peu plus longs. Maryam, en réalité, ne dormait pas. Elle entendait Sheida crier, simplement elle ne pouvait se résoudre à se lever. Elle n'en avait pas la force. C'est comme si le monde pesait sur ses épaules, l'immobilisant. Elle voulait juste dormir, et dormir encore, et ne jamais se réveiller. Elle n'apparaissait derrière le treillis en bois blanc dans le couloir que lorsqu'il lui fallait emmener Sheida chez le dentiste ou lui faire faire ses vaccins. Ou quand c'était son tour de faire la cuisine : les mardis, les mercredis et les jeudis. *C'est pour te changer les idées*, lui disait sa mère. Ou au moment des repas, lorsque ses parents et son frère et sa femme qui venaient en visite étaient tous réunis autour de la table, une cuillère à la main, attendant qu'elle se joigne à eux. Il lui semblait, à l'époque, que le volume de leur voix augmentait délibérément quand elle était sur le point d'entrer dans la salle à manger. C'était leur façon à eux de lui dire que la vie se devait de continuer. Tout ce bruit l'irritait, comme s'il pouvait suffire d'entendre des voix fortes pour oublier sa douleur, pour oublier qu'il n'était plus là, qu'elle allait vieillir seule, qu'elle deviendrait vieille, sa vie mise sur la touche « pause ». Alors elle préférait rester dans sa chambre pour dormir ou pour regarder par la fenêtre, ou pour tricoter une écharpe de plus pour sa fille qui ne les portait presque jamais.

Mais un jour arriva où Maryam comprit qu'il lui faudrait mettre un terme à ce long sommeil qui les aspirait, elle et sa fille, vivantes. Ce ne fut qu'un incident insignifiant, mais il secoua Maryam jusqu'au tréfonds.

Une année avait passé et Sheida allait commencer l'école primaire. C'était un matin frais et venteux. Maryam prépara sa fille et peigna avec soin ses cheveux, fixant sa frange avec une petite barrette blanche en forme de fleur. Une fois devant l'école, la directrice ne voulut pas laisser Sheida entrer. *Pas sans un maghnaeh !* dit-elle d'une voix perçante. Maryam regarda autour d'elle. Sheida était en effet la seule fillette à ne pas porter de foulard. Elle sembla soudain nue, perdue au milieu des petites têtes couvertes qui l'observaient depuis chaque ouverture dans le tissu blanc. Maryam ressentit de la honte. Elle se dit qu'elle n'était pas à la hauteur. En colère, désespérée, elle argua avec la directrice que sa fille n'avait pas neuf ans et, que, selon l'islam, on n'avait obligation de couvrir sa tête que lorsqu'on atteignait l'âge de neuf ans, celui du *taklif*. La directrice ne voulut rien savoir. Le règlement était le règlement, déclara-t-elle, et qu'elle ait neuf ans ou pas, sa fille, comme toutes les autres fillettes, devait porter un *maghnaeh* pour entrer dans l'école.

Maryam la boucla. Elle se souvint que sa mère l'avait mise en garde au sujet du *maghnaeh*, mais elle n'avait pas pris l'avertissement au sérieux. Elle réalisa à ce moment que pendant qu'elle s'enveloppait dans le linceul de son chagrin, le monde avait continué d'avancer, et que toutes les petites filles dans la rue portaient désormais un foulard et que tout le monde semblait le savoir sauf elle. Elle les avait certainement aperçues. Comment n'avait-elle pas fait attention ?

Elle se retourna pour chercher Sheida et la vit qui se cachait derrière la lourde porte de fer, la main sur la poignée. Elle se tenait là, raide, comme si elle faisait un effort particulier pour maintenir son corps en un seul morceau. Comme si elle craignait, en se détendant un instant, que son corps et tout ce qu'il y avait autour ne s'effritent et tombent en miettes. Il n'y avait pas encore de larmes dans les yeux de Sheida mais il sembla à Maryam qu'elle était sur le point de pleurer, qu'à tout moment des larmes de honte brûlantes allaient couler en ruisseaux sur son visage. Maryam n'arrivait pas à se pardonner pour ce qu'elle avait fait à sa fille, pour l'humiliation qu'elle lui avait infligée. Elle ne pouvait pas continuer ainsi. Il était temps qu'elle se réveille.

C'est à cette période qu'elle décida de chercher un moyen de quitter le pays.

Dans l'attente du visa, dont elle ne savait pas qu'il lui faudrait dix ans pour l'obtenir, elle trouva un petit appartement avec des murs en briques et de grandes fenêtres, et elle quitta la maison de ses parents. *Il est temps,* dit-elle, tout en prenant Sheida dans ses bras, tandis que son père portait leurs sacs derrière elle. Sa mère leur fit un signe d'au revoir, essuyant ses larmes et versant un bol d'eau sur le sol dans leur sillage. Passant devant le jacaranda, Maryam inspira profondément, se remplissant les poumons de son parfum. Il ne la faisait plus suffoquer.

Maryam sort de l'appartement et ferme la porte doucement derrière elle. Dehors l'air est frais. Il est encore tôt et il ne s'est pas encore transformé en une brume de smog. La ville est silencieuse. Depuis son retour d'Italie, c'est ce silence, plus que toute autre chose, qui ronge les nerfs de Maryam. Elle le reconnaît, l'a entendu il y a trente ans. Ce n'est pas une paix naturelle, ce n'est pas une quiétude de petit matin. C'est celle d'une ville qui a été battue, réduite au silence, vite, brutalement, sans même un instant d'hésitation. Et qui pourtant est encore debout. Une ville qui bien que blessée et dévastée, n'a pas reculé, un volcan assoupi qui pourrait entrer en éruption à tout moment. C'est bien cette résistance qui inquiète Maryam. Partout où elle pose les yeux, il y a des traces des échauffourées de la nuit dernière : une poubelle renversée et brûlée, des morceaux d'asphalte éparpillés sur le trottoir et la chaussée avec des traces de sang visibles dessus, une inscription en vert sur un mur « Où est mon vote ? ». Maryam sait qu'il y a d'autres manifestations qui se préparent, que les gens, encore une fois, vont descendre dans les rues. Et avec ces manifestations viendront de nouvelles mesures répressives et de nouveaux déchaînements et encore des arrestations et encore des tueries. Combien de victimes, encore ? Combien de morts ? *À quand la fin du bain de sang ?* Maryam observe les quelques personnes qui, comme elle, sont dans la rue, hâtant le pas, un flux de visages chiffonnés et flous, apeurés. *Vont-ils réussir, une fois de plus, à nous saigner entièrement ?*

Une queue s'est formée devant la boulangerie. Maryam se tient derrière une femme qui porte un foulard blanc avec des fleurs roses. Elle tient un panier à la main. À l'intérieur, des feuilles de basilic enveloppées dans du papier journal. La femme pose son panier par terre et se tourne pour regarder le sycomore derrière elle. Puis ses yeux tombent sur Maryam.

— Encore un autre jour, dit-elle.

— Et nous sommes toujours là, répond Maryam.

La femme acquiesce, contemple le sycomore et se retourne vers le boulanger qui, couvert de farine, sort du four un *sangak* avec une longue pelle, le jette sur le comptoir. Il chasse, d'une chiquenaude, les petits cailloux de ses petits trous. Le pain est chaud. La femme sort un sac en toile de son cabas et y met le pain.

Est-ce que Sheida est heureuse ? se demande Maryam en regardant la femme quitter la queue, son corps légèrement incliné d'un côté. Est-ce qu'elle-même, en dépit de sa fragilité, de ses échecs, a été une bonne mère ? Elle n'en est pas sûre. Rétrospectivement, elle s'aperçoit qu'elle n'a jamais eu le moindre projet qui soit clair. Elle a avancé à tâtons dans l'enfance de Sheida, sans jamais être sûre de ce qu'étaient les bons choix. Car Amir aurait dû être là. Maryam était seule et son cœur était trop dévasté pour lui permettre de se concentrer sur la tâche à accomplir. Et autour d'elle, les autres mères semblaient toujours savoir exactement ce qu'il fallait faire, ce que leurs enfants voulaient. Toutes les autres mères étaient capables de dormir, leur enfant dans une autre pièce. Pas Maryam. Elles savaient qu'il fallait couvrir les cheveux de leur fille lorsqu'elles sortaient. Pas Maryam. Elles savaient s'y prendre pour rassurer l'enfant et lui dire que tout allait bien. Pas Maryam. Il lui semblait qu'il y avait deux types de mères sur terre : celles qui savaient et celles qui ne savaient pas. Et Maryam était de celles qui ne savaient pas. Elle n'était capable de faire qu'une seule chose : protéger sa fille du secret. Tout surveiller, tout passer au crible, depuis les cours de Sheida en classe, jusqu'à la mort de son père, avant de laisser quoi que ce soit arriver jusqu'au cerveau de son enfant. Maryam gardait les scories indésirables pour elle. Les scories étaient tout ce qui avait mal tourné dans sa vie. Il valait mieux en éloigner Sheida, la tenir loin des mains sanglantes de l'Histoire. Maryam avait construit les fondations. Elle était la mère. Elle pensait être la mieux placée pour savoir. Mais Maryam s'était embourbée et il n'y avait aucune branche à laquelle se raccrocher.

Lorsque Maryam revient à la maison, Sheida est toujours pelotonnée sur le lit, endormie. Maryam s'assied sur le bord et caresse les cheveux de sa fille. Sheida ouvre les yeux. Son sommeil est toujours aussi léger. Cette légèreté ramène son enfant à Maryam. Elle se penche et dépose un baiser sur sa joue au parfum ensommeillé.

— Tu as bien dormi ?

Sheida hoche la tête et sourit. Ses yeux à peine reveillés brillent. Elle ramène ses mains et les met sous son menton.

— Je me suis rappelé quelque chose il y a quelques jours, dit-elle, levant ses yeux endormis sur Maryam. Je me suis soudain souvenue de Baba. Un des seuls souvenirs que j'ai de lui.

— De quoi t'es-tu souvenue ?

— Je l'ai vu qui me tenait en l'air. J'avais vraiment peur. C'est tout. Je me rappelle parfaitement la peur. Et il y avait une sorte de fenêtre.

— Je t'ai emmenée le visiter deux fois. La deuxième fois tu avais environ trois ans. J'ai pu te faire passer jusqu'à lui de l'autre côté d'une vitre, et ce jour-là il a caché quelque chose dans tes vêtements. Je te le montrerai plus tard.

Maryam réajuste la couverture sur les épaules de Sheida. Tout en parlant, elle se surprend à se sentir légère et naturelle, comme si, toute sa vie, elle avait attendu ce moment où elle peut enfin lâcher prise. Et rendre les armes s'avère finalement aussi léger qu'une goutte de pluie.

— La première fois, je n'étais pas présente, continue-t-elle. Ils ne voulaient pas m'accorder un rendez-vous. Alors j'y suis allée avec toi et j'ai insisté et dit qu'il avait besoin de te voir. Ils ont finalement accepté de t'emmener le rencontrer quelques minutes, mais j'ai dû attendre dehors. Ton pauvre père ne savait même pas que tu étais née. Ça a dû être un choc lorsqu'ils lui ont mis cette petite fille dans les bras, lui disant que c'était sa gamine.

Sheida sourit, mais il y a de la tristesse dans ses yeux.

— À quoi ressemblait-il ?

— Baba ? Eh bien, il était assez timide, un peu comme toi. Mais il était très déterminé, un peu têtu même peut-être.

Elle essaie de rire mais quelque chose se prend dans sa gorge. Rien n'est devenu plus facile. Le temps ne guérit pas les blessures. Il ne réussit même pas à vaincre les larmes. Le temps, en matière de chagrin, n'est qu'une tentative pour oublier qui échoue.

— Il était très bon et il avait une très belle voix lorsqu'il chantait.

Sheida, allongée, regarde sa mère. Elle semble tendue.

— Je n'arrive même pas à imaginer à quel point cela a été difficile pour toi.

Est-ce un pardon ? se demande Maryam. *Une réconciliation ?* Elle ne sait pas comment réagir.

— Je voulais juste que tu aies une bonne vie, murmure-t-elle presque, comme si elle n'était plus très sûre du sens de ces mots.

Elle les a répétés si souvent dans sa tête qu'ils ne ressemblent plus à rien sinon à une tentative d'empêcher les murs de s'effondrer.

— Mais j'ai eu une bonne vie, Maman. J'ai eu une belle vie.

Maryam l'écoute et pense, *et l'Italie ?* Elle ne pose pas la question. Elle ne veut pas rouvrir une autre blessure. Elle sait qu'elle a fait défaut à Sheida en Italie. Elle était la mère. Elle aurait dû être forte. C'est elle qui aurait dû protéger Sheida, et non l'inverse. Maryam n'a pas été une mère sur laquelle on pouvait compter.

— Je voulais que ta vie soit riche, accomplie. Enfin, c'est cette vie que j'ai essayé de te donner.

Sheida sourit.

— Pense à tous ces cours auxquels tu m'as inscrite, les échecs, le tennis, la peinture, l'anglais et la calligraphie et la gymnastique ! Même la gymnastique ! J'étais raide comme un balai et tu m'as quand même inscrite dans ce cours affreux ! Crois-moi, ma vie a été suffisamment riche.

Elle rit. Son visage irradie.

Maryam caresse les cheveux de Sheida. Peut-être Sheida lui a-t-elle en effet pardonné. Peut-être que ce qui est arrivé en Italie n'a plus d'importance aujourd'hui, peut-être que ça ne fait plus mal. Ou peut-être Sheida n'en parle-t-elle pas afin d'épargner sa mère. Maryam sent une boule dans sa gorge, une boule de gratitude frémissante.

— Tu étais douée dans tous ces domaines, dit-elle. Viens, allons déjeuner maintenant.

Les rayons du soleil ruissellent depuis la fenêtre jusque dans les tasses et colorent le thé d'une incandescence rouge et or. Sheida les pose sur un plateau et les apporte sur la table.

Maryam s'approche de Sheida. Elle tient une boîte en bois.

— Voici ce que je voulais te montrer, dit-elle.

Elle ouvre la boîte. À l'intérieur se trouve un bracelet fait de noyaux de dattes enfilés, enveloppé, comme dans un linceul, dans un morceau de tissu blanc. Elle le déroule précautionneusement et le montre à Sheida.

— C'est ton père qui l'a fabriqué.

Sheida pose le plateau sur la table et regarde le bracelet. Elle a les yeux écarquillés, les joues rouges.

— C'est ça qu'il a caché dans mes vêtements ?

— Oui.

Elles s'asseyent. Maryam sort le bracelet de son linceul blanc, de sa tombe en bois. Elle le manipule avec soin, comme s'il était fait de cristal.

— Tu ne l'as jamais porté ?

— Il est à toi. Je n'ai été que sa gardienne.

— Il est très beau, chuchote Sheida.

Maryam regarde sa fille et ses yeux brillants de larmes. Elle aimerait s'endormir et se réveiller entourée de prairies vertes et étincelantes, le soleil sur sa peau, l'air plein du parfum des fleurs sauvages, le bout des herbes chatouillant ses mains, tandis qu'elle avancerait, les bras largement écartés, dans les champs. Elle prend Sheida dans ses bras. Elle n'a plus cette impression de s'effriter, de se défaire. Pendant un long moment elle ne sent plus rien. Ni colère. Ni chagrin. Ni honte. Elle prend le visage de sa fille dans ses mains. Dans ses yeux, elle le voit vivant, il rit, il pleure, il lance de toutes ses forces leurs mots jamais prononcés vers le ciel, comme des papiers multicolores dans un carnaval.

— Je regrette, Sheida, dit Maryam. Tu ne peux imaginer à quel point je regrette de t'avoir menti toutes ces années, de t'avoir privée de ton père. Mais tu dois me donner une chance de me rattraper. Tu veux bien ? Nous allons tout recommencer.

Sheida hoche la tête, ses yeux débordent de larmes. Maryam prend le bracelet. Il est lisse et léger. Les noyaux de dattes sont enfilés les uns à côté des autres avec tant de soin qu'elle sent que le courage lui manque.

— Voyons ce qu'il donne sur toi.

Maryam met le bracelet au poignet de sa fille. Elle doit attendre quelques instants que le tremblement de ses mains s'apaise, avant de pouvoir le nouer. *Voilà, Amir. Voilà, je le lui donne. Tu peux reposer en paix, maintenant. C'est fini.*

Sheida observe les doigts minces de sa mère qui attachent le bracelet à son poignet. Elle sent la pesanteur et l'exaspération au fond d'elle qui disparaissent peu à peu. Son cœur se gonfle, rempli de sentiments difficiles à décrire. La joie n'est pas loin, mais cela va même au-delà de la joie. C'est comme une sorte de légèreté, comme la brise, comme le rire. C'est une libération.

Elle contemple le bracelet silencieux aux couleurs fanées sur son poignet et le caresse du bout des doigts. Les larmes lui brouillent la vue.

C'est comme si son père venait, enfin, de la prendre dans ses bras.

Téhéran, 1983

Ils étaient allongés sur une courtepointe étalée dans l'herbe haute. Elle pouvait sentir la douce élasticité de l'herbe sous ses épaules et les brins qui s'enroulaient sur eux-mêmes, pliant sous le poids de leurs corps. Elle tendit la main au-delà du tissu et toucha les extrémités pointues de l'herbe du bout des doigts. Quelque part, au-delà des sycomores et des fleurs de pissenlit, le murmure d'une rivière emplissait l'air.

Il était appuyé sur un coude, la tête dans la paume de sa main. Il tenait une minuscule fleur blanche. Il lui chatouilla le nez avec, tout en récitant un poème. Elle rit, lui donnant des tapes sur la main.

Il la chatouilla une nouvelle fois. Elle se frotta le nez. Elle était sur le point d'éternuer et les larmes lui venaient dans les yeux. Elle attrapa sa main, éternua et rit en même temps. Le crépitement de son rire enfla dans sa gorge et s'élança vers les arbres au-dessus d'eux. Eux aussi semblait secoués de rire.

Il rit à son tour et jeta la fleur près d'un paquet de cigarettes, deux tasses en plastique usagées et un livre ouvert, retourné et posé sur son ventre de papier.

— Mangeons quelque chose, dit-elle, riant de son rire franc.

Elle s'assit et tendit le bras vers le sac. La couverture sous ses épaules s'éleva légèrement, dessous l'herbe tentait de se redresser. Elle ouvrit le sac : des œufs durs, du raisin doré, de la feta et des olives.

Il laissa échapper un soupir de ravissement.

— Tu as pensé à tout.

Il écala les œufs tandis qu'elle le regardait faire. Il avait de si petites mains. Parfois elle se demandait comment il pouvait faire quoi que ce soit avec ces mains-là. Elles étaient presque plus petites que les siennes. Elles étaient douées pour tenir un stylo ou faire de la broderie ou cueillir des fleurs, ou pour la caresser, la tenant comme on tient un secret. Elle eut le désir de se pencher et de les embrasser pendant qu'il manipulait l'œuf telle une pierre précieuse.

Il lui tendit un œuf écalé. Elle le prit et mordit dans sa douceur. Ils mangèrent en silence. De temps en temps ils se regardaient et se souriaient. Ils n'avaient pas besoin de mots. Ils savaient se parler avec les yeux. Après ce chemin parcouru ensemble, ils en étaient arrivés chacun à connaître le rythme des battements du cœur de l'autre.

Quelques hirondelles s'approchèrent de leur couverture, sautillant, légères, picorant les extrémités de l'herbe et les feuilles sèches éparpillées sur le sol et entre les petits cailloux.

Après le déjeuner ils décidèrent de marcher jusqu'à la rivière. Il replia la courtepointe et passa sa main sur l'herbe, comme s'il voulait aider les brins à se redresser. Elle ouvrit la marche. Il portait le sac et chantait tandis qu'ils avançaient en flânant sur un chemin qui serpentait autour d'érables et de framboisiers. Sa voix était chaude, comme les rayons du soleil.

Bientôt le grondement de tonnerre de la rivière résonna à leurs oreilles et une brise fraîche tournoya dans leurs cheveux. Il s'arrêta de chanter et inspira une grande bouffée d'air saupoudré de gouttelettes d'eau. Ils descendirent la pente rocheuse en se tenant par la main. Ils écoutèrent le bruit des cailloux qui craquaient sous leurs chaussures, et celui de la rivière tout emportée dans son propre mouvement.

On voyait des branches dans le courant, à demi cassées ou encore à demi accrochées aux arbres. Une libellule voleta d'une pierre à une autre. Il tenta de l'attraper. Elle s'envola et se posa sur un rocher luisant, près de l'eau.

Il lui enleva ses chaussures de marche et lava ses pieds dans l'eau froide. De temps à autre, une brindille ou quelques brins d'herbe se prenaient dans ses pieds nus et dansaient autour de ses orteils, poussés et tirés par l'eau, essayant de se libérer. Il les dégageait d'une chiquenaude. Elle les regardait descendre dans le courant et s'en aller sur les rochers.

Le froid de l'eau engourdissait ses pieds. Elle les retira et les posa sur la peau lisse d'un rocher gris et bleu, chauffé par le soleil. La sensation dans ses pieds lui donnait le sentiment d'être jeune, d'être née à nouveau.

Elle rejeta la tête en arrière et contempla les arbres qui les surplombaient, comme s'ils cherchaient à les protéger de quelque chose. Elle posa une main sur son ventre et sourit. Elle le regarda. Il était en train d'enlever ses propres chaussures et trempait ses pieds dans l'eau, chantonnant pour lui-même. Elle connaissait la chanson. Il lui suffisait d'entendre les premières mesures sortir de sa bouche pour pouvoir la chanter dans sa tête avec lui. Mais elle ne l'accompagnait jamais tout haut. Elle voulait se rassasier de l'intimité de sa voix. Elle passa la main doucement sur son ventre. Elle s'imagina, en train de caresser de l'extérieur, ce qui était à l'intérieur.

Lorsqu'elle lui apprit la nouvelle, il rit et pleura presque. Ses yeux étincelaient comme des gouttes de pluie au soleil.

— C'est toi le miracle, dit-il.

Il glissa des fleurs jaunes entre ses orteils, l'un après l'autre, comme pour lui faire une couronne d'or.

Le vent se leva, lentement, balayant quelques feuilles sèches sur le sol, les emportant comme si elles étaient ses enfants perdus, jamais nés.

2010

Téhéran, République islamique d'Iran

Sara se glisse sur la chaise avec précaution pour ne pas déranger les pièces sur l'échiquier. Une douce odeur de savon à la noix de coco émane de ses mains, ce qui donne l'impression à Donya qu'elles sont sur une île tropicale et non pas à Téhéran, avec ses rues émaillées de givre.

— C'est à qui le tour ? demande Sara.

— À toi.

Sara passe ses doigts dans ses cheveux, pose son menton dans sa main et observe la scène de bataille avec le calme d'un général plein d'expérience.

Elles sont assises à une table ronde en verre, au centre du salon jaune citron. Des rideaux en velours vert olive ont été tirés devant toutes les fenêtres sauf une. À travers le brouillard qui se lève, Donya aperçoit le mur crasseux de la prison d'Evin, qui court près des pentes poussiéreuses de la montagne.

Au début, quand elle était arrivée à Téhéran il y a quelques semaines de cela, elle avait été surprise par la proximité de l'appartement de Sara avec la prison. Elle n'en revenait pas de voir comme la ville s'était étendue. Des nouveaux immeubles poussaient partout, comme des champignons après la pluie. La ville s'étirait, se glissait sous les bords épineux de la montagne, désormais voisine d'une prison autrefois isolée.

— C'est une ville de dix-sept millions d'habitants, avait dit Sara, prenant manifestement plaisir à la surprise de Donya. Tu t'attendais à quoi ?

Donya observait un homme qui gravissait le chemin menant à l'entrée de la prison, des fleurs dans une main et un petit sac dans l'autre. Elle se demandait ce qu'il pouvait bien contenir. Des vêtements chauds ? Des lettres ? Des cigarettes ? Les morceaux d'une vie étranglée.

L'ombre menaçante des murs était comme un poids qu'il semblait être condamné à porter pour toujours. Il marchait avec difficulté, une silhouette voûtée, moitié boitant, moitié clopinant, jusqu'aux grilles. Tout comme son grand-père l'avait sans doute fait des années plus tôt, avançant sur le même chemin, portant un sac semblable, courbé par la puissance du même destin funeste, avec l'espoir de voir sa fille, Firoozeh, derrière ces mêmes murs.

Lorsqu'elle avait raconté à sa mère, au téléphone, combien la ville et la prison étaient proches, Firoozeh était restée silencieuse. Donya savait qu'elle lui donnait des informations qu'elle n'avait pas demandées. Sa mère ne voulait pas savoir. Depuis leur émigration vers les États-Unis il y avait de cela presque quinze ans, Firoozeh n'était jamais retournée en Iran, et il était clair qu'elle n'en avait pas l'intention, jamais. Dans son refus de revenir, on sentait une nuance de haine, et parfois Donya se demandait ce qui avait bien pu se passer dans la prison qui avait pu ainsi la traumatiser. L'avaient-ils menacée ? Torturée ? Elle réfléchissait à tout cela en silence, car elle avait peur de poser la question et redoutait la réponse que sa mère pourrait lui faire. Et s'ils l'avaient en effet torturée ? Ou forcée à faire quelque chose contre son gré ? Donya ne se sentait pas le courage de savoir.

Debout à la fenêtre de l'appartement de Sara, elle avait suivi l'homme des yeux jusqu'à ce qu'il disparaisse, happé par l'obscurité qui s'étendait, puissante, rapide, sur la prison, les pentes de la montagne, les buissons d'épines et les fantômes des hommes et des femmes qui ne revinrent jamais de derrière ces murs. Si elle regardait bien, elle pouvait voir des masses sombres devant l'entrée, qui semblaient faire un avec l'ombre de l'homme. Par moments, les ombres paraissaient bouger, mais il faisait trop sombre pour savoir qui elles étaient.

C'est à ce moment que Sara lui raconta qu'Omid était revenu d'un voyage en Allemagne, où il avait rendu visite à Forugh, puis qu'ils étaient partis ensemble en Italie pour voir la cousine de Forugh, Neda. Elle lui parla d'Omid et de sa femme Elnaz. Donya écoutait sans bouger, hébétée, comme une femme sur un très vieux cliché qui ne savait pas comment fonctionnait un appareil photo.

— Je leur ai proposé de venir jeudi, dit Sara, son ton vibrant d'une sorte de mise en garde.

Elle semblait vouloir préparer Donya, afin d'éviter un accident. Sara aimait que les choses se déroulent comme prévu, comme une rivière dont le cours ne changeait jamais, ne s'échappait jamais de son lit vers des territoires inconnus, en quête d'aventure.

— Dante sera là aussi. Tu l'as rencontré la dernière fois que tu étais ici, tu te souviens ?

Donya hocha la tête, ne faisant désormais plus attention à ce que Sara disait au sujet de Dante. Le nom d'Omid remuait doucement quelque chose au fond d'elle. Elle joignit les mains et dit :

— Ouais, très bien. C'est formidable.

C'était comme si son cœur venait d'être plongé dans un étang de lumière glacée.

À présent, quelques jours plus tard, Sara saisit entre ses doigts manucurés la tête d'un fou noir et le déplace sur l'échiquier.

— Échec, dit-elle.

Donya enfonce ses pieds dans le tapis et joint ses mains sur ses genoux. Ses pieds ont chaud dans ses collants en laine. Elle porte une robe blanche avec des fleurs blanches aux contours verts qui bruisse quand elle bouge. Il lui a fallu un moment pour décider ce qu'elle allait mettre ce soir. Elle a passé en revue encore et encore ses vêtements suspendus dans l'armoire de Sara, incapable d'imaginer comment il aimerait la voir, et comment elle souhaiterait qu'il la voie.

À quoi peut bien ressembler l'amour après six ans ?

À la fin, elle s'est décidée pour cette robe. Élégante mais neutre, s'est-elle dit. Le blanc de la robe fait ressortir le noir de ses yeux et le mat de sa peau. Elle s'est retenue de porter le moindre bijou, avec l'envie de paraître simple. Elle ne veut pas avoir l'air de quelqu'un qui veut plaire. Elle ne veut pas se trahir, alors qu'il y a une épouse dans l'histoire. C'est étrange, ce manque de curiosité de sa part pour sa femme. Pour elle, cette femme est insignifiante. Non, pas insignifiante, plutôt hors de propos. Hors de propos en ce qui concerne son histoire avec Omid. L'épouse est celle qui est venue après. Après la fin de l'histoire. Le territoire avait déjà été foulé aux pieds par Donya, exploré, investi. Le territoire du corps d'Omid, de son amour. C'est Donya, sa véritable maîtresse. Aucune terre ne peut être possédée deux fois.

Elle regarde l'heure sur la pendule sans chiffres et Sara l'observe de ses yeux en amande, parfaits. Donya sourit et détourne le regard. Le tic-tac de la pendule résonne dans ses oreilles. Elle se concentre à nouveau sur le jeu. Elle connaît son prochain coup. Elle sait que la victoire est proche.

Même après tant d'années elle ne peut regarder un échiquier sans penser à ces chaudes après-midi d'été au centre culturel mal ventilé auquel sa mère la traînait avec insistance. Ces souvenirs la remplissent toujours d'angoisse. L'angoisse d'élaborer une stratégie, de fomenter un coup, la peur de lire dans la tête de l'adversaire, de ne pas faire le bon choix. Et cette conscience précoce de cette donnée particulièrement cruelle de la vie : ou vous gagnez, ou vous perdez. Il n'y a pas de juste milieu. Il n'existe pas d'endroit où l'on peut flotter tranquillement sans être importuné. Son appréhension s'apparentait à la peur de la mort.

Elle balaye l'échiquier du regard une dernière fois. Un sourire satisfait court sur ses lèvres. Elle saisit la tour tout au fond du plateau, lui fait survoler les cases noires et blanches, et renverse le fou de Sara.

— Échec et mat.

Sara fronce les sourcils. Elle fixe ses pièces avec

attention comme si elle voulait les percer du regard. Le hurlement de la sonnette d'entrée les fait sursauter toutes les deux.

— Ils sont là, dit Sara en se levant.

Il est là.

Donya regarde Sara qui bondit hors de la pièce. Elle ne sait pas où se mettre et son cœur tambourinant se réfugie tout au bord de sa poitrine. Elle vit quelques minutes d'un atroce dilemme, hésitant entre suivre Sara à la porte et attendre dans le salon en se tordant les mains jusqu'à ce qu'elles soient rouges. Elle va à la fenêtre. Une couche brillante de glace recouvre les rues meurtries et les cous penchés des lampadaires qui allument peu à peu leur lumière, blanche et jaune, mêlée au crépuscule brumeux. Les arbres ont l'air endormis, leurs rares feuilles entourées d'un halo nébuleux. La prison est plongée dans l'obscurité. On distingue à peine ses murs et leur ombre.

Parmi les voix qui flottent jusque dans la pièce, elle essaie de déchiffrer celle d'Omid mais ne l'entend pas. La voix haut perchée de Sara noie toutes les autres. Puis elle le voit entrer. Celui qui représente ses premiers marchandages avec le bonheur et la perte. La même barbe brune, la même chaleur dans les yeux, les mêmes épaules minces, le même demi-sourire nerveux. Ses cheveux sont bien plus courts que dans son souvenir. Il y a six ans, ils retombaient le long de son cou. Il a l'air tendu, plissant les yeux de la manière que Donya connaît si bien, qu'elle aimait tant. Un tremblement lui envahit la poitrine.

Son grand corps nerveux traverse la pièce en quelques longues et rapides enjambées. Donya a tout juste le temps de décroiser ses doigts serrés avant qu'il ne se saisisse de sa main et ne dépose deux baisers pressés sur ses joues tout en disant :

— Tu embrasses toujours, non ?

— Oui.

Sa voix se fraye difficilement un chemin à travers le nœud dans sa gorge. Elle ne comprend pas vraiment ce qu'il veut dire par cette question.

Derrière lui se tient sa femme. Cette dernière lève ses sourcils minces tandis qu'elle serre la main de Donya, plissant à peine un nez parfaitement retouché. Elle ouvre la bouche en un « très heureuse de vous rencontrer » paresseux. De l'autre main elle dénoue son foulard, révélant des mèches décolorées et argentées.

Donya est heureuse de détourner le regard d'Elnaz. Elle se tourne vers Dante, qui l'enlace dans ses bras musclés.

— Tu avais l'intention d'attendre que nous soyons tous des grands-parents pour nous rendre visite ?

— On en prend bien le chemin, en tout cas.

Dante rit, ouvre le sac noir qu'il porte à la main et se tourne vers Sara.

— Regarde ce que j'ai apporté – il sourit, triomphant, posant deux bouteilles de vin sur la table à côté de l'échiquier –, tout droit venues de l'établissement viticole, dans le sous-sol de M. Vahidian !

Donya déplace avec soin l'échiquier, le pose sur le haut d'une petite commode et s'assied sur le canapé. Sara met six verres sur la table.

— Je ne sais pas comment tu fais, Dante. J'aurais bien trop peur de me balader en voiture avec deux bouteilles de vin.

Omid débouche une des bouteilles. L'air à l'intérieur s'échappe avec un petit « plop ».

— On ne devrait jamais avoir peur du vin, dit-il.

Le nectar sort du long cou noir de la bouteille et coule dans les verres en faisant un petit glouglou. Alors qu'elle l'observe, un sentiment de calme inattendu envahit Donya. Elle aimerait pouvoir rester assise là, pour toujours, protégée par la carapace d'un moment suspendu, avec le temps qui se tiendrait dans un coin, attendant son signal pour continuer à avancer. C'est comme si elle avait désiré ce moment tranquille toute sa vie, un moment de vide et de proximité, où il est là, dans la même pièce qu'elle, un moment où elle n'a pas à prendre de décision. Comme si tout était une sorte d'hallucination qui ne devait pas l'inquiéter, un engourdissement agréable gagnant peu à peu ses membres. Comme si elle n'était ni agitée, ni énervée, ni transportée, mais parfaitement immobile en un moment de calme. Juste avant que la tempête ne frappe.

Ils étaient serrés sur le siège passager avant d'un taxi, la fenêtre à moitié baissée. Les rues étaient encombrées de voitures, de bus et de motos avec leurs gaz saturés de diesel. Les lignes blanches hésitantes censées matérialiser chaque voie sur l'asphalte étaient ignorées, les gens passant tout simplement outre. Les piétons et les véhicules se déplaçaient dans le même espace, dans le même mouvement, faisant des boucles, se contournant, s'évitant les uns les autres. Les voitures klaxonnaient, les moteurs croassaient, des gens criaient par-dessus le bruit de la circulation. Un tintamarre envahissant, irrésistible, à faire trembler les vitres, qui s'engouffra dans le taxi comme une tempête de sable.

Il faisait chaud. La climatisation ne fonctionnait pas. Donya tendit le bras pour baisser la vitre, mais la poignée manquait. Le chauffeur avait dû la cacher quelque part. Comme dans beaucoup d'autres taxis dans les rues éternellement encombrées de Téhéran. Les chauffeurs cachaient les poignées parce qu'ils avaient peur que les passagers ne les cassent en baissant sans cesse les vitres. De temps à autre, un passager téméraire demandait la poignée. Le chauffeur marmonnait quelque chose au sujet de coûts, de fenêtre ouverte à la position idéale et de trop nombreuses demandes. Si le passager insistait, il n'avait pas d'autre choix que d'ouvrir la boîte à gants d'un geste exagérément irrité, d'en extraire la poignée recluse, et de la donner, à regret, au client exigeant.

Donya n'osait pas demander.

— Il y a certains poèmes qui seraient bien plus réussis s'ils avaient été écrits comme des essais, dit Omid, tout en passant son bras derrière elle sur le siège et en posant la paume de sa main chaude sur son épaule. S'il s'agit de quelque chose qui peut facilement être énoncé dans un article, alors c'est une insulte d'exprimer ces mêmes pensées, ces mêmes idées en langage poétique. Cela souille son essence, car la poésie est là pour dire ce qui ne peut être dit.

Pour parler de ce qui est caché, de ce qui est secret, du sacré.

Il baissa la tête et regarda Donya dans les yeux. Ses yeux à lui brillaient d'une lumière particulière. Son regard n'avait rien à voir avec les mots qu'il prononçait. Il parlait d'autres émotions, des émotions tacites mais flamboyantes, qui brûlaient d'un désir si puissant, d'une affection si pénétrante, que Donya ne pouvait que lui donner le nom d'amour.

Ils ne connaissaient ce qu'ils appelaient la « version adulte » de l'un et de l'autre que depuis deux semaines. La dernière fois qu'ils s'étaient vus, elle avait dix ans, lui onze. La famille de Donya quittait le pays et Omid était venu avec sa mère et Sara pour leur dire au revoir. À présent, ils n'en croyaient pas leurs yeux de voir comme l'autre avait changé. Ils étaient pleins de curiosité, impatients de comprendre la personne que l'autre était devenue. Depuis qu'ils s'étaient rencontrés chez sa mère à lui, où Donya habitait à la demande de Firoozeh, ils étaient inséparables. Donya était fascinée par lui, par sa connaissance de la poésie, sa passion pour la politique, par le fait qu'il ait lu le *Manifeste* de Karl Marx du début à la fin. Il parlait et elle écoutait, buvant chaque mot avec tant de ferveur, tant d'admiration que parfois elle en était elle-même choquée. Il s'exprimait avec la même véhémence qu'elle employait à l'écouter, comme s'il n'existait rien au monde de plus important que de lui parler, laissant jaillir de lui tout ce qu'il savait, tout ce qu'il sentait, tout ce qu'il était, pour elle. Elle savait qu'il essayait de l'impressionner, et elle se sentait ivre d'une pure joie à cette idée.

Le klaxon strident d'une voiture sur le point de percuter le taxi fit sursauter Donya. Le chauffeur marmonna quelque chose dans sa barbe avec colère et changea de vitesse. Il ne jeta pas un regard au conducteur de la voiture qui agitait son bras frénétiquement, criant des imprécations.

— La poésie n'a pas d'autre mission hormis elle-même, continuait Omid, tandis que le taxi s'arrêtait pour déposer ses passagers arrière et en prendre de nouveaux. N'écoute jamais ceux qui demandent quel message ta poésie veut faire passer. Tout cela ne veut rien dire. La poésie est de la poésie seulement lorsqu'elle révèle les profondeurs de ton âme. C'est tout. Non pas l'âme du lecteur, mais ton âme à toi, celle du poète. Le lecteur est secondaire. – Il se tourna vers le chauffeur. – Nous descendons ici.

Le taxi stoppa devant un ensemble d'immeubles blancs récemment construits avec une fontaine en béton devant.

— *Parsi raa paas bedaarim !* dit le chauffeur avec un sourire tout en prenant les rials froissés de la main d'Omid. Protégez la langue persane !

Omid opina. Il avait l'air contrarié, comme s'il venait juste de comprendre que quelqu'un d'autre que Donya l'avait écouté.

Dans l'ascenseur qui montait il l'attira à lui. Elle aimait le contact de sa barbe contre sa peau et rit. Ses doigts à lui s'emmêlèrent dans ses cheveux.

— Quoi ? demanda-t-il.

— C'est étrange. Je suis si heureuse. C'est si facile d'être heureuse.

Pendant toute la soirée ils restèrent ensemble tandis

que d'autres dansaient autour d'eux, maladroitement, avec des sourires éméchés. Quelques-uns se mirent à chanter sur la chanson que crachaient les haut-parleurs. Leurs voix rebondissaient sur les nombreuses épaisseurs de rideaux tirés pour empêcher le bruit de filtrer dans les rues. Les rues où des hommes armés patrouillaient dans le silence de la ville, à l'affût de signes de bonheur à réprimer, cherchant à faire taire par le fouet le rire interdit d'une révolution.

Omid saisit la main de Donya et la guida jusqu'à la cuisine où des bouteilles de vodka passaient de main en main. Donya l'observa tandis qu'il versait le liquide transparent dans deux gobelets en plastique et qu'il lui en tendait un. Dans son sourire, elle voyait qu'ils avaient grandi, elle devinait des endroits secrets, excitants.

— Je n'ai encore jamais bu d'alcool, cria Donya pour couvrir la musique.

— Non ? Est-ce qu'il n'y a pas de vodka en Californie ? plaisanta-t-il.

— Si, il y en a, rit Donya. C'est juste que je n'en ai jamais bu.

Elle rayonnait. Elle savait qu'il trouvait son innocence peu commune, attirante.

— Je n'ai pas encore vingt et un ans. Il aura fallu que je vienne jusqu'en Iran pour me saouler !

Il leva son gobelet.

— Alors c'est ton premier verre. *Salamati !*

Ils avalèrent leurs verres d'un coup. Une sensation de brûlure dévala en elle du bout de sa langue jusqu'au fond de son estomac. Elle lança un rire

282

joyeux, libre. Il pressa sa bouche au goût de vodka sur la sienne.

— La semaine prochaine, c'est l'anniversaire de la mort de Ahmad Shamlou, dit Omid en se reculant un peu sans pour autant la lâcher. Chaque année, les gens se rassemblent autour de sa tombe pour rappeler sa mémoire, pour lire ses poèmes.

— Est-ce que tu iras ?

— Est-ce que tu viendras avec moi ?

— Oui.

Son visage a mûri. Des vestiges d'histoires qu'elle ne connaît pas sont gravés dans sa peau claire. Il penche la tête tout en parlant et tient son verre dans ses mains en coupe, les coudes sur les cuisses. Il ne porte plus sa chemise de cette façon désinvolte, rebelle, comme dans le passé. Il est plus soigné, plus conscient de lui-même, plus en phase avec les exigences du monde extérieur.

Elle l'observe, se chauffant le dos à la tiédeur du chauffage silencieux. Elle est à cran. Les premiers instants d'enthousiasme sont en train de s'effacer et la réalité commence à prendre ses quartiers. La réalité d'Omid, assis à seulement un mètre d'elle, et pourtant rendu inaccessible par des années de séparation, par une épouse qui s'est fait refaire le nez, par sa propre inertie il y a de cela longtemps, par le fait d'avoir perdu patience si facilement et d'avoir laissé la distance et le temps commander. Il y a six ans, lorsqu'il était temps pour elle de repartir en Amérique, elle avait promis à Omid qu'elle reviendrait l'été suivant. Il allait l'attendre, lui avait-il dit. *Quel que soit le temps que ça prendrait.* Ils vivraient ensemble en Iran. *Ils construiraient une vie ensemble, ici, sur cette terre. Pourquoi irions-nous ailleurs alors que ce pays a besoin de nous ?* Donya avait accepté avec enthousiasme. C'était les plus beaux mots qu'elle avait jamais entendus. Construire leur vie dans leur pays et terminer tout ce que leurs parents avaient laissé inachevé.

Elle avait promis de revenir dans un an, de revenir et de lui rendre visite chaque été jusqu'à ce qu'il termine ses études à l'université et qu'elle puisse se réinstaller en Iran pour toujours. Elle passa la première année habitée par cette promesse. Ils se parlaient tous les jours au téléphone, s'envoyaient des lettres, des e-mails. Elle savait qu'elle ne trouverait jamais quelqu'un d'autre comme lui. Son rêve à lui était le sien. Leur vie les attendait. Et pourtant, au fur et à mesure que passaient les mois, ce fut de plus en plus difficile pour elle de tenir cette promesse. La distance prenait forme, prenait corps. Donya se sentait seule et ne savait que faire de cette solitude. Parfois elle se disait qu'il était presque plus facile de n'avoir personne plutôt que d'avoir quelqu'un si loin de soi. *Comment vais-je y arriver ? Mois après mois ? Année après année ?* Elle se sentait épuisée, comme si sa vie n'était plus qu'une suite de coups de téléphone et d'e-mails. Omid faisait tout ce qui était en son pouvoir pour lui rendre les choses plus faciles. Il s'arrangea même pour payer son billet d'avion, pour cet été-là. Mais, au printemps, le grand-père de Donya tomba malade. Lorsqu'elle dut lui dire qu'elle ne pourrait pas venir, qu'elle devait rester avec son grand-père, ce fut un jour difficile. Omid ne protesta pas. Son silence était plein de lassitude et de résignation. Elle su qu'il avait déjà perdu sa foi en elle. À partir de ce jour, leurs appels et leurs e-mails devinrent moins fréquents, jusqu'à ce que finalement tout s'arrête sans même qu'ils se soient dit au revoir.

Donya s'enfonce de plus en plus profondément dans les coussins du canapé. Elle essaie de se redresser mais n'y arrive pas. Elle se sent écrasée par le passé, par les souvenirs, par les regrets et d'autres émotions encore qu'elle a trop peur d'identifier. Pendant un instant, la pensée de Keyvon, son fiancé, l'homme qu'elle va épouser dans quelques semaines, traverse son esprit. Un visage rasé de près. Un après-rasage au parfum entêtant. Confiant, facile, tranquille, présent. La pensée ne s'attarde pas. Elle s'éclipse et disparaît dans les airs comme un nuage de poussière. Et en lieu et place de son visage, un autre souvenir prend forme. Un jour, après qu'elle et Omid avaient fait l'amour, ils avaient porté les vêtements l'un de l'autre et avaient observé leurs reflets dans le miroir. Ils avaient gloussé et s'étaient caressés, et avaient respiré l'odeur de leurs corps.

Tu fais une jolie femme.

Tu fais un bel homme.

Il y avait quelque chose d'inédit et d'excitant à voir le corps de l'autre dans des vêtements familiers. Ils pressèrent leurs paumes sur leur bouche pendant qu'ils faisaient l'amour. Encore.

Je veux emporter ton souffle dans la paume de ma main.

Donya laisse courir ses doigts le long du verre, les repose sur le bord, les laisse courir à nouveau, encore et encore. Elle regarde Omid. Le calme de son visage, exempt de la moindre trace de souvenir, lui déplaît. Elle s'en veut de son propre sang-froid, de la façon dont elle sourit à sa femme. Elle déteste toutes les manies et cette placidité que provoque l'endormissement dû au temps. Ils se sont comportés si bien jusqu'ici que Sara, qui au début allait de l'un à l'autre de son regard plein d'appréhension, boit à présent tranquillement son vin. Elle semble tranquillisée à la pensée que Donya et Omid ont oublié des choses qui n'ont pas besoin d'être rappelées.

Mais Donya se rappelle de tout. Aussi clairement que la pellicule de glace qui se forme derrière la vitre. Elle est cernée par les souvenirs. Elle aimerait pouvoir le regarder et ne rien voir.

Si seulement tu étais là, que je puisse prendre ta main, la serrer. Pour que je sache qu'il y a quelque chose de vrai près de moi. Tu es loin. De l'intérieur de la voiture, je ne vois presque jamais le ciel, avait-il écrit une fois dans une lettre.

— Je ne pensais pas voir autant d'Iraniens à Turin, dit Omid, en jetant des regards autour de la table.

Donya s'attend à ce que son regard se pose sur elle, qu'il croise le sien, mais non. Il se déplace au-delà.

— Neda dit qu'en un an, le nombre d'Iraniens est passé d'une poignée à plus de mille cinq cents personnes.

Des murmures de surprise fusent autour de la table. Sara boit lentement une gorgée de vin. Elle jette un regard à Donya et lui sourit. Son sourire est quelque peu exagéré, comme si elle voulait rompre un sortilège.

— Ce sont surtout des étudiants, dit Elnaz, traînant sur les mots.

Pourquoi faut-il qu'elle s'exprime en traînant comme ça, au lieu de parler normalement ? pense Donya, agacée.

— Depuis la répression et les arrestations en masse de l'année dernière, tout le monde quitte l'Iran, dit Dante à Donya en guise d'explication. Les choses ont largement empiré.

— C'est comme si quelque chose de très lourd nous était tombé dessus, ajoute Sara, qui se joint à eux. Quelque chose de beaucoup plus lourd qu'avant, qui nous étouffe petit à petit. Nous ne savons pas qui croire, à qui faire confiance. Nous nous sentons aussi impuissants aujourd'hui que nous nous sentions puissants l'année dernière.

Omid pose son verre vide près d'Elnaz sur la table.

— Mais ce moment, juste avant les élections, a été magnifique, vous ne trouvez pas ? À présent, on dirait presque un rêve. Les débats télévisés, les campagnes dans les rues, tout ça en toute liberté. On aurait dit un autre pays, comme si les choses allaient réellement changer.

Le visage de Sara s'éclaire.

— Je me souviens que je portais quelque chose de vert tous les jours, et je n'aimais même pas le vert ! Mais pendant les élections, c'est devenu ma couleur préférée. Ça l'est toujours, d'ailleurs.

— Moi aussi, dit Elnaz. Il y avait tellement de monde. Nous étions comme un océan de vert.

— Et les affrontements ? – Donya baisse la voix inconsciemment, comme si elle avait peur de sa question. – Vous n'aviez pas peur de vous faire tabasser ?

Sara rit.

— La première fois, oui. Après, on s'habitue.

Donya se tord les mains, incrédule.

— Alors, vous avez été frappés ? souffle-t-elle.

— Nous l'avons tous été, dit Elnaz.

— C'est qu'avant les élections, ils nous ont bien eus en faisant semblant de jouer cartes sur table. Et nous nous sommes laissé prendre, dit Dante, en ne regardant personne en particulier. Ce n'était qu'un piège. Ils voulaient juste nous faire sortir du bois pour pouvoir nous identifier et voir combien nous étions. Une fois que nous sommes sortis de nos maisons avec nos tee-shirts et nos foulards verts, agitant des banderoles, ça a été plus que facile pour eux de nous réduire en miettes. Je n'arrive toujours pas à croire que nous ayons pu leur faire confiance. Nous, qui aurions dû le savoir mieux que personne, n'aurions jamais dû nous laisser avoir par cet air soudainement plus libre que nous avions cru respirer avant les élections. Nous aurions dû avoir plus de bon sens.

Personne ne dit rien. Vu la rapidité avec laquelle tous deviennent silencieux, Donya comprend qu'il s'agit là d'une discussion que tous ceux qui sont présents ont déjà eue, peut-être souvent, répétant les mêmes arguments, déçus, insatisfaits, incapables de trouver des réponses.

Elle observe Elnaz qui croise les jambes. Elle porte une courte robe en jean avec une grosse ceinture noire qui serre son corps voluptueux. Sur ses bras bronzés au solarium, une rangée de bracelets en argent luisent dans la lumière.

— Ils nous ont peut-être identifiés, mais nous nous sommes aussi identifiés les uns les autres, dit Donya à voix basse – Elle se sent un peu intimidée à l'idée de parler de « nous », alors qu'elle n'était pas là, alors qu'elle n'a fait que regarder les évènements au journal télévisé, à des milliers de kilomètres d'ici. – Maintenant vous savez aussi combien vous êtes.

Personne ne dit mot. Elnaz change de position sur le canapé. Dante la contemple avec un sourire triste. Donya n'aurait jamais rien dit si Omid n'avait pas été présent. Elle n'aurait pas osé. La touriste qui dit « nous » et parle d'espoir alors qu'elle est en vacances. Mais tout cela n'a pas d'importance. Donya voudrait réveiller quelque chose, exhumer quelque chose d'un monde qui a été perdu, de leur monde, à elle et Omid.

— Et vous étiez si nombreux, continue-t-elle, vous étiez extraordinaires, à couper le souffle.

Les yeux de Sara brillent.

— Ça, c'est vrai.

— Et on est passés sur tous les écrans de télévision dans tous les pays du monde, dit Omid, se penchant en avant et regardant Donya.

Elle remarque la main d'Elnaz qui se glisse derrière le dos d'Omid et tire à petits coups sur sa chemise, comme si elle voulait l'empêcher de parler. *Est-ce qu'elle sait quelque chose ?* se demande Donya. Elle ne peut réprimer l'envie d'interpréter ce geste comme un signe de la jalousie d'Elnaz.

Omid ne semble pas l'avoir remarqué, ou, comme l'espère Donya, il paraît ignorer ostensiblement la main de sa femme qui tire tout ce qu'il y a de plus furtivement sur sa chemise. Il poursuit :

— Nous étions une vraie force et nous avons créé la panique chez eux. Ils ne s'attendaient pas à ce que nous soyons si nombreux.

Donya aimerait qu'il parle davantage, qu'il ose s'aventurer plus loin dans ce qu'il a pensé, dans ce qu'il a vécu pendant cette période. Qu'il débatte avec elle, qu'il lui sourie. Elle voudrait voir cette lumière qui brille dans ses yeux lorsqu'il sent qu'il est en train de lui apprendre quelque chose.

La première fois qu'ils ont fait l'amour, il a levé la tête, les cheveux en bataille, et a dit : « Tu es une femme à présent. »

— Nous leur avons peut-être fait peur, mais ils nous ont écrasés, dit Dante, agitant une main pleine de colère. Il n'est rien resté de nous. La plupart des gens que je connais sont maintenant en prison, ou ils ont fui le pays.

Omid se laisse aller en arrière sans répondre. Sara a l'air fatiguée. Donya ne sait pas quoi dire. Elle se lève et va vers la fenêtre. Les ombres sont toujours là.

— Qu'est-ce que c'est que ces ombres ? demande-t-elle.

— Quelles ombres ? dit Sara.

— Viens voir. J'ai l'impression qu'il y a des gens devant Evin.

Ils se lèvent tous et la rejoignent près de la fenêtre. Elle montre les formes du doigt.

— Celles-là, là-bas.

On voit une petite lueur qui danse à l'endroit où les ombres semblent se tenir serrées les unes contre les autres.

— Elles sont là pour fêter un anniversaire, dit Omid.

— Un anniversaire ?

— C'est aujourd'hui l'anniversaire d'un des étudiants qui ont été arrêtés l'année dernière pendant les manifestations. Sa famille est venue pour le fêter.

— Ils n'ont pas le droit d'entrer ?

— Ils n'ont pas le droit d'aller plus loin.

Leurs visages pressés contre la vitre, leurs mains arrondies autour pour tenter de chasser la lumière de la pièce, leur souffle se condensant et disparaissant rythmiquement sur le verre, ils contemplent les formes noires et immobiles, presque invisibles dans la nuit froide. Alors que Donya observe les ombres blotties les unes contre les autres, il lui vient peu à peu à l'esprit que ce qui l'a poussée à rompre sa promesse à Omid n'était pas la distance. Elle n'avait pas été capable de l'admettre à l'époque, même pas à elle-même, mais à présent elle voit clairement qu'il y avait autre chose qui lui faisait peur, qui l'intimidait. La distance n'était qu'une excuse. Ce qui l'avait fait reculer était le rêve d'Omid de vivre en Iran. La perspective de vivre dans ce pays où la vie vous submerge complètement avec sa réalité inexorable, imprévisible, sans pitié. Donya n'était pas prête pour cela. Elle n'avait pas la force d'âme d'Omid qui lui permettait de vivre au plus près de cauchemars pleins d'histoires de jeunesse, de prisons et de sang. Et d'ombres blotties les unes contre les autres qui exprimaient tant d'orgueil, de dévastation et de douleur. Donya ne savait pas s'y prendre. Elle n'était pas taillée pour cela.

Elle pose sa main sur la vitre. Elle a une boule dans la gorge comme si elle sentait les ombres se matérialiser en elle.

— Il doit faire si froid dehors, dit-elle.

Le silence s'installe pendant un long moment, tandis qu'ils se tiennent là, à regarder les ombres et la lueur vacillante de la bougie.

— C'est étrange, mais les ombres et la bougie me rappellent la guerre, dit Elnaz. À l'époque des bombardements, on tirait les rideaux et on s'asseyait tout au fond de la pièce, loin des fenêtres, avec seulement une bougie allumée.

Omid jette un regard à sa femme et sourit.

— Nous, on quittait toujours la maison. Mon grand-père nous emmenait à l'extérieur de la ville, à la campagne.

— Je ne m'en souviens pas, dit Sara.

— Tu étais trop jeune pour t'en souvenir. Il y avait toi, moi, Forugh, Maman Zinat, Aghajaan et Khaleh Leila. On montait dans la voiture d'Aghajaan et on quittait la ville. Si mes souvenirs sont bons, on dormait par terre dans un petit espace entre deux voitures garées.

Omid appuie son épaule contre la fenêtre. Elnaz regarde son mari parler. Donya les observe et sa poitrine se serre.

— Je me souviens d'une fois où Khaleh Leila était dehors et qu'elle n'est pas rentrée quand les sirènes se sont mises à hurler, continue Omid. J'avais si peur que je n'arrivais pas à parler. Je surveillais le ciel en espérant que rien n'allait nous tomber dessus avant son retour. Je pleurais tellement que je ne voyais plus rien. Et puis, lorsque je l'ai vue à la porte, ça a été comme si on m'avait offert le plus beau cadeau du monde. Je n'oublierai jamais ce moment où elle est apparue. Ce fut un des plus heureux de ma vie.

Elnaz tend la main et caresse le bras de son mari.

— Où était passée Khaleh Leila ? demande Sara.

— Je n'en sais rien. Elle a dit qu'elle était allée voir son amie, mais pour je ne sais quelle raison je ne l'ai pas crue. J'avais l'impression qu'elle mentait. Ce fut la première et la dernière fois que j'ai pensé qu'elle me cachait quelque chose.

— Tu étais un petit garçon très malin, le taquine Sara. Tu étais capable de deviner quand les gens te mentaient.

— Oui, c'est vrai.

— Eh bien ça ne me paraît pas impossible. Comme nous tous, je suppose que Khaleh Leila avait bien d'autres secrets, dit Dante.

— Qu'est-ce que tu veux dire ? – Sara l'observe d'un regard scrutateur. – Est-ce que Forugh t'a dit quelque chose ?

À l'évocation de Forugh quelque chose étincelle dans les yeux de Dante. Un feu que Donya n'y a jamais vu. Elle se demande s'il y a quelque chose entre eux. Il faudra qu'elle le demande à Sara quand ils seront tous partis.

— Forugh ? Non, Forugh serait la dernière d'entre nous à savoir. De toute façon, elle est encore plus sur la défensive que toi quand il s'agit de Khaleh Leila.

C'est comme s'il fallait la protéger, la tenir éloignée du mal et du monde extérieur. Je ne sais pas. C'est peut-être différent pour toi, pas comme pour moi. C'est juste que j'ai toujours perçu une sorte d'aura mystérieuse autour de Khaleh Leila. – Dante s'interrompt, baisse la voix, comme s'il tentait de reprendre le contrôle de ses émotions. – Tu ne crois pas ?

— Je ne sais pas. Non, je ne trouve pas.

Sara semble perturbée. Elle n'aime pas cette conversation de conspirateurs au sujet de sa tante.

Dante sourit, peut-être pour ne pas peiner Sara davantage.

— Peut-être ai-je seulement rêvé qu'elle avait une vie incroyable en dehors de la maison, une vie à laquelle aucun de nous n'avait accès. J'ai toujours aimé me l'imaginer comme ça.

— Enfin, qu'elle ait dit la vérité ou non ce jour-là, nous ne le saurons jamais, dit Omid. Je sais seulement que le fait de la revoir après avoir cru que je l'avais perdue, a été ma première vraie expérience du bonheur.

Elnaz regarde l'heure à sa montre, pose une main sur l'épaule d'Omid.

— Il se fait tard. On devrait y aller.

Tous se retournent et s'éloignent lentement de la fenêtre, des ombres, du poids de ces cœurs désespérés et de ces flammes de bougies, et des souvenirs qui remontent, légers.

Omid aide Elnaz à enfiler son manteau et se tourne vers Donya.

— On pourrait peut-être aller dans les montagnes le week-end prochain.

— Je pars dans quatre jours, dit Donya.

Elle sent la brûlure du regret lui monter aux joues. Quatre jours. Qu'est-ce que quatre jours dans la durée d'une vie ? Lorsqu'il s'agit d'Omid, le temps n'a jamais été de son côté.

— Quatre jours ?

Omid écarquille les yeux, incrédule. Ses longs cils jettent une ombre sur son regard triste. Donya ne peut résister à ce regard qui lui donne le sentiment qu'elle trahit quelque chose. Elle marmonne quelques mots au sujet d'un retour l'année prochaine.

Personne ne dit rien. Lorsqu'il lui serre la main, elle ne parvient pas à supporter ses yeux fixes. Alors il s'enfuit.

Revenue dans le salon, Donya ne tient pas en place. Désorientée, elle se met près du radiateur, chauffant ses mains dessus. Elle étudie la photo encadrée au mur. C'est un cliché de Sara, d'Omid et de Forugh assis sur un banc devant un écran vert foncé. Ils sont très petits. Sara et Forugh ont l'air d'avoir deux ou trois ans. Omid, le plus âgé des trois, est assis au milieu, ses bras passés autour de sa sœur et de sa cousine. Avec sa chemise à carreaux rouges et noirs, on dirait un adulte en miniature. Ses yeux sont grands et innocents. À travers les lèvres entrouvertes de Forugh, on devine le bout de sa langue. Sur la salopette blanche de Sara sont écrits ces mots : *Mon endroit tranquille.* Leurs trois petits visages fixent l'objectif, le regard vide. Aucun d'eux ne sourit.

— C'est une belle photo, non ? demande Sara qui vient se placer près de Donya. Je l'ai prise récemment dans l'album de ma mère. J'ai pensé qu'il fallait l'encadrer.

Donya continue de fixer la photo et opine.

— C'est Khaleh Leila qui nous avait emmenés chez un photographe. Elle avait envoyé des tirages à nos mères en prison pour qu'elles puissent voir comme nous étions en bonne santé. Et sérieux.

Sara rit.

— Qu'est-ce qui s'est passé avec les cheveux de Forugh ? On dirait qu'elle a été électrocutée.

Sara rit de nouveau.

— Je sais. Khaleh Leila dit que c'était parce qu'ils étaient trop fins. Et regarde comme j'étais blonde ! Maintenant mes cheveux sont plus noirs que les tiens.

Elle retourne se blottir confortablement dans le canapé.

— Est-ce qu'il y a quelque chose entre Forugh et Dante ? demande Donya.

Sara jette un plaid sur ses épaules.

— Oui et non. Ils prétendent que non, mais ils s'écrivent, s'appellent tout le temps. C'est comme ça depuis trois ans, depuis la mort de ma grand-mère. Alors nous croyons qu'il y a quelque chose.

— Pourquoi le nieraient-ils ?

Sara hausse les épaules.

— Je ne sais pas. Peut-être parce qu'ils ne savent pas ce que leur réserve l'avenir.

— Qu'est-ce que tu veux dire ?

— Eh bien, Forugh ne veut pas venir vivre ici. Et Dante ne veut pas aller vivre en Allemagne. Alors ils sont coincés, et nous tous avec eux.

Donya revient vers le canapé et s'y laisse tomber.

— Est-ce que Dante a pris part aux manifestations ?

— Oui. Il s'est même fait arrêter une fois. Ils l'ont gardé quelques jours, mais dès qu'il a été relâché, il est redescendu dans la rue. C'est sans doute pour cela qu'il est si en colère, si déçu. Il a vraiment cru que quelque chose allait changer.

— Tu n'y as pas cru, toi ?

— Peut-être pas autant que lui.

Il se passe un moment avant que Sara ne parle de nouveau.

— Alors, est-ce qu'il a changé ?

— Qui ?

— Tu sais bien qui.

— Il s'est coupé les cheveux.

— Sa femme aime qu'il les ait courts.

— On aurait dit qu'il ne se souvenait plus de rien.

— Ne sois pas stupide. – La bouche de Sara se tord en un bâillement. – Bien sûr qu'il se souvient.

— Je n'ai pas vu le moindre signe qui le laisse penser, dit Donya, jouant avec un fil qui dépasse de l'ourlet de sa robe. Il était si normal. Tout était normal. J'ai vraiment commencé à douter qu'il se rappelle quoi que ce soit.

— Tu t'attendais à quoi ?

Donya appuie sa tête en arrière. Son regard se perd dans l'obscurité mouillée du dehors.

— Je ne sais pas. J'aurais aimé qu'il y ait quelque chose. Une espèce de moment de gêne, un regard, un sourire. Quelque chose d'intime entre nous, une sorte de reconnaissance du passé.

— Et qu'est-ce que tu aurais fait s'il y avait eu un regard, ou un sourire ?

Sara la considère avec appréhension, sérieuse. Parfois, Donya ne saurait dire si Sara la protège elle, ou son frère. Elle ne répond pas. Elle contemple les reflets de la lumière sur la fenêtre, qui ressemblent à des yeux de pigeons malades qui la fixent.

— Tu vas te marier dans deux semaines, Donya, dit Sara après un instant de silence.

Sa voix est distante. Elle n'a plus envie de recevoir des confidences et se lève, traînant le plaid derrière elle.

— Et tu pars dans quatre jours. Je me concentrerais plutôt sur Keyvon, si j'étais toi, et sur votre avenir ensemble.

Tandis que Sara disparaît dans la chambre, Donya écoute les derniers échos de sa voix qui traînent dans la pièce.

Sara a raison. Keyvon l'attend. Elle se doit, pour vivre, de ranger le passé quelque part dans le coffre au trésor au fond de sa tête. Ce passé est glissant, on ne peut pas s'y fier, il est comme de la neige qui fond sur un escalier de marbre. Donya ferme les yeux. Qu'est-ce qui lui arrive ? Elle n'est même plus capable de se battre pour son propre bonheur. Le temps aidant, en a-t-elle changé la définition ? L'a-t-elle adapté à son monde, fait de confort, de certitudes et de tranquillité, à l'image d'un immense lac calme et bleu ?

Elle se souvient du jour où elle a appris qu'Omid allait se marier. C'était il y a environ trois ans. Sa mère, Parisa, était venue en Amérique avec des photos de la famille et d'amis, et Donya avait vu une photo d'Elnaz. Jusque-là elle ne savait rien d'Elnaz. Elle ne savait même pas qu'Omid se mariait.

— Qui est-ce ? avait-elle demandé à Parisa, montrant Elnaz qui paraissait mince et mal à l'aise debout à côté d'Omid.

Parisa lui avait appris qu'il s'agissait de la fiancée d'Omid. Elle s'exprimait à voix basse, comme si elle ne voulait pas que Donya l'entende. Mais il y avait eu comme un grand fracas métallique dans les oreilles de Donya, et pendant un moment, elle ne put rien entendre d'autre. Elle se contenta de fixer les mains de Parisa, qui firent rapidement disparaître le cliché. Elle alla ensuite dans sa chambre, ferma la porte à clé et, du fond du tiroir du bas de son armoire, sortit un lourd classeur qui contenait les impressions papier des e-mails d'Omid. Elle les regarda un par un et les relut attentivement, les yeux écarquillés, cherchant quelque chose sans savoir quoi, jusqu'à la tombée de la nuit. C'est là qu'elle comprit qu'il était trop tard pour renverser la situation.

Elle ouvre les yeux. Dehors, les petites flammes des bougies brûlent toujours dans la nuit. Comme elle serait heureuse si elle s'était battue pour garder Omid et qu'elle était à présent allongée à ses côtés, sur le point de s'endormir dans la chaleur de son corps. Comme elle serait heureuse si elle ne l'avait pas laissé partir, comme ça.

Elle s'affale sur le canapé et regarde les ombres, incapable de bouger.

Le ciel chargé diffuse une lumière blême dans le salon. Donya est assise sur un coussin posé sur le sol recouvert d'un tapis et serre une tasse de thé dans sa main. Le soleil du matin est voilé, caché derrière des nuages de cendre.

Elle est de mauvaise humeur. Elle n'a pas fermé l'œil de la nuit, taraudée de doutes, de peurs, et défaite par le poids d'un passé sans voix. À petites gorgées, elle boit le thé tiède et des taches brunes s'accrochent à l'intérieur de la tasse. Elle la pose sur la table et regarde autour d'elle. Ses yeux sont irrésistiblement attirés vers le canapé et les objets que Keyvon a commandés pour leur maison d'été. Il y a là *La Création d'Adam* de Michel-Ange sur un tapis de soie tissé à la main. Dieu a l'air de froncer les sourcils. Une feuille de vigne couvre les parties génitales d'Adam. Donya ignore si la feuille a été placée là sur les ordres de Keyvon ou pour faciliter son passage par les douanes iraniennes. Il est hors de question qu'Adam soit vu nu si une femme se trouve dans la pièce !

Donya pense aux mains calleuses derrière les nœuds de soie. Celles d'artistes inconnus dans un pays ancien. Qu'ont-ils pensé de ce tapis ? L'ont-ils apprécié ? Ont-ils aimé se pencher sur les nœuds dans la main oblique de Dieu ? Ont-ils pouffé de rire derrière des portes fermées à cause de cette feuille de vigne ?

Au pied du canapé se trouve un tapis arborant le visage au sourire ravissant de l'actrice préférée de Keyvon. C'est aussi une commande spéciale. Sur le tapis, retourné, une reproduction de la tête d'un roi achéménide faite d'un matériau qui ressemble à du bronze mais qui est en réalité du cuivre. À côté, un tableau rutilant représentant un vieillard à la barbe fleurie, une jeune femme aux lèvres charnues et à la taille fine qui lui offre du vin dans une aiguière bleue. Près d'eux, un *ghazal* du poète Rûmî, calligraphié. Keyvon se fichait de savoir de quel *ghazal* il s'agissait, pourvu qu'il y ait le vieillard et la jeune femme.

Alors qu'elle les contemple, le visage de Donya se durcit. Elle sent monter en elle de la désapprobation et un étrange sentiment d'exaspération. Tout a l'air si faux, si complaisant. La pensée qu'elle devra bientôt vivre entourée de tout ce kitsch et faire comme si elle l'appréciait la hérisse. *Comment Keyvon pourrait-il désirer ces choses ? Il n'a même jamais lu Rûmî !* Et pourtant, elle n'est pas vraiment surprise. Elle sait que Keyvon veut quelque chose de facile, de commode, quelque chose que les autres reconnaîtront et pourront admirer. Que peut-elle dire ? Comment pourrait-elle en vouloir à Keyvon de vouloir s'assurer de sa place dans ce monde ? Comment pourrait-elle le blâmer de chercher à se rassurer avec un Michel-Ange ?

Donya repose la tasse sur la table et laisse échapper un soupir de désespoir. Elle se sent soudain claustrophobe, son cœur est trop à l'étroit dans sa poitrine. Il faut qu'elle sorte. Mais lorsqu'elle se lève, elle se cogne le genou contre la table. Une douleur paralysante jaillit de sa rotule et remonte dans ses articulations à la vitesse d'une balle de fusil. Se tenant la jambe, elle tente de l'autre main d'empêcher la tasse vacillante de se retourner. Son visage est tordu par la douleur. À l'intérieur de la tasse, le thé tremblote, les taches brunes palpitent comme des papillons boueux.

Donya se jette à nouveau sur le canapé, frottant son genou, marmonnant des imprécations contre la table, le temps, elle-même. De l'autre côté de la fenêtre, les feuilles jaunes frissonnent sous les assauts de la pluie.

Elle se hisse sur ses jambes, et clopine jusqu'à la chambre où elle commence à s'habiller, s'emmitouflant pour se protéger du froid. Qu'est-ce que Milan Kundera disait, déjà, à propos du kitsch ? Elle essaie de s'en souvenir tout en boutonnant son manteau, mais elle n'arrive pas à penser. Une colère insondable se forme au fond d'elle. Et une tristesse, aiguë, exigeante. Et une douleur, comme un chuchotement.

Scrutant son visage dans le miroir, elle applique de la crème hydratante fraîche sur les cernes bleutés sous ses yeux rougis. Son long nez est plus proéminent que jamais, comme si quelqu'un avait creusé la chair autour pendant la nuit. Elle regarde la mèche de cheveux qui dépasse de sous son foulard, noire, simple, authentique. *Comment a-t-il pu épouser une femme avec des mèches aussi ostensiblement décolorées et un nez refait ?* Elle attrape son sac et son parapluie sur le cintre et se précipite hors de l'appartement.

Dehors, le souffle givré de l'hiver l'assaille. Frissonnant sous son manteau, Donya se met à marcher. Les immeubles gris et blancs sont lugubres sous la pluie. Un vieil homme ridé vend des betteraves bouillies dans une charrette. Il se chauffe les mains au-dessus de la marmite fumante. Quelques femmes discutent à la porte d'une épicerie. Donya passe devant elles, devant une longue rangée d'arbres nus en train de mourir doucement, devant une boutique de vêtements qui n'est pas encore ouverte, devant des fleurs mortes sur le trottoir dégoulinantes d'eau.

Essoufflée, elle s'arrête pour regarder autour d'elle. Elle s'attendait à se trouver près d'un parc, au lieu de cela elle se retrouve devant la prison d'Evin. Elle pousse un cri, recule d'un pas et tressaille à la vue de ses murs crasseux qui se dressent devant elle, menaçants, insurmontables. Elle ne s'en est jamais approchée d'aussi près.

Pendant un instant, elle est incapable de bouger, incapable de quitter les murs des yeux. Les gouttes de pluie s'écrasent, grosses et lourdes, sur son parapluie. Le tambourinement violent de la pluie et le silence de la prison la rendent nerveuse. Le froid s'infiltre sous les épaisses couches de ses vêtements et enveloppe son corps. Elle a le nez qui coule.

Elle tourne les talons et s'éloigne le plus vite possible, comme si quelqu'un la poursuivait. Elle garde les yeux rivés sur le sol afin d'éviter les flaques d'eau sur l'asphalte inégal, orange et luisant d'essence. Évitant l'une d'elles, elle se cogne à un autre parapluie qui avance le long de la rue mouillée. Elle dégage le sien pour s'excuser.

C'est Omid.

Il a l'air de quelqu'un qui ne sait pas où il est. Ses joues et le bout de son nez sont rouges. Il la fixe, sidéré. Il ne bouge pas.

— Qu'est-ce que tu fais là ? demande-t-elle, le cœur battant à rompre.

— Je suis venu déposer quelque chose au bureau, bégaie-t-il, montrant un immeuble plus loin dans la rue. Et toi ? où vas-tu ?

Donya songe un instant à mentir mais elle sait que ses yeux la trahiront.

— Je ne sais pas, marmonne-t-elle, se détendant soudain, soulagée de le voir, comme si elle venait d'être sauvée d'une chute mortelle. Je me promenais. Et puis je me suis retrouvée devant Evin. Je ne sais pas ce qui s'est passé. Le fait d'être là m'a fait peur. J'ai voulu m'en éloigner le plus vite possible.

La pluie tambourine sur leurs parapluies. Ses chaussures et le bas de son pantalon sont trempés. Le froid lui a saisi les pieds, féroce, et ne les lâche plus. Ses yeux à lui se radoucissent. Peut-être va-t-il l'enlacer.

— Ma voiture est garée tout près. Je vais te ramener. – Il montre ses chaussures et ne bégaie plus. – Tu ne peux pas rester sous la pluie comme ça. Tu vas attraper un rhume.

Sa voix est chaude, familière, inchangée. Donya doit mobiliser toutes ses forces pour ne pas éclater en sanglots.

Sa voiture, une Peugeot rouge, est garée quelques mètres plus loin. Ils marchent l'un à côté de l'autre dans un silence mêlé de pluie. Un couple entre deux âges passe devant eux. L'homme a placé sa main dans le bas du dos de la femme, sans la toucher. Comme si sa main était prête pour le cas où elle tomberait.

Omid lui ouvre la portière de la voiture et Donya monte dedans. Des effluves de vieux cuir et de cigarette lui emplissent les narines. Elle ne savait pas qu'il fumait.

Le temps d'un instant fugace, la pensée de Keyvon envahit sa conscience. Mais c'est comme un chuchotement lointain et assourdi derrière une porte fermée. Omid démarre la voiture, met le chauffage à fond et dirige la chaleur vers son visage et ses pieds. Il évite de la regarder.

— Je n'étais jamais venue, dit Donya en le regardant.

Elle se délecte de sa présence rassurante, de la chaleur qui lui enlace les pieds et lui caresse le visage. Avec le brusque changement de température, la tête lui tourne légèrement.

— Ce n'est pas une très jolie vision, dit Omid.

— C'est assez effrayant, en fait. J'ai cru que mon cœur n'allait pas résister lorsque j'ai imaginé à quoi ça pouvait bien ressembler de l'autre côté.

Omid sourit tristement et entame une marche arrière pour s'éloigner du trottoir.

— Alors, c'est quoi ton travail ? demande Donya après un moment, réalisant qu'elle ne sait pas ce qu'il fait.

Elle n'a jamais posé la question à Sara. Elle ne s'est jamais vraiment préoccupée de ce qu'il faisait, mais plutôt de qui il était. Ses mots, ses pensées, sa connaissance de la poésie, sa passion de la photographie, son rêve de devenir un jour directeur de théâtre.

— Quoi ?

— Qu'est-ce que tu fais dans la vie ? Tu as dit que tu étais venu déposer quelque chose à ton bureau.

— Ah oui.

Il s'interrompt. Il a l'air distrait, nerveux. Son anxiété a un effet étrangement apaisant sur elle. Elle laisse aller sa tête sur la légère courbe du siège.

— Je travaille pour une société. – Il semble évasif, peu désireux de poursuivre la conversation sur le sujet. – Programmation informatique.

— Ah, d'accord.

Donya desserre le foulard autour de son cou. Pour une étrange raison cette réponse ne produit aucun effet sur elle, ne la surprend ni ne la déçoit. Elle n'a aucune importance.

— Et tu aimes ça ?

Il hausse les épaules.

— Bien sûr. J'aime bien les ordinateurs.

Donya regarde les essuie-glaces qui balaient la pluie avec force.

Omid n'est jamais venu lui dire au revoir. À la place, il lui a laissé un cahier dans sa boîte aux lettres. Les photos où ils figuraient ensemble étaient collées sur les pages. À côté de chaque cliché il avait écrit, d'une écriture soignée et appliquée, les vers des poèmes de Donya qu'il préférait.

— Tu veux que je baisse le chauffage ?

— Oui, merci. Je commençais à rôtir par ici.

Il sourit. Il a toujours aimé qu'elle plaisante. Il aimait rire à toutes ses blagues. Un court moment, il lui jette un de ces regards qu'elle croyait rien qu'à elle, autrefois.

Bientôt il tourne dans la rue de Sara. Il roule lentement. *Je n'étais pas allée si loin que ça, finalement,* pense Donya.

Ils passent devant le magasin de vêtements, à présent ouvert. Les mannequins chauves ont des petits morceaux de scotch sur le nez, comme s'ils venaient de se le faire refaire. La femme à l'intérieur se débat avec la caisse enregistreuse.

Omid stoppe la voiture devant la porte noire de l'appartement. Donya écoute les râles du moteur, se demandant si Omid va le couper. Elle a la bouche sèche. Elle soupire, soulagée, lorsque les croassements s'arrêtent.

Le silence autour d'eux enfle, plein de confusion, de sentiments circonspects. Des gouttes de pluie glissent sur la fenêtre, laissant derrière elles des traces lisses et huileuses. Un pigeon passe en volant devant eux, épuisé et trempé. *Bientôt il mourra, comme tout le reste.*

— Je n'ai pas écrit un seul poème depuis des années.

Les mots ont échappé à Donya. Elle est surprise par la note de tristesse dans sa propre voix. Elle détourne le visage.

Il se passe quelques instants avant qu'Omid ne parle.

— Tu écrivais de très beaux poèmes.

Elle perçoit l'incertitude dans la cadence de sa voix.

— Plus maintenant.

Elle se tourne vers lui pour le regarder. Il ne dit rien. Sa mâchoire est contractée. Il semble peiné, impatient de s'enfuir. Elle aimerait pouvoir le saisir aux épaules et le secouer. Rudement. Pour le réveiller.

Quelle est cette chose que nous avons perdue ?

— Je travaille dans une banque et je suis sur le point d'épouser un homme qui aime assez pour deux et qui a une maison de vacances à Saint-Tropez, continue-t-elle, laborieusement.

Mais qu'est-ce qu'elle raconte ? Qu'est-ce qu'elle essaie de faire ? De sauver les choses ? De tout gâcher ? Elle ne parvient pas à s'arrêter.

— C'est une très belle maison, en réalité. Juste sur la plage, avec un bateau toujours prêt. Nous devons la redécorer, alors il m'a demandé de rapporter des souvenirs d'Iran. Mais il les a tous commandés lui-même. Je n'ai eu qu'à en prendre livraison. Des reproductions de rois achéménides, Michel-Ange sur un tapis, un tableau avec un *ghazal* de Rûmî.

Elle s'interrompt. Une feuille brune est piégée entre l'essuie-glace et le pare-brise. Elle frissonne dans le vent.

— Même s'il n'a jamais lu le moindre poème de Rûmî. Je déteste tous ces objets, leur fausseté, et je me déteste moi-même d'être incapable de le lui dire. Lorsque je suis allée les chercher, un par un, j'ai eu l'impression de déchirer quelque chose en mille morceaux.

Elle essaie de rire. Prise entre un sanglot étouffé et un gloussement, sa voix se brise.

La pommette d'Omid est soudain éclairée par un timide rayon de soleil. La lumière s'évanouit avant que Donya n'ait eu le temps de tendre la main pour la toucher. Son silence prolongé la désarçonne. Elle continue, nerveuse :

— Ce matin j'essayais de me souvenir de ce que Milan Kundera disait à propos du kitsch. Mais impossible.

— À propos du kitsch ?

— Il a bien dit quelque chose à ce sujet, non ? Le kitsch comme étant un sentiment d'autofélicitation, ou quelque chose comme ça.

— Il a dit bien des choses au sujet du kitsch, dit Omid, regardant par-delà le pare-brise comme s'il cherchait une réponse dehors dans le froid. Je me souviens de l'une d'elles en particulier. Il a parlé du kitsch comme étant une étape entre l'être et l'oubli.

Un sourire de reconnaissance apparaît sur le visage de Donya.

— Je crois que ça n'a rien à voir avec les objets que j'ai achetés.

Omid joue avec le porte-clés qui pend, découragé, de la clé de contact. Une fois encore, le silence s'enroule autour d'eux, serrant de plus en plus fort, comme un serpent sur le point de leur broyer les os.

— Désolée. Je n'aurais pas dû te bombarder avec toutes ces bêtises.

— Mais, non, pas du tout.

Elle n'en peut plus. Son corps est en train de s'ouvrir en deux sans crier gare. Elle se jette en avant et enfouit son visage dans le col de son manteau. Peut-être, si elle n'avait pas renoncé si aisément, si elle ne s'était pas fatiguée de la distance si facilement, si elle n'avait pas eu peur de ses rêves à lui, quelque chose aurait pu changer ou, plutôt, aurait changé d'une manière différente. Ils se seraient secoués, encouragés mutuellement et auraient fait face à deux à toutes les déceptions, aux embûches. Ils auraient pu se sauver l'un l'autre.

Elle devine le corps d'Omid qui se raidit contre le sien. Il a l'odeur du froid, de quelqu'un qui n'est jamais parti d'Iran. Il sent comme un homme qui n'a pas les réponses. Plus maintenant.

Après quelques instants, il pose une main hésitante sur son épaule. Elle inspire la senteur de sa peau, douce et sans parfum, et elle a envie de crier.

— Il faut que j'y aille, dit-il.

Donya lève la tête. Elle est lourde comme le granit. Un sanglot étouffé se cogne dans sa gorge, de plus en plus fort. Elle le regarde. Tout ce qu'il a à lui offrir est un sourire embarrassé, silencieux.

— Ça m'a fait vraiment plaisir de te revoir, dit-il.

Elle recule, telle une vague brisée qui retourne à la mer, et ouvre la portière. La honte, les regrets et le chagrin l'engloutissent tous ensemble. Quelque chose en elle se brise comme du verre.

Elle sort de la voiture, ses pieds ne font plus partie de son corps.

Dehors, la seule chose qui l'attend est la solitude mouillée de l'air.

2011

Turin, Italie

Ils sont assis sous les parasols blancs du café en face du conservatoire Verdi. Les murs couleur crème des bâtiments renvoient une lumière rasante de fin d'après-midi sur les plantes des balcons. La douceur fraîche du printemps monte des rues pavées qui entourent la place.

Neda laisse son regard errer sur les passants qui se hâtent et sur les propriétaires de boutiques, immobiles. Elle a jeté un foulard jaune autour de son cou qui frôle ses cheveux courts et noirs. Des effluves de fromage fraîchement coupé provenant du café, qui se mêlent à la lumière du soleil finissante et aux notes d'un piano venues du Conservatoire ainsi qu'à l'odeur partout présente de l'Histoire, lui font venir l'eau à la bouche.

Reza est assis à la table de bois rond, devant elle, tournant le dos à la place. Il a enroulé ses doigts autour de son verre de bière, comme s'il voulait l'empêcher de s'échapper. Il a posé son autre main sur ses genoux et, de temps en temps, il la passe dans ses cheveux sombres, ou ajuste le col de sa chemise ou la laisse courir sur son visage ovale. Il contemple Neda d'un regard lointain, comme étranger. C'est le regard de quelqu'un qui a laissé le pire derrière lui, qui pourtant tente de comprendre pourquoi, et qui se demande si c'était là la bonne chose à faire. Tous les réfugiés politiques qu'elle a rencontrés à travers lui ont le même regard, comme les survivants d'un séisme. Ils sont à l'abri mais n'ont rien à quoi se raccrocher et errent dans l'inéluctable va-et-vient des jours et des nuits. C'est le regard flou des vagabonds.

— C'était pendant les manifestations, à l'occasion du jour des Étudiants, dit Reza.

Son visage s'est durci et Neda décèle dans ses yeux comme un fanatisme, quelque chose de presque hostile. Lorsqu'il parle, cette fois, son menton tremble presque.

— Ma sœur était avec une amie et se rendait à la manifestation. Une foule s'était rassemblée dans la rue Enghelaab. C'était important de rester toujours avec les autres pour réduire le danger et le risque de se laisser entraîner par la police à commettre des délits qui justifieraient une arrestation. Ma sœur et son amie n'avaient qu'à traverser la rue pour rejoindre la foule qui scandait des slogans. Elles se trouvaient presque au milieu de la chaussée lorsqu'elles ont été piégées par environ dix Gardes de la Sécurité antiémeutes sur des motos qui brandissaient de grosses matraques. Ils les ont encerclées avec leurs engins rugissants et se sont mis à décrire des cercles autour d'elles, des cercles parfaits. Dans leurs uniformes matelassés, à l'épreuve des balles, prêts à bondir à tout moment, ils paraissaient absolument indestructibles, plus grands que nature. De l'autre côté de la rue, la foule des manifestants qui criaient des slogans et jetaient des pierres, continuait d'avancer et s'éloignait d'elles. Elle leur tournait le dos. Personne ne vit ma sœur.

Reza s'interrompt comme s'il était à bout de souffle. On voit de la détresse dans ses yeux qui vont et viennent, se posent sur les siens, avec l'agitation d'un canari en cage. Neda garde sa main immobile sur ses genoux, les yeux fixés sur Reza, essayant de se blinder contre l'histoire qui l'envahit et avec elle un pressentiment nauséeux. Une brise fraîche se lève sur la place et frôle son visage, apportant le brouhaha des rues, des conversations de femmes, des rires d'enfants et des aboiements joyeux de chiens qui jouent à se provoquer. Reza passe une main nerveuse dans ses cheveux avant de continuer.

Finalement un des gardes s'est arrêté. Il a lancé un regard mauvais à la sœur de Reza, la jaugeant, comme s'il cherchait sur son corps le meilleur endroit où appliquer le premier coup. Il était jeune, peut-être n'avait-il même pas vingt ans, sa lèvre supérieure était ornée d'un fin duvet. Ses yeux étincelaient, pleins d'un mépris froid, avide et calculateur. Le genre de mépris qui n'avait pas encore eu le temps de mûrir avec le temps, brut et immédiat. Le genre de mépris qui frappait sans donner la possibilité de réagir, de rendre les coups. Le genre qui existait, tout simplement, contre lequel on ne pouvait lutter. Il a levé sa matraque et, d'un mouvement puissant et bien réfléchi du bras, il a frappé la sœur de Reza à l'épaule.

Ce fut le signal que semblaient attendre les autres gardes. Ils se sont approchés, l'ont cernée et, sans jamais descendre de leurs motos, l'ont matraquée à toute volée, lui donnant aussi des coups de pieds avec leurs bottes. De grosses bottes lourdes. Des bottes conçues pour donner des coups, pour taper, pour piétiner. Ils l'ont frappée dans les côtes, dans le ventre. Ils l'ont attrapée par son foulard, l'ont traînée, secouée, ils l'ont frappée dans le dos, sur la poitrine, les épaules, et sur ses bras avec lesquels elle ne parvenait qu'à se protéger la tête. Ils l'ont frappée si fort qu'elle s'est mise à chanceler au milieu d'eux. Son amie a commencé à crier, à pleurer, les implorant d'arrêter. Personne ne l'écoutait. Personne même ne la touchait. Ils semblaient n'être intéressés que par la sœur de Reza, tournant autour d'elle encore et encore, lui donnant des coups de pied dans le ventre. Son amie poussait des sortes de glapissements, mais la sœur de Reza, elle, était silencieuse. Pas le moindre son. Son amie a hurlé, les a maudits, les a suppliés. Sa sœur ne pouvait pas ouvrir la bouche. Tout ce qui lui restait était ses bras, avec lesquels elle protégeait sa tête. Une dernière volée de matraque sur son dos, un dernier coup de pied dans les côtes et elle s'est effondrée.

La tête de Reza opine légèrement tandis qu'il raconte. Ses yeux semblent recouverts d'un film vitreux. Le cœur de Neda tambourine dans sa poitrine, brûlant. Le reste de son corps est engourdi, immobile. Une fraîcheur glacée l'envahit peu à peu. Elle met sa main sur sa bouche. C'est comme si on l'avait frappée à l'intérieur. Une contraction douloureuse lui tord le ventre.

Une fois sa sœur à terre, les gardes cessèrent finalement de la frapper et son amie put la ramener chez elle. Comme son corps était encore chaud, elle ne sentait pas trop la douleur au début. Elle dit même à son mari qu'on exagérait la douleur causée par les matraques. Ça ne faisait pas si mal, après tout. Même après quelques heures, lorsqu'elle commença de s'installer en elle, de gagner du terrain, et que son corps se couvrait de bleus, devenait violet, elle ne prit pas ses contusions trop au sérieux. Elle prétendit que ce n'était rien, qu'elle avait vu pire et que les ecchymoses s'en iraient bientôt.

— Mais le lendemain elle a commencé à saigner et le sang ne s'arrêtait pas. Nous l'avons emmenée à l'hôpital. Là, elle a appris qu'elle était enceinte de deux mois. L'enfant avait été tué en elle. Elle a dû subir une intervention afin d'extraire le fœtus mort.

Des grosses bottes. Parfaites pour donner des coups de pied, pour piétiner, pour écraser. Parfaites pour tuer un enfant dans le ventre de sa mère.

— Mon Dieu.

La voix de Neda se fraye un chemin entre ses lèvres, hésitante, comme un gémissement. Elle pose sa main sur ses yeux et appuie sur ses globes oculaires aussi fort qu'elle le peut, pensant à la sœur, à l'enfant mort, au sang.

— Mon Dieu, répète-t-elle. – Elle est incapable de dire quoi que ce soit d'autre. – Est-ce qu'elle va bien maintenant ? Est-ce qu'elle… s'est remise de tout ça ?

— Elle va très bien à présent – Il s'interrompt un instant. – Ça a été difficile au début. Mais elle est très forte. Elle s'en est sortie, je crois.

Neda se rend compte qu'elle peut à peine respirer. Le sang bat dans sa tête et son corps tout entier est si sensible que le moindre attouchement lui tirerait une grimace.

— La pauvre, la pauvre femme.

Reza tripote le bord de la table.

— Je n'ai jamais raconté cette histoire, ce… ce cauchemar… à personne. Je ne sais pas pourquoi, peut-être est-ce que bizarrement cette histoire est trop personnelle. C'est aussi parce que c'est ma sœur. Mais je peux te le dire, rien de ce qui m'est arrivé à cette époque, à moi ou à des gens comme moi, ne m'a secoué comme ce qui est arrivé à ma sœur. C'est comme s'ils étaient capables de nous faire du mal à nous, à notre génération, mais aussi à la génération d'après. Et ça, c'est trop dur à supporter.

— Tu as dû tellement souffrir.

— C'est elle qui a le plus souffert. – Il opine de la tête comme s'il essayait d'empêcher un sentiment au fond de lui de lui échapper, d'exploser. – Mais elle va beaucoup mieux à présent. Deux années ont passé. Et qui sait, peut-être le temps guérit-il vraiment toutes les blessures.

Il se laisse aller en arrière sur sa chaise. Sur la table, ses poings sont serrés comme s'il ne croyait pas à ce qu'il vient de dire. Il regarde la table fixement. Neda devine comme il a mal à l'intérieur, comme son corps s'abandonne à la douleur qui monte de sa mémoire. Elle pose une main sur son poing fermé.

À cet instant lui vient, sans qu'elle la sollicite, l'image de sa propre mère. Elle aussi aurait pu faire une fausse couche. C'est juste un coup de chance, au fond, si elle n'en a pas fait, si Azar est restée en vie, si Neda est restée en vie aussi.

Il y a des années, en Iran, alors qu'ils étaient tous assis autour d'un *korsi* bien chaud, leurs genoux recouverts d'édredons et de couvertures, Azar racontait des histoires de prison. Au début, quand Neda et son frère et sa cousine Forugh étaient encore jeunes, Azar racontait des histoires de prison amusantes. Elle parlait des jeux auxquels elle et ses codétenues jouaient, des plaisanteries qu'elles faisaient au sujet des Sœurs, de l'infantilité des nouvelles et de l'effronterie des anciennes, et de la drôle de coupe de cheveux qu'elle avait faite un jour à une des prisonnières. Neda se souvient comme elle, son frère et sa cousine Forugh s'esclaffaient en écoutant ses histoires, se roulant par terre, faisant la compétition à qui rirait le plus, à qui lancerait les éclats de rire les plus sonores à travers la pièce. Comme ils trouvaient tout cela fascinant ! Comme c'était amusant ! Neda aimait tout particulièrement le récit de sa naissance, la façon qu'avait sa mère de la raconter, agitant ses grandes mains, écarquillant ses grands yeux doux, décrivant à Neda ses drôles de cheveux dressés sur sa tête, ses grands yeux noirs qui observaient tout avec curiosité, comme une directrice d'école, sa peau sombre, *comme une petite coccinelle*. Neda s'imaginait tout emmaillotée, entourée de femmes aux mains avides et aux cœurs affamés. *Tu n'avais pas une mère*, disait Azar, *tu en avais trente*. Et Neda sentait une chaleur joyeuse dans son ventre à la pensée d'avoir été tant aimée, tant désirée. Neda se disait qu'elle était chanceuse. Comme l'histoire de sa naissance était drôle !

Pourtant, au fur et à mesure que les enfants grandissaient, les récits de prison perdirent peu à peu leurs couleurs et leur chaleur, comme si sa mère avait décidé qu'ils devaient connaître la vérité, ou tout du moins, l'autre côté de cette vérité. *Car toutes ces histoires sont vraies aussi,* insistait Azar, *mais elles ne sont pas tout.* Son visage ne rayonnait plus désormais lorsqu'elle racontait ces nouvelles histoires. Ses mains ne virevoltaient plus. C'était des histoires de femmes qui étaient devenues folles, transformées en *tavaab*, ou qui n'étaient jamais revenues. Même les anecdotes autour de la naissance de Neda n'étaient plus drôles. Elles étaient hantées par la peur de sa mère de la perdre, l'angoisse de la garder, par des cauchemars, de la culpabilité, de la colère. Par son obsession que certaines des femmes allaient la piétiner pendant son sommeil, lui donner des coups de pied dans la tête. Les Sœurs perdirent peu à peu leur dimension caricaturale et prirent une réalité écrasante, menaçante, imprévisible. Les Frères devinrent impitoyables, sadiques, des gens à éviter le plus possible. Au cours de ces récits, le grand-père de Neda quittait invariablement la pièce, sa grand-mère séchait ses larmes en silence et son père restait muet dans un coin, son visage s'assombrissant, un tel chagrin émanant de son être tout entier que Neda n'osait le toucher, de peur qu'il ne se lézarde comme un pot fêlé. Et les enfants se contentaient d'écouter, frappés de silence par la puissance de ce chagrin.

Et puis il y avait Behrouz, l'oncle mort, le plus jeune frère de son père, dont la photo encadrée était accrochée au mur de chaque maison et dont ils parlaient rarement. Pas au début et pas après. Ça ne signifiait pas qu'il était oublié. Aucun aspect de cette histoire passée ne l'était. Ils n'auraient pas pu l'oublier même s'ils l'avaient voulu *au nom des enfants, au nom de l'avenir*. Cette histoire conditionnait chacun de leurs pas, chaque aspect de leur vie et chaque décision. Elle était toujours là, derrière leurs paupières. Il leur suffisait de fermer les yeux pour la voir, pour la revivre.

Il leur suffisait de l'évoquer une seule fois, par une question, un commentaire innocent pendant le dîner, pour que sa mère se débatte dans des cauchemars toute la nuit, pour que son père fume cigarette sur cigarette dans le jardin, emmitouflé contre le froid de l'heure tardive. Et alors ils surent. L'avenir avait été détruit il y a longtemps. Et les enfants avec lui.

Les ombres douces du crépuscule glissent sur le visage de Reza. Il se recule dans sa chaise pour permettre à un serveur avec une petite tête et des sourcils broussailleux de poser devant lui une assiette d'olives et de fromage avec de petites soucoupes de confiture et de miel.

— *Le olive*, dit Reza en souriant et en prenant une olive. – Il a l'air d'avoir envie de changer de sujet, de ne plus vouloir parler de sa sœur. – C'est un des premiers mots italiens que j'ai appris. Elles n'ont pas le même goût, ici. Moins amères.

— Le premier mot ?

— Un des premiers.

Neda aussi prend une olive.

— C'est drôle, le mien était : *prendiamo un caffè ?*

Ils rient.

— Ça fait trois mots. Tu avais déjà un pas d'avance sur moi.

— Deux pas d'avance, dit Neda en lui faisant un clin d'œil joueur.

Reza sourit, crache le noyau dans son poing et, ouvrant ses doigts d'un geste gracieux, le laisse tomber dans son assiette. Ses cheveux coupés court le font paraître plus jeune que son âge mais confèrent une certaine sévérité à ses traits, à ses lèvres minces et gercées, aux commissures fragiles. Il a l'air un peu guindé dans son costume bleu marine, comme s'il se rendait à un rendez-vous d'affaires. Elle aime qu'il s'habille élégamment chaque fois qu'ils sortent ensemble. Elle ressent de la tendresse pour lui chaque fois qu'elle l'observe venir à sa rencontre, toujours soigné, toujours courtois, comme un écolier. En train de marcher à grands pas lents, ses bras puissants se balançant maladroitement, un sourire large mais hésitant sur les lèvres, comme s'il n'était jamais tout à fait sûr que sa bouche puisse s'ouvrir entièrement. Ses pas robustes, lourds qui pourtant lui donnent toujours le sentiment qu'il avance sur une corde raide.

C'est comme cela qu'il était lorsqu'ils firent l'amour la première fois, le matin où il était venu dans son appartement chercher des livres sur Turin qu'elle lui avait promis. Il était en Italie depuis trois mois. Il disait qu'il voulait en apprendre plus sur cette ville où il avait échoué, sur ses mystères. Il avait entendu dire qu'il y en avait beaucoup. Il était apparu dans l'encadrement de la porte, avec un long manteau gris, sentant la sciure de bois et l'attente. Il habitait au fond d'un atelier de menuiserie. Pour sortir dans la rue, il devait traverser la pénombre du magasin, parmi des meubles à tiroirs et des cadres de lits à moitié terminés, la sciure, fine et douce, se déposant alors sur sa peau. À peine quelques minutes pour traverser la boutique, et l'odeur restait sur lui, sucrée et âcre.

Il se tenait, hésitant, au milieu de la pièce, tournant le dos à la lumière dorée qui filtrait par la fenêtre. Elle devina la tension, la raideur dans les contours flous de son grand corps à la carrure massive. Il attendit qu'elle démêle, qu'elle détricote ses fils intérieurs, l'observant de ses yeux brillant comme des feuilles d'arbres sous la pluie, un sourire nerveux aux coins des lèvres. Et c'est ce qu'elle fit, lentement, avec la lumière du soleil qui lui réchauffait les épaules. Après, ils restèrent allongés l'un à côté de l'autre, elle reposant sur la douceur de son bras étendu. Ils restèrent sans bouger, sans parler. Et ils s'endormirent dans le parfum de leurs corps, sereins, comme des enfants comblés, qui s'écroulent après une longue journée à la plage.

Depuis ce jour, quelque chose en elle s'est ouvert à lui, un désir craintif, compliqué qui a pris racine en elle la toute première fois qu'elle l'a vu. C'était son statut de réfugié politique qui l'avait intriguée le soir de leur rencontre. Cela en plus de ses manières posées et de ses longs cils. C'était à la fête de Shab-e Yalda de l'année passée. Reza se tenait à l'extérieur du restaurant iranien où avait lieu la rencontre. De l'autre côté de la fenêtre, Neda le vit qui la regardait. Elle était assise dans un coin, seule. Elle ne connaissait personne. Depuis trois ans qu'elle se trouvait à Turin, elle n'avait pas beaucoup fréquenté la communauté iranienne. Elle passait la plupart de son temps avec les autres étudiants de l'Académie des beaux-arts. Mais au fur et à mesure qu'approchait Shab-e Yalda, elle sentit monter en elle sans crier gare, inattendu, le mal du pays. Elle ressentit alors le besoin de passer du temps avec d'autres Iraniens, de se lover, même pour une seule nuit, dans la chaleur et la mélancolie partagées, secrètes de leur langue maternelle. Elle se renseigna sur les évènements iraniens à venir et découvrit ce restaurant. Pourtant, une fois là-bas, seule dans son coin, elle pensait déjà partir. C'est à ce moment qu'elle le vit, derrière la fenêtre, qui fumait la pipe, sa fumée bleutée se mélangeant à la brume et à la nuit et aux flocons tout près de tomber. Elle sourit sans savoir pourquoi. La pipe lui paraissait démodée. Elle se mariait parfaitement avec le monde flottant du restaurant, avec ses tapis persans sur le sol, ses miniatures sur les murs. Un autre univers, suspendu, en dehors du temps et de l'espace.

À présent, Reza appuie ses coudes sur la table, inclinant légèrement en avant son menton parsemé de rares poils noirs. Il pose ses grands yeux pleins d'une mélancolie inquiète sur elle.

Elle entend une bouffée de musique venant des fenêtres ouvertes du Conservatoire, caressante, majestueuse, accompagnée par la voix d'une soprano dont on dirait qu'elle est en train de dénouer un nœud dans sa poitrine.

— Tu l'entends chanter ?

— Oui, dit Reza d'un air gourmand, c'est très beau. J'aime beaucoup passer devant le Conservatoire quand je sors de chez toi. On ne voit jamais qui répète là-dedans, mais ça déborde toujours de musique et de vie.

Neda penche la tête un peu et le contemple, l'imaginant qui s'éloigne de son appartement dans son costume bleu, avec son grand corps souple sur lequel flotte encore son odeur à elle, dans l'étroite, élégante mais trépidante via Mazzini, passant devant les librairies de livres anciens, les magasins de design sophistiqués et les petites boutiques de créateurs de mode qui montent. Un fugitif, à l'expression distraite et hébétée de quelqu'un qui ne sait pas où il est.

— Tu aimes l'opéra ? demande-il.

— Oui, bien que je ne sois jamais allée en écouter un.

— Moi non plus.

— On devrait y aller un jour. S'habiller très chic. Ce serait amusant. Mais avant cela il faudrait qu'on mette de l'argent de côté, dit-elle, taquine, lui adressant un grand sourire.

Il rit, rejetant légèrement la tête en arrière et plissant les yeux. Il a un rire profond, venu de la gorge. *À ses yeux je suis en sécurité*, pense-t-elle. *J'ai toujours été en sécurité ici, si loin des ravages, du chaos.*

Elle s'appuie d'un coude sur la table, posant son menton dans sa main.

— Je te fais rire.

— Oui. Tu me fais toujours rire.

— Tu aimes comme je te fais rire ?

Il penche son corps en avant. Son genou se cogne au sien sous la table.

— Oui, beaucoup.

— Pourquoi ?

— Pourquoi quoi ?

— Pourquoi est-ce que je te fais rire ?

Il l'observe.

— Parce que c'est si facile de rire quand je suis avec toi.

Elle étudie son visage et se dit que c'est vrai. Lorsqu'il est avec elle sa mâchoire contractée semble se relâcher, ses yeux s'illuminent et son rire est plus fort. On dirait qu'il est presque trop pressé de se détendre, de sourire. Il la contemple d'un regard plein d'espoir, comme s'il attendait qu'elle dise ou fasse quelque chose qui le ferait rire, qui lui ferait oublier, qui le ferait se sentir neuf. Être avec elle le réconforte, elle le sait. Le fait qu'elle soit intacte et de pouvoir respirer cette qualité en elle. Pouvoir se délecter de son calme pour oublier sa propre angoisse, ses doutes, l'horreur qui lui colle encore à la peau, l'horreur de cette violence qu'il a vue commise à l'encontre de gens ordinaires dans la rue, puis de ses jours en détention à l'isolement, sa terreur de la mort à laquelle il a fait face seul, en prison, sans savoir ce qu'il adviendrait de lui. Elle a vu souvent ses yeux briller de joie, presque de soulagement, à sa vue, comme si sa seule personne, avec ses vêtements italiens raffinés pour lesquels il n'oublie jamais de la complimenter, sa confiance en elle, son sourire étaient la preuve qu'il était possible de reconstruire quelque chose de beau à partir des débris d'une vie dévastée. Et voilà que ça recommence. Il y a quelques minutes à peine, lorsqu'elle a parlé d'aller à l'Opéra. Le soulagement visible, le besoin de croire que oui, la vie peut être facile. La vie, ce peut être de décider de se rendre ou non à l'Opéra, de mettre de l'argent de côté. La vie peut être amusante, dénuée de peur et d'horreur. Une existence où l'on n'est pas forcé de toujours se battre, de résister, de se débattre, où l'on n'est pas perpétuellement obligé de tester les limites de son courage, de sa lâcheté. La vie ce peut être simplement boire une bière dans un café une après-midi de printemps, entendre une soprano qui répète pour un concert.

Je suis sa protectrice, pense-t-elle, *son amulette.* Elle a l'impression d'être devenue forte, comme des bras infatigables capables de le soustraire à ce courant souterrain qui l'entraîne et de le guider à travers ce monde inéluctable où l'on se doit d'avancer, de tout recommencer. Elle est si forte qu'il peut déverser tout son chagrin en elle et s'en aller, libre.

— Et c'est bien ? demande-t-elle.

Il caresse sa joue du bout des doigts.

— Bien sûr. C'est très bien.

Venu d'une église non loin de là, l'écho des cloches envahit la place. Des rires d'enfants emplissent l'air. Une femme passe, poussant une poussette. On entend les battements d'ailes et les cris hystériques de plusieurs pigeons qui se disputent la plus grosse part de graines qu'un homme âgé a saupoudrées sur le sol.

Reza observe Neda de ses yeux sombres. Il sourit, bien qu'on devine une certaine solennité sur ses paupières. On dirait un homme qui voudrait se libérer d'un poids et se tenir debout, droit. À présent elle s'est habituée à ces brusques crises de mélancolie, quand il ressemble à quelqu'un en train de se noyer dans un lac invisible, auquel elle n'a pas accès. C'est un lac plein de souvenirs, d'amis qu'il a laissés derrière lui, de promesses qu'il n'a pas tenues, de luttes qu'à partir d'un certain moment il n'a plus continuées. De tout cela il parle rarement à Neda, comme s'il ne voulait pas la souiller avec ces remords qui, dans son esprit, appartiennent à un autre pays, un autre temps. Il n'y a que lorsqu'il est ivre qu'il pleure. Et dans ces moments-là, elle sait. Ces larmes lui sont familières. Elle a vu son père verser les mêmes quand l'alcool dénoue quelque chose en lui et qu'il ne peut plus s'arrêter.

— Au début, lorsque les manifestations ont commencé, il y avait beaucoup d'enthousiasme, dit Reza, reprenant son récit.

Neda constate que ses pensées ne vacillent pas, ne s'écartent pas de leur chemin. Qu'il est autant là-bas, dans cet autre monde de balles de fusil et de matraques, qu'ici avec elle sur cette belle place tranquille.

— Nous ne savions pas si nous allions réussir à faire tomber le régime. D'une certaine manière, il ne s'agissait pas de cela. C'était quelque chose de bien plus grand. Nous voulions que le monde entier sache que nous étions là, que nous étions réveillés et que nous n'avions pas peur. Nous voulions montrer à tous que notre génération avait grandi, qu'elle avait une voix et que nous pouvions et voulions prendre des décisions.

Il fait une pause et entremêle ses doigts. Sa voix vibre, fervente.

— Les plus beaux rassemblements de protestation étaient silencieux. Ce n'était pas quelque chose que nous avions décidé à l'avance. Ça s'est fait comme ça. C'est dire l'harmonie qui existait entre nous.

Neda se souvient avoir regardé les images d'une grande mer de gens qui marchaient en silence sur un large pont. Le silence était tel qu'elle avait cru, un instant, entendre les battements de leurs cœurs. Il y avait des femmes en foulards, des hommes avec des bandanas verts autour du front, des jeunes et des vieux, qui passaient devant l'œil rempli d'effroi mêlé de respect de la caméra. Un long drapeau vert flottait, tenu par la foule. Après quelques instants, un coup de tonnerre retentit : c'était les manifestants qui rompaient leur silence en frappant dans leurs mains tous ensemble. Il y eut des rires, tandis que des étrangers s'unissaient à eux dans cette explosion d'enthousiasme. Rapidement les applaudissements s'amplifièrent, jaillissant de l'écran dans la pièce où se trouvait Neda, comme de la pluie qui tambourine sur un toit.

— C'était dans une de ces vidéos de marches silencieuses que j'ai aperçu mes cousins Sara et Omid parmi les manifestants. Est-ce que je te l'ai dit ? En fait, ils sont les cousins de mes cousins, dit-elle, rayonnante. C'est un moment que je n'oublierai jamais. D'abord j'ai vu Sara. Elle faisait le signe de la victoire en riant et en regardant autour d'elle d'un air de triomphe. C'est presque comme si tous ces hommes et toutes ces femmes étaient là pour l'accompagner. Ensuite elle s'est retournée pour appeler quelqu'un. Quelques instant après, j'ai vu son frère, Omid, qui la rejoignait, prenait sa main et tous les deux sont sortis du champ de la caméra. Je n'en croyais pas mes yeux ! J'ai dû revoir la vidéo plusieurs fois pour me convaincre qu'il s'agissait bien d'eux.

Reza sourit, se renversant sur sa chaise, une expression de contentement sur le visage.

— Ils m'ont dit qu'ils étaient des centaines de milliers dans la rue ce seul jour, dit Neda, joignant les mains. Ils n'arrivaient pas à le croire eux-mêmes. Le simple nombre les a sidérés.

— Le régime était sidéré aussi, dit Reza. – Il rentre les épaules, les mâchoires serrées. – C'était comme s'ils avaient soudain compris que nous, que notre génération, ne donnions pas ce qu'ils avaient escompté, que tous leurs lavages de cerveau n'avaient pas marché. C'est à ce moment que les descentes ont commencé.

Et ce n'était pas seulement pour nous effrayer et nous faire rentrer chez nous. Les forces étaient là pour nous tuer, pour tuer des milliers d'entre nous, peut-être même des millions.

Reza s'interrompt. Les muscles de son visage sont tendus par l'émotion. Il semble abasourdi, en état de choc. Il écarquille ses yeux sombres comme si la terreur se réveillait. Neda sent la chair de poule remonter jusqu'aux racines de ses cheveux.

— Partout des coups de feu, des cris de terreur, des voitures qui brûlaient et de la fumée noire qui montait vers le ciel, des visages et des corps ensanglantés. Ça n'avait rien d'un jeu. Ils étaient déterminés à tuer autant de manifestants que possible sans même un battement de cils. Aucun de nous n'aurait cru le régime capable d'une telle brutalité. D'une telle violence, d'une telle volonté tranquille d'assassiner. Même dans ses pires cauchemars.

Reza se tait. Neda le regarde fixement, sans pouvoir parler. Elle se souvient des vidéos. Les scènes montrant la violence des forces de l'ordre et le défi que leur opposaient les manifestants la remplissaient d'une étrange et irrésistible énergie. Elle se rappelle avoir eu envie de prendre une barre de fer et de briser toutes les fenêtres, de courir jusqu'à tomber par terre, de mettre le feu à tout ce qu'il y avait autour d'elle, de sauter d'une falaise. Et pourtant, aujourd'hui, tandis qu'elle écoute Reza, qu'elle lit sur son visage à quel point il est déconcerté, choqué, quelque chose dans son ventre se soulève. Elle sent un frisson de rage la parcourir, de dégoût, à le voir si étonné, si ahuri, comme si tout ce qui était arrivé n'était pas déjà arrivé.

Quelle différence y avait-il, si ce n'est qu'aujourd'hui les tueries étaient pratiquées dans la rue ? Perpétrées avec davantage d'audace, commises au vu et au su de tous, le sang versé scintillant en plein jour et non plus derrière les murs des prisons, par seaux, au milieu de la nuit. *Ou alors les exécutions étaient-elles toujours en pleine lumière, le soleil frappant les prisonniers aux yeux bandés en pleine face ?*

Non, elle n'était pas choquée. *Ils en ont déjà tué des milliers, Reza*, aurait-elle aimé crier. *Tes pires cauchemars se sont déjà réalisés il y a vingt-trois ans.*

Le serveur qui emporte les verres vides interrompt leur conversation.

— *Altre due ?* demande-t-il à Neda.

Neda et Reza s'appuient aux dossiers de leurs chaises et se regardent.

— *Sì, grazie*, dit Neda au serveur.

Après cela, ils restent assis en silence. Ils regardent autour d'eux, comme s'il leur fallait un moment pour pouvoir affronter leurs émotions, pour parvenir à les contrôler. Ils se réfugient dans la vie qui se déploie tout autour, sur la place peu à peu envahie par le crépuscule bleu, dans les ombres qui s'attardent et prennent leurs quartiers sur les volets vert clair du Conservatoire. Ils observent le café qui se remplit de monde. Des groupes d'amis se rassemblent autour des tables. Des couples tentent d'entendre la voix de l'autre dans le vacarme des verres qui s'entrechoquent, de la glace que l'on pile, du bruit de broyeur du shaker à martinis. De l'autre côté, un homme et une femme sont devant une parfumerie, admirant les élégants flacons dans la vitrine. Au milieu de la place, une bande d'adolescents se tiennent nonchalamment sur les marches de la statue de La Marmora, un des généraux de la guerre d'indépendance italienne qui s'incline légèrement sur son cheval.

La beauté tranquille de la place emplit Neda d'impatience et d'étonnement. *Que faisons-nous ici, dans cette ville, dans ce pays ?* Il y a quelques instants à peine, le paysage lui paraissait être le parfait décor pour leur conversation intime, pour permettre aux mots de sortir plus facilement. À présent, soudain, la vie pétillante, bouillonnante autour d'eux lui semble étrangère, comme sans rapport avec eux. Elle devient floue au fur et à mesure qu'elle s'anime, comme un rêve. Pendant un moment elle est incapable de dire ce qui lui paraît le plus irréel : le bourdonnement indifférent de la ville ou la conversation avec Reza. C'est comme si, en quelques minutes, elle avait été projetée d'un univers dans un autre. Depuis un monde ployant sous le poids du passé et du présent, où un couteau trempé de sang s'acharne dans le cœur d'un pays entier, à un monde où une fille passe à bicyclette sur la place, son foulard rose et jaune flottant au vent derrière elle. Neda a l'impression d'être deux corps en un seul. L'un qui se tord dans des convulsions, et l'autre qui se tient tranquille. Chaque monde rend l'autre impossible, lointain, le faisant paraître comme une tout autre réalité.

Elle entend des bribes de conversation venues d'une table derrière elle au sujet d'un chat qui s'est échappé après une visite chez le vétérinaire. La propriétaire du chat s'exprime d'une voix plaintive. Elle a peur que le chat ne revienne jamais. Il a perdu sa confiance en elle et ne l'associe plus désormais à la nourriture ou à un abri, mais à l'expérience traumatisante du vétérinaire. Un téléphone portable sonne et met un terme à la conversation.

Neda tourne son regard vers Reza, dont le grand corps est avachi dans la chaise, comme si une force invisible le poussait vers le bas. Il a l'air étrangement enfantin, docile. Neda a envie de le prendre dans ses bras. Après tout, ils n'ont que l'un et l'autre. Elle tend la main et lisse les quelques cheveux grisonnants sur ses tempes. Il la lui prend et la garde entre les siennes.

— Comme elles sont petites ! – Il les examine, perplexe. – Je pourrais les mettre dans ma poche et les emporter avec moi et personne ne s'en apercevrait.

Il la contemple et ses yeux luisent doucement. Neda sourit. Elle aime la sensation d'être enveloppée par ses mains protectrices, tellement plus grandes que les siennes. Il a de longs doigts minces dont la peau est légèrement rugueuse et chaude. Elle recroqueville ses doigts entre ses deux paumes, puis les force à s'ouvrir, et les recroqueville de nouveau, joueuse. Elle a un soudain besoin de lui parler encore de ce qu'elle a vécu pendant les journées après les élections, assise derrière son ordinateur, observant le déroulement des événements. *Tout cela paraît si récent,* pense-t-elle, *bien que ce soit terminé depuis deux ans.* Un frisson de jalousie la parcourt à la pensée qu'il a été là-bas, qu'il a participé à cet instant où s'est faite l'Histoire. Il a couru dans ces rues, jeté des pierres, crié des slogans. Il a été arrêté, relâché, et de nouveau arrêté jusqu'à son ultime fuite. Il a risqué sa vie. Comment peut-elle rivaliser avec cela ? Comment pourrait-elle raconter une histoire, évoquer un souvenir plus grand que tout cela ? Lui a vécu les choses de manière immédiate, intime. Il a respiré la fumée des balles, les gaz lacrymogènes et vu le sang couler dans les rues. Il a fait ce que ses parents à elle avaient fait trente ans plus tôt. Il est pour elle comme un rappel constant de ses parents, de ce qu'ils auraient été si elle avait pu les voir. Mais dans ses souvenirs ils sont bien plus âgés. C'est comme cela que Neda se représentait tous les activistes politiques, tous les réfugiés, avant de rencontrer Reza. Avec la même allure, les mêmes visages posés et mûrs, entre deux âges, qu'avaient ses parents lorsqu'ils étaient avec elle et qu'elle était assez âgée pour s'en souvenir. Pas pendant le laps de temps où ils étaient absents et qu'elle dormait dans les bras de sa grand-mère, son souffle chaud sur son visage qui la faisait presque suffoquer. Elle n'avait jamais vraiment considéré cette image de ses parents et ce ne fut qu'après avoir rencontré Reza qu'il lui vint à l'esprit qu'ils avaient été jeunes également, aussi jeunes que Reza, lorsqu'ils avaient été arrêtés. Cette simple découverte, dans toute son apparente banalité, lui avait causé un choc. D'imaginer ses parents s'enfuyant dans ces rues hostiles, jetant des tracts antigouvernementaux dans les maisons, participant à des réunions clandestines, tout comme Reza, leurs jeunes visages enthousiastes baignés d'une lumière fervente et déterminée, chacun de leurs gestes dédié à cet idéal qui rendait tout le reste si insignifiant. Elle en perdit presque le souffle quand elle réalisa que sa mère avait été encore plus jeune qu'elle lorsqu'elle avait accouché, enfermée derrière les murs de briques de la prison. Puis elle se souvint comment

Azar évoquait certaines de ses très jeunes codétenues. *Trop jeunes,* disait-elle, *pour souffrir pour leurs idéaux politiques qui tenaient à peine la route.* Sa mère racontait comment ces prisonnières portaient toujours des vêtements gris et noirs et s'asseyaient en rang le long des petits murs bas en faisant semblant d'être fortes. Mais lorsqu'elle arborait sa chemise blanche avec ses fleurs jaunes et roses, elles ne parvenaient pas à cacher leur joie. Elles oubliaient leur force feinte, se souvenant qu'elles n'avaient rien à voir avec ces murs nus et ces tapis usés, que la prison n'était pas pour elles et qu'elles étaient, quelque part, les victimes d'une terrible erreur. Ces confessions maternelles avaient, en leur temps, consterné Neda, pas tant pour Azar elle-même que pour ces autres « très jeunes » prisonnières. Mais à présent qu'elle regardait Reza, elle voyait que sa propre mère elle-même avait été une de ces très jeunes prisonnières. Simplement elle ne l'avait jamais dit, jamais avoué.

Le serveur revient bientôt avec deux verres de bière fraîche couverts de gouttelettes, couronnés d'une mousse épaisse. Ils se lâchent les mains pour lui permettre de poser les verres sur la table et de glisser l'addition sous le cendrier en plastique gris. Un instant, ils contemplent les verres, puis ils se regardent. De pâles sourires éclairent leurs visages tandis qu'ils trinquent et boivent la première gorgée.

— Cette bière est bonne, dit Reza.

— Oui.

Reza se penche légèrement en avant, les épaules arrondies, et examine l'assiette de fromages qu'ils ont à peine touchée.

— Alors, qu'est-ce que tu peux me dire au sujet de ces fromages ?

Neda aussi se penche, appuyant sa poitrine contre ses mains jointes sur le bord de la table, et regarde l'assiette.

— Voyons, dit-elle, libérant une de ses mains pour montrer les fromages un par un. Nous avons ici du parmesan, du raschera, de la fontina.

Reza rit, amusé.

— Comment fais-tu pour les reconnaître ? Quand je suis au supermarché et que je veux acheter du fromage, j'en prends un au hasard et je n'arrive jamais à me rappeler son nom.

— C'était comme ça aussi pour moi au début. Puis j'ai appris petit à petit.

Reza déchire un morceau de pain, pose dessus un peu de fromage et le lui tend. Exactement comme sa mère le faisait il y a quelques années. Elle lui confectionnait de tout petits sandwichs tout en lui demandant comment se passaient ses cours de peinture. Azar, dont Neda savait qu'elle aurait voulu que sa fille revienne en Iran et qui pourtant ne s'est jamais autorisée à le formuler.

Neda n'a parlé à Reza de sa mère et de l'histoire de sa naissance qu'une seule fois. Ils étaient sortis une nuit et rentraient à la maison. L'aube ne pointait pas encore sur les collines de Turin. Les rues désertes étaient prises dans ce mystérieux silence du petit matin, palpitant, plein de promesses. Ils se tenaient sur le balcon d'où ils avaient une meilleure vue de la pointe de la Mole Antonelliana qui chatouillait les rares nuages blancs et les traînées pourpres et or dans les arbres au bout de la rue.

— Je suis un homme heureux, avait dit Reza.

Il l'avait enveloppée dans ses bras, sa bouche tout contre son oreille. Elle s'était lovée dans leur écrin serré. Elle avait souri, mais elle réfléchissait déjà aux mots qu'elle allait choisir pour raconter son histoire. Il gardait son visage très près du sien, comme s'il voulait respirer à travers sa bouche. Elle s'était demandé s'il sentait les battements fous de son cœur, si déchaînés qu'elle croyait qu'il allait imploser.

Puis elle lui avait dit, d'une voix traînante tout d'abord, puis qui peu à peu gagnait en force, tandis qu'elle démêlait les nœuds un par un. Reza l'écoutait. Pendant toute la durée du récit il avait arboré un sourire fragile, peiné, sur ses lèvres, qu'on aurait dit gravé sur son visage. Il transpirait le malaise tout en l'écoutant avec l'expression vague d'un homme qui ne sait pas comment faire face à une émotion. Son visage, éclairé par la lumière douce du soleil levant, était indécis, imprévisible.

Il ne l'avait jamais interrompue, n'avait pas posé de question ni fait de commentaire. Ensuite, lorsqu'elle avait eu fini, il l'avait entourée de nouveau de ses bras, l'avait tenue serrée et lui avait fait l'amour en silence. Ce fut leur nuit d'amour la plus silencieuse, comme si le ciel leur était tombé dessus.

Après cela, Reza n'en avait plus jamais parlé.

— Il y a quelque chose que je ne t'ai jamais dit.

La voix de Reza interrompt le cours de ses pensées.

Neda lève les yeux, quelque peu surprise, comme si elle avait été brusquement tirée d'un rêve.

— Qu'est-ce que c'est ?

Depuis les immeubles, d'où coule une obscurité mêlée à la lumière des lampadaires, leur parviennent les appels secrets des oiseaux. Peut-être se préviennent-ils de menaces qu'ils pressentent, peut-être se disent-ils bonne nuit. *Tu vas me raconter une histoire,* pense-t-elle. *Encore une histoire. Mais je suis fatiguée des histoires. Elles ne s'arrêteront donc jamais ?*

— Mon père était l'un des membres des Gardes de la Révolution, dit-il. En fait, il était l'un de leurs fondateurs.

Neda le regarde. Un frisson lui parcourt l'échine comme si elle avait pris un coup de froid. Il lui semble qu'il baisse un peu la voix, comme s'il n'était pas sûr de ce qu'il avançait ou qu'il préférait que personne hormis Neda ne l'entende.

— Mais il n'est plus un des leurs. Il est parti dès qu'il a compris qu'ils n'étaient plus fidèles à leurs principes.

Neda opine et continue de le fixer, incapable de seulement ouvrir la bouche. Le choc est trop grand pour qu'elle puisse penser, pour qu'elle puisse digérer ce qu'il vient de lui dire. Alors qu'au début les yeux de Reza semblaient fuir les siens, on dirait qu'il a retrouvé son sang-froid. Tout en parlant il la regarde droit dans les yeux, comme s'il voulait lui montrer qu'il n'a rien à cacher, que sa conscience est tranquille.

— Les Gardes de la Révolution ne sont plus ce qu'ils étaient censés être, ce pour quoi ils ont été créés. Mon père s'est senti trahi. Ses idéaux ont été mis à mal.

Tandis qu'elle l'écoute, un souvenir lui revient. Elle essaie de ne pas y penser, de se concentrer sur ce que

Reza lui raconte, mais le souvenir se fraye un chemin à travers sa résistance.

C'était un jour de grand soleil. Neda et Forugh jouaient dans le jardin de la maison de la grand-mère de Forugh, où Neda se rendait tous les vendredis pour passer du temps avec ses cousins. Simin, la mère de Forugh, les appela à l'intérieur, expliquant qu'elle avait quelque chose à leur dire. Son visage long et mince était paisible mais blême. Elle était assise par terre, appuyée sur un coussin rouge, un tchador blanc avec de minuscules fleurs jaunes lui couvrant les jambes. Elle les regarda entrer de ses yeux aux paupières lourdes, tout en se tordant les mains. Forugh s'assit sur les genoux de sa mère. Neda s'assit près d'elle, les genoux enfoncés dans les nœuds du tapis jaune et bleu.

Neda ne se rappelle pas les mots exacts de Simin. Elle se souvient que Simin ne pleurait pas, en fait il se peut même qu'elle ait arboré un sourire, un triste sourire, sans éclat, comme la lumière d'un soleil d'hiver. La peau de son visage était sèche, avec des ombres bleutées sous ses yeux gonflés. Sa figure aux hautes pommettes était émaciée.

En apprenant la mort de son père, Forugh se tint très tranquille et fixa sa mère. Ses yeux bruns et vifs devinrent opaques et une bouffée de rouge lui monta aux joues, mais elle ne bougea pas. Ce fut Neda qui éclata en sanglots et se précipita hors de la pièce en courant jusqu'au sous-sol où elle se cacha dans une vieille armoire que Forugh lui avait montrée un jour comme étant la meilleure cachette de la maison.

Les enfants savaient que le père de Forugh était en prison, mais tous les autres étaient revenus, alors pourquoi pas lui ? Neda trouvait que c'était injuste que son père à elle revienne et pas celui de Forugh. Ce ne fut que plus tard qu'elle apprit que des milliers d'autres enfants n'avaient pas vu leurs parents revenir. Nous étions en 1988, la dernière année de la guerre, la guerre sacrée, la défense sacrée, le moment rêvé pour éliminer tous les dissidents sans laisser de traces.

On ferma les portes des prisons, toutes les visites furent annulées et la purge commença.

On organisa des procès dans lesquels une Commission spéciale posait des questions à chaque prisonnier. Elles variaient de « Êtes-vous musulman ? » à « Êtes-vous prêt à dénoncer publiquement le matérialisme historique ? ». En fonction des réponses, la Commission répartissait les détenus en deux catégories, celle dont les réponses les satisfaisaient et celle dont les réponses ne les satisfaisaient pas. Des milliers *d'apostats, d'ennemis de Dieu*, furent promptement exécutés. Certains disent qu'il y en eut des dizaines de milliers. Personne n'en connaît le nombre exact. Le père de Forugh, comme des milliers d'autres pères et de mères et de filles et de fils ne put jamais rentrer chez lui. La seule raison pour laquelle les parents de Neda revinrent fut qu'ils eurent la chance d'avoir accompli leur peine et d'être libérés avant que ne commence le massacre.

Neda ne se souvient plus combien de temps elle est restée dans l'armoire ce jour-là, mais Forugh et Simin vinrent la chercher. Elles lui parlèrent, la consolèrent, essuyèrent ses larmes. Pour lui remonter le moral, Forugh joua pour elle sur le petit xylophone multicolore que son grand-père lui avait acheté. Ensuite elle permit à Neda de jouer dessus aussi et sa mère les observa, souriante, encourageante, tapant dans ses mains.

Neda se sent faible. Elle réalise qu'elle a inconsciemment retenu sa respiration. Ses mains, sous la table, sont froides. La violence du régime choque Reza parce qu'il ne sait pas. Peut-être son père ne lui a-t-il pas dit qu'il existe des enfants qui n'ont jamais pu pleurer leurs parents, qui sont devenus des adultes, grands et sûrs d'eux en apparence, et qui pourtant tout au fond, sont restés de petits enfants assis sur les genoux de leurs mères, incapables du moindre geste.

Neda appuie les paumes de ses mains sur ses cuisses. Elle a la gorge sèche. Ses yeux brillent de larmes de colère qui ne coulent pas.

Le père de Reza savait-il ce qui se passait ? Que savait-il au juste ? Jusqu'à quel point était-il impliqué ? Était-il même impliqué ? Peut-être pas. C'est ce qu'elle espère.

Ton père a-t-il du sang sur les mains ?

Si c'était le cas, cela détruirait tout.

Elle passe une main dans ses cheveux. Elle regarde Reza dont les grands yeux sont fixés sur elle. *C'est un test*, pense-t-elle, *il veut voir ma réaction, voir si je suis capable d'entendre le reste, voir s'il peut me raconter son histoire en toute confiance.* Elle doit entendre tout ce qu'il a à dire. Il faut qu'il se mette à table, pense-t-elle. Mais elle aurait presque préféré qu'il ne lui dise rien au sujet de son père, qu'il n'essaie pas de tout lui dire, de lui expliquer, pour s'attendre ensuite à ce qu'elle ne bronche pas. *Qu'est-ce qu'il veut de moi ?* Un instant elle décide de tout oublier, Reza, son père et ses souvenirs. *Je ne suis pas obligée de rester là à tout écouter.* Et pourtant, elle ne peut s'empêcher de rester, de l'écouter, de le respirer comme si elle voulait l'avoir en elle pour toujours.

— Ce n'était pas ce pour quoi mon père s'était battu, ce qu'il voulait construire, continue Reza. Il voulait protéger la Révolution. À l'époque il y avait des menaces, tu sais. D'éventuelles interventions étrangères, la guerre. Mais tout a pris un tour différent. Les Gardes se sont attribué trop de pouvoir et trop de richesses. Mon père n'a plus pensé que cette aventure était la sienne.

Ce n'est pas la faute de Reza, pense Neda. Comment le monde pourrait-il continuer de tourner si chaque enfant se voyait reprocher les fautes de son père ? Il ne faut pas qu'elle tombe dans les pièges que l'Histoire tend partout, dans tous les coins. Il faut qu'elle les évite. Elle doit l'écouter lui, entendre ses explications.

Mais est-ce que ça pourra jamais marcher entre nous ? Est-ce qu'une relation avec un homme qui vient de l'autre bord n'est pas condamnée d'avance ?

Neda hausse les épaules, comme pour se débarrasser de la tension. Elle regarde Reza et voit ses doigts qui emprisonnent son verre. Elle s'émerveille de sa réalité, de le voir. Elle se demande si elle se serait assise à la même table que lui, leurs mondes parallèles et pourtant lointains se rencontrant, s'ils avaient été en Iran. Elle n'en est pas sûre. Elle n'est pas sûre non plus que l'occasion se serait présentée. Elle sait qu'en d'autres lieux, dans une autre vie, il aurait pu être son ennemi. Il aurait été là-bas aussi loin d'elle qu'il est proche d'elle en Italie aujourd'hui, car ici, à des milliers de kilomètres, l'Histoire cesse d'être aussi atrocement personnelle. Elle devient quelque chose que l'on voit au journal télévisé. Elle est moins physique, sensorielle, tangible. Les mots sont plus faciles à prononcer, plus légers. Les gestes sont moins inhibés, les regards moins instinctivement prudents, les sentiments moins éreintants, ils sont moins mêlés de la honte, des reproches, du désir de vengeance et de rédemption d'une nation entière. Chaque mot n'est plus l'allégorie soit de quelque chose d'élevé et de noble, soit de quelque chose d'abominable et de malheureux. Chaque action n'est plus le symbole d'un défi ou d'un conformisme, chaque silence l'occasion de comprendre à quel bord on appartient et chaque combat pour le bonheur une distraction regrettable de la lutte pour le destin du pays. Loin de cette terre, les yeux ont perdu leur constante fébrilité, à l'affût du moindre danger, et les oreilles ont rétréci et retrouvé une taille normale, elles ne sont plus ces larges appendices qui ne parviennent à capter que des chuchotements. Ici, on peut prendre du recul, on peut observer et réfléchir et arriver à des conclusions. On peut aimer, aimer sans craindre le pire, sans montrer du doigt, sans lutter sans cesse contre l'odeur du sang qui vous emplit les narines.

Mais est-ce que je l'aime ? se demande Neda. *Est-ce seulement possible ?*

— À partir de ce moment, mon père a vécu son opposition au régime discrètement, dit Reza. Il n'en parlait jamais vraiment. On aurait dit que la politique ne l'intéressait plus du tout. Même avant les élections de 2009, quand la campagne électorale battait son plein et que tout le monde était très enthousiaste, évoquant sans cesse les débats présidentiels et le reste, mon père ne semblait pas touché par tout cela. Après les élections, lorsque les manifestations sont venues, surtout après que les répressions ont débuté, c'est comme si quelque chose en lui tout à coup explosait, comme si c'était la goutte d'eau qui faisait déborder le vase. Je peux te le dire, il n'a jamais manqué une seule manifestation.

Reza sourit au souvenir de ce trait de son père. Il était pour lui cet homme courageux, intrépide. Elle voit la fierté qui brille dans ses yeux. Neda sourit avec lui, mais elle ne peut s'empêcher de penser à la chronologie des faits. Quand son père a-t-il quitté les Gardes ? Plus de trente ans ont passé depuis la Révolution. C'est très long. À quel moment a-t-il décidé que tout cela avait mal tourné ? Quand a-t-il décidé qu'il y avait eu assez de sang versé ? Avant le bain de sang ou après ?

Tandis qu'elle écoute Reza, elle a une sensation d'oppression dans la poitrine, même si elle tente de l'ignorer et d'être la plus forte. Elle se sent habitée par une culpabilité et une colère sans fond. Toute sa vie, elle a abhorré les Gardes, les a redoutés. Elle ne peut se résoudre à les évoquer maintenant, à poser des questions à leur sujet comme s'ils n'étaient qu'un phénomène intéressant sur lequel enquêter, ou à comprendre. Pendant des années, en Iran, des gens comme Neda et sa famille ont vécu dans un monde à part, ne faisant qu'un avec cette planète de souvenirs où tout le monde savait quelle peur pouvait surgir d'un clip-clap de sandales en plastique. Neda entend encore sa mère la mettre en garde le premier jour d'école : *Ne dis jamais à personne où tes parents ont été !* Il y avait un abîme entre ce dont on pouvait parler à la maison et ce qui pouvait être évoqué dehors, de l'autre côté de la porte fermée. Il existait deux mondes parallèles, un dans lequel on ne cachait rien, ni les souvenirs, ni le mépris familial pour le régime, et un autre dans lequel tout était interdit, où les voix étaient étouffées et où les enfants héritaient d'une aptitude à détecter tout ce qui pouvait constituer un danger pour la famille, transportant avec eux, tel un sac de pierres qu'ils ne pouvaient jamais poser, les secrets de leurs parents. C'est ainsi que Neda en vint à considérer elle-même et les siens : une famille de secrets, de résistance et de défaite.

C'est ce que nous sommes, lui dit un jour Azar. *Et tu dois le savoir, car tu dois comprendre que tes parents se sont battus pour t'offrir une vie meilleure. Mais de l'autre côté de cette porte tu ne peux faire confiance à personne. Ni à ton professeur préféré, ni au voisin, ni même à ta meilleure amie.* Azar avait peur que les hommes du régime soient de nouveau après eux, qu'ils reviennent pour ses enfants ou qu'ils leur refusent quelque chose que d'autres enfants avaient, ou qu'ils les maltraitent. Elle se disait que le châtiment pouvait toujours les frapper et que d'avoir purgé une peine de prison ne signifiait rien, que cela ne les dispensait pas d'une souffrance supplémentaire. Elle se disait que *les autres*, les Gardiens de la Révolution, n'en avaient peut-être pas fini avec eux. Ils vécurent ainsi pendant des années, dans la peur d'une nouvelle punition, d'une dette qui n'aurait pas été totalement remboursée.

Puis, les manifestations commencèrent et tous les abîmes s'estompèrent. Tout le monde était à présent dans la rue. Les enfants des victimes autant que ceux des auteurs des crimes. Tous vibrant d'espoir, d'attente, confiants. Les enfants n'avaient pu se résoudre à rester là sans rien faire, à être de simples témoins. Ils n'avaient pas voulu voir leurs parents comme les seuls auteurs de l'Histoire. Cette lutte était devenue la leur, libre, qui les habitait tout entiers sans limites, dans laquelle ils se retrouvaient tous ensemble dans des eaux inexplorées dont personne n'avait encore dressé la carte et où chacun avait un rôle à jouer. Ces mêmes eaux qui avaient porté Reza jusqu'à elle, son corps brisé et son âme meurtrie, ses mains aussi vides que les siennes, dans ce pays, à des milliers de kilomètres, où il était tellement plus facile de se pencher sur l'Histoire.

Soudain une idée lui vient et elle en a le souffle coupé. Reza ne voulait pas entendre l'histoire de sa mère, Azar. Il arborait le sourire d'un homme qui ne veut pas savoir. Elle l'a forcé à l'écouter et c'est à contrecœur qu'il a été son destinataire. Elle sent le sang qui lui monte à la gorge. Ce n'est pas étonnant qu'il n'ait jamais abordé le sujet, jamais posé de questions. *Il avait peur. Il ne voulait pas supporter la responsabilité. Il luttait.* Elle l'avait perçu dans ce voile scintillant, plein de défi, qui était tombé sur ses yeux alors qu'elle parlait. Cela s'était passé très vite, mais elle l'avait vu. Elle ne rejetait pas la faute sur lui, un réfugié qui avait tout perdu. Elle ne lui en voulait pas. *Je n'en veux pas non plus à ton père.* Elle voulait seulement qu'il sache que les prisons étaient remplies bien avant qu'il ne rejoigne la protestation, et que sous la terre, il y avait des voix tues.

Leur entraînement n'envisageait pas les remords.

Les pensées coulent dans l'esprit de Neda aussi facilement, aussi vite que l'eau coule d'un verre renversé. Ces pensées lui font honte mais l'attirent en même temps. Elle est horrifiée, mais aussi émerveillée par l'aisance avec laquelle elles se déchaînent en elle. Elle regarde Reza et espère qu'il ne peut pas lire dans ses yeux.

— Je lui demandais : Tu essaies vraiment de leur faire entendre raison ? continue Reza, passant une main agitée sur son visage. Ils sont tout à fait incapables de comprendre quoi que ce soit. Ce ne sont que des loups brutaux. Ils sont pires que des loups, ils ne voient que le sang.

Neda s'entend dire :

— Il tentait de les changer.

— Mais ils n'auraient jamais changé. Tout ce qu'ils voulaient, c'était se débarrasser de nous. Nous étions trop nombreux, Neda. Peut-être aussi étions-nous trop forts. Ou alors c'est ce qu'ils ont pensé.

Neda laisse retomber ses mains. Elle sent son corps se relâcher. Elle a l'impression d'être aspirée encore plus profondément dans son désespoir. Comment pourrait-elle parler à sa famille, à son frère, à sa cousine Forugh, surtout à Forugh, de l'homme qu'elle fréquente ? Est-ce que le fait que Reza est du même côté qu'eux, qu'il s'est opposé au régime, qu'il a tout perdu, que son père a été roué de coups, que son visage a été fracassé, est-ce que tout cela aiderait ? Est-ce que Forugh pourrait accepter quoi que ce soit dans cette histoire ? *Rien de tout cela ne pourra ressusciter mon père, de toute façon.*

Neda regarde Reza et imagine sa sœur, avec ses yeux à lui, ses petites dents lorsqu'il sourit. Elle pense à sa mère à elle, Azar, et comme son ventre devait commencer à se voir quand les Gardes de la Révolution sont venus la chercher, aussi pesante que la mer, son ventre et ses seins alourdis par la maternité à venir.

Voici les Gardes de la Révolution que ton père a contribué à créer. Les monstres déchaînés, les Frankenstein qui ont emprisonné, torturé, et rempli des charniers. Les Gardes dont les protégés encore plus cruels sont maintenant dans les rues, frappant, fracassant, tuant. Ceux qui ont donné des coups de pied dans le ventre de sa sœur, à l'enfant à l'intérieur. Son père a fondé les Gardes, puis s'est retiré. Car il pensait qu'ils ne portaient plus les idéaux pour lesquels il s'était battu. Mais les monstres étaient lâchés. C'était déjà trop tard.

Si ce n'est pour ma mère, alors au moins pour ta sœur.

Neda a une sensation d'oppression dans la cage thoracique. Elle a envie de pleurer. Elle aimerait que sa mère soit avec elle pour pouvoir cacher son visage contre sa poitrine, pour sentir sa chaleur, pour écouter les battements de son cœur. Elle s'abandonnerait et s'endormirait et se réveillerait avec le parfum suave des fleurs du jacaranda et le doux bruit des pas de sa mère dans la cour. Rien n'a jamais donné à Neda un sentiment de paix comme la certitude inébranlable de ces pas, comme la proximité des effluves du jacaranda.

Ils sont assis en silence. Une expression fatiguée et vide se lit sur leurs visages. Ils restent ainsi sans bouger, comme si leurs souvenirs s'écrasaient, se défaisaient au fond d'eux. Quelques minutes passent avant qu'ils ne se regardent l'un l'autre. Reza lui prend la main et la serre légèrement.

— Allons faire un tour, dit-il, en lui souriant doucement. Je vais aller régler l'addition. Cette fois c'est moi.

Neda fait oui de la tête et le voit s'éloigner. Elle jette un regard autour d'elle sur la place. L'air scintille dans la lumière des lampadaires qui illuminent les façades du Conservatoire et les immeubles adjacents, jetant des ombres irrégulières sur les plantes des balcons. Deux fillettes en robes roses se poursuivent autour de la statue. Le Conservatoire est silencieux, ses fenêtres sont closes. Un groupe de jeunes hommes et femmes se tient devant les portes qui ferment en discutant, portant leurs instruments dans de grands étuis noirs, quelques-uns avec des cigarettes entre les doigts, soufflant des nuages de fumée par-dessus leur épaule. Neda croise les bras sur sa poitrine. Elle a mal à l'intérieur, elle est ébranlée, exténuée. Ses oreilles sont bouchées, comme si un rideau de silence était tombé sur elles, étouffant tous les sons.

Un jour, alors que Neda s'ouvrait à son père de son inquiétude pour les prisonniers qui croupissaient dans les prisons du régime, dont les noms et les visages circulaient sur Facebook, Ismaël répondit : *Au moins leurs visages sont connus, leurs noms sont sur toutes les lèvres. Nous, nous sommes morts en silence.*

Après quelques minutes la porte du café s'ouvre et Reza réapparaît. Son costume bleu est un peu grand pour lui. Il adoucit son dos très droit, ses épaules larges. Il s'approche et lui sourit, son visage s'illuminant comme s'il venait de la voir pour la première fois.

Elle sent une bouffée d'émotion en elle. À la vue de sa beauté tendre, accueillante et pourtant un rien sauvage, elle perd presque le souffle. Elle s'imagine ses propres parents à sa place. Elle les voit marcher l'un à côté de l'autre dans l'éclat radieux des pâtisseries et des magasins de fruits secs qui se déverse sur le trottoir. Son père a mis sa main derrière son dos, sa mère, légèrement plus petite, a posé la sienne sur son sac à main et son autre main est fermée en un poing. Ses parents ne furent pas des réfugiés. Ils restèrent sur place, firent de la prison, furent relâchés et élevèrent leurs enfants avec défi dans le pays même où leurs espoirs avaient été écrasés.

Neda aurait aimé que ses parents puissent trouver des protections à eux, leurs propres amulettes. Elle aurait aimé qu'ils ne souffrent pas autant, catapultés qu'ils furent dans une réalité différente où ils comprirent que leur combat leur avait été confisqué. Parfois, elle aimerait retourner dans le passé pour leur prêter main-forte, les aider à traverser ce pont fragile, branlant, qui réunissait les deux mondes, celui de l'horreur et celui de l'espoir. Il est peut-être trop tard pour ses parents. Mais elle a toujours Reza. Elle voit dans ses yeux la même anxiété qu'elle voyait autrefois dans les yeux de ses parents, et elle espère avoir le pouvoir de l'effacer. Et c'est la raison pour laquelle elle ne peut le laisser partir, quels que soient l'endroit et le côté d'où il est issu.

Elle se lève.

Si son père est le passé, si ses parents sont le passé, Neda et Reza se doivent d'être l'avenir. Ils sont l'avenir. *Il ne doit rien y avoir, dans nos yeux, que le reflet de l'autre.*

— Tu es fatiguée ? demande-t-il.

Elle secoue la tête et lui fait un faible sourire. Elle a du mal à résister à l'intensité de son regard. Elle met ses mains sur ses yeux. Quand il les ferme, ses cils chatouillent ses paumes.

Neda a la bouche sèche. Elle doit avaler, avec difficulté, avant de pouvoir parler.

— Je suis vraiment désolée pour ta sœur.

Sa voix lui semble venir de très loin. Puis elle se brise. Des larmes brûlantes lui emplissent les yeux.

Reza écarte les mains de Neda de son visage. Dans ses yeux ombreux luisent de la bonté, du chagrin, ils sont pleins d'une triste musique. Il l'attire dans ses bras, la tient serrée, si serrée qu'il lui fait presque mal. Mais elle aime cette douleur, la sensation de ses os écrasés entre ses bras musclés et sa poitrine. Elle se presse contre lui, un tremblement lui parcourt le corps. Puis il se penche et dépose un baiser timide sur ses lèvres mouillées. Le souffle de Neda l'enveloppe, chaud, hésitant, comme si elle testait l'eau avant de s'y jeter. Elle l'embrasse à son tour. Quelque chose en elle s'échappe et passe en lui.

Après quelques minutes elle se dégage et fouille dans son sac pour trouver un mouchoir en papier. Elle sent son regard sur elle, tandis qu'elle s'essuie les yeux et se mouche vigoureusement. Elle ne le regarde pas mais elle a une conscience aiguë de sa présence lorsqu'il se tient au-dessus d'elle, la dominant tel un géant, comme s'il voulait la recouvrir entièrement. Elle sent le parfum de la sciure dans la chaleur de sa peau.

— Je ne voulais pas te faire pleurer, dit-il.

Elle agite une main. Elle n'arrive pas à le regarder, pas complètement, de peur d'éclater de nouveau en sanglots.

— Oh, ce n'est pas de ta faute, ce n'est rien.

— C'est à cause de ma sœur ?

Neda continue de fouiller maladroitement dans son sac.

— Ta sœur... ma mère...

Sa voix s'effondre, tombe tout au fond de sa poitrine. Le terrible nœud menace, remontant dans sa gorge, les larmes rôdent derrière ses paupières brûlantes. Elle agite encore sa main devant son visage pour montrer qu'elle est incapable de parler.

— Et si on allait marcher un peu, hein ? On a tous les deux besoin d'un peu d'air frais.

Elle rit, et son rire entre en collision avec un sanglot réprimé.

— Il y a de l'air ici.

Il rit à son tour.

— Oui, mais c'est différent quand on peut marcher un peu. On pourrait aller jusqu'au fleuve.

— D'accord.

Elle remet une mèche de cheveux derrière son oreille, se redresse et jette un regard sur la rue pavée. Elle commence à retrouver son calme. La petite brise qui passe à travers ses cheveux transporte l'odeur des voitures et un parfum délicieux de cuisine.

— En fait, j'ai assez faim, dit Reza. Ça doit être la bière. Peut-être aussi le fromage. Comment s'appelait celui que nous avons mangé ?

Neda glisse le mouchoir dans sa poche. Ses yeux et son nez la picotent encore.

— Lequel ?

— Celui que nous avons pris avec du miel.

Elle réfléchit.

— De la fontina.

— C'était vraiment bon.

Neda sourit.

— C'est vrai.

Il lui offre son bras. Il y a tant de choses qu'elle ne lui a pas dites, tant d'histoires qu'elle a gardées au fond d'elle. *Rien ne presse. Nous avons le temps.*

Elle prend son bras ferme, inébranlable. Ensemble ils quittent la protection du parasol blanc et entrent dans la nuit limpide. Ils traversent la place, passent devant la statue du général à cheval, devant des personnes âgées qui se reposent sur un banc, une file de gens qui attendent leur tour au distributeur automatique. Brusquement, dans un geste d'allégresse, Reza attrape Neda par la taille, et la soulève. Il tournoie alors avec elle sur son épaule. Neda pousse un cri de surprise, puis un grand éclat de rire. Elle se sent si légère dans ses bras tandis que les lumières de la place tournoient autour d'elle comme des papillons vifs et scintillants. Elle continue de rire, faisant mine de lui donner de grands coups sur les bras, lui demandant de la poser par terre.

Lorsque ses pieds retrouvent la terre ferme, son cœur bat très fort. *C'est un enfant,* pense-t-elle, riant, passant ses mains sur sa robe, dans ses cheveux noirs et soyeux. Elle a encore l'écho de son rire dans ses oreilles tandis qu'il commence à s'éloigner d'un pas léger et confiant, avec son corps robuste, solide, bondissant dans la lumière scintillante de la place. Il est bien plus un enfant que ne l'ont jamais été tous les autres, son frère, son cousin. Car les secrets vous dérobent votre enfance. Des histoires de mort, des histoires d'hommes et de femmes pendus à des gibets. L'enfance s'échappe en douce lorsque la mort s'installe. Reza ne sait pas cela. Il y a tant de choses qu'il ne sait pas. Peut-être ne connaît-il pas le parfum des fleurs du jacaranda.

Un jour je t'emmènerai avec moi voir le jacaranda, pense-t-elle, ajustant son pas au sien, glissant sa main dans la sienne. *Ou peut-être* – elle sourit – *sommes-nous déjà en chemin.*

REMERCIEMENTS

Je ne pourrai jamais assez remercier

Ma mère, pour la nuit où elle est venue dans ma chambre et m'a dit : « Je vais tout te raconter. »

Mon père, pour les lettres qu'il m'a écrites mois après mois, année après année, si bien que j'avais l'impression qu'il était avec moi pendant ces sept ans, et pour avoir répondu à toutes mes questions et mes doutes.

Mon frère Navid, mon meilleur critique et ami, qui a toujours su poser les bonnes questions, sachant, d'un regard, rendre les mots superflus.

Ma grand-mère Aba, pour avoir continué à me remplir de son amour, même depuis l'autre côté du temps.

Ma cousine Siavash, ma première copine de jeu et amie d'école, pour avoir fait ce voyage en Italie et m'avoir apporté la photo de nous trois ensemble.

Ma sœur d'armes, Mehrnoush Aliaghaei, pour avoir été la lectrice idéale, pour son amitié, pour sa passion et son dévouement.

Tania Jenkin, pour avoir su me remonter le moral toutes ces années.

Fateme Fanaeian et Sadegh Shojaii, pour m'avoir apporté le souffle vert de l'Iran.

Soheila Vahdati Bana, pour ses constants encouragements depuis le début.

Tijana Mamula, pour son soutien, pour le coup de téléphone lorsqu'elle a su la bonne nouvelle.

Victoria Sanders, mon extraordinaire agent, pour avoir parié sur moi et sur ce livre.

Benee Knauer, pour ses conseils méticuleux, pour m'avoir appris à prendre le temps de réfléchir.

Sarah Branham et Arzu Tashin, mes incroyables éditeurs, pour leur vision, leur discernement, leur enthousiasme et leur confiance en moi.

Mon oncle Mohsen, pour la puissance pleine de grâce de son souvenir dans nos vies.

Mon mari Massimo, pour son amour et sa force, pour avoir su m'écouter, pour avoir tout lu de moi, depuis ces premiers textes embarrassants, pour avoir toujours cru en moi. Rien de tout cela n'aurait été possible sans lui.

Le Livre de Poche s'engage pour l'environnement en réduisant l'empreinte carbone de ses livres. Celle de cet exemplaire est de :
350 g éq. CO_2
Rendez-vous sur
www.livredepoche-durable.fr

PAPIER À BASE DE FIBRES CERTIFIÉES

Composition réalisée par NORD COMPO

Achevé d'imprimer en mars 2015 en France par
CPI BRODARD ET TAUPIN
La Flèche (Sarthe)
N° d'impression : 3010216
Dépôt légal 1re publication : avril 2015
LIBRAIRIE GÉNÉRALE FRANÇAISE
31, rue de Fleurus – 75278 Paris Cedex 06